Meurtres et carrot cake

DU MÊME AUTEUR
AU CHERCHE MIDI :

Meurtres et pépites de chocolat
Meurtres et charlotte aux fraises
Meurtres et muffins aux myrtilles
Meurtres et tarte au citron meringuée
Meurtres et cupcakes au caramel
Meurtres et biscuits au sucre
Meurtres et cheesecake aux cerises
Meurtres et tarte au citron vert

À PARAÎTRE
AU CHERCHE MIDI :

Meurtres et choux à la crème

Joanne Fluke

Meurtres et carrot cake

Les enquêtes d'Hannah Swensen : 9

Traduit de l'anglais (États-Unis)
par Florianne Vidal

le cherche midi

Vous pouvez consulter notre catalogue général
et l'annonce de nos prochaines parutions sur notre site :
www.cherche-midi.com

Directeur de collection : Arnaud Hofmarcher
Relecture : Hubert Robin

Titre original : *Carrot Cake Murder (A Hannah Swensen Mystery)*
Éditeur original : Kensington Publishing Corp

92, avenue de France
75013 Paris

Mis en pages par Nord Compo
Dépôt légal : octobre 2023
ISBN 978-2-7491-7731-1

Chapitre 1

Ce dernier cantique n'en finissait pas. Assise au troisième rang de l'église du Rédempteur, Hannah Swensen aurait sans doute piqué du nez si, dans les ultimes mesures de *Jésus, ô ma joie !*, Marge Beeseman n'avait tenté un sol dièse qui lui tintait encore aux oreilles. Après la messe proprement dite, le révérend Knudson, qui s'était éclipsé quelques minutes, réapparut dans l'allée centrale et se dirigea d'un pas léger vers son estrade. Une rumeur courut parmi les fidèles. L'homme d'Église, si solennel d'habitude, avait troqué ses habits sacerdotaux contre un complet-veston – comparable à celui dans lequel Doug Greerson, le directeur de l'agence locale de la First Mercantile Bank, recevait ses clients –, et un sourire cordial, voire joyeux, remplaçait l'expression compassée qu'il avait coutume d'arborer devant ses ouailles.

Une mouche œcuménique franchit les portes du lieu saint, laissées ouvertes pour que l'air frais circule, et survola l'assistance composée en ce dernier dimanche du mois d'août d'un nombre égal de luthériens, de catholiques et de pentecôtistes. Il n'y avait plus une seule place libre. Un fait sans précédent auquel Delores Swensen, assise à la gauche de sa fille Hannah, n'était pas étrangère. Et pour cause, elle avait passé la soirée de samedi à tenter de convaincre toutes ses relations – elle en avait beaucoup – d'assister à l'office de 10 heures.

Hannah lui jeta un regard à la dérobée. Delores fixait le révérend Knudson avec une intensité qui lui rappela son chat Moshe lorsqu'il épiait le tamia ayant élu domicile sous les fenêtres de leur appartement. Sur le même banc, à sa droite, ses deux sœurs, Michelle puis Andrea, observaient la scène d'un air pareillement fasciné. Plus loin, Carrie Rhodes, l'associée de Delores, serrait si fort son livre de messe que la reliure menaçait de craquer. Même le flegmatique Norman, le fils de Carrie, paraissait nerveux. L'heure était grave et tout le monde en avait conscience. Le révérend Knudson, toujours aussi souriant, longea l'allée centrale sous les yeux de ses concitoyens, toutes obédiences confondues. À le voir si guilleret, on n'aurait pas imaginé qu'il s'apprêtait à faire une annonce particulièrement importante, une annonce dont chacun devinait la teneur, à savoir qu'il allait épouser Claire Rodgers, propriétaire de la seule boutique de mode de Lake Eden, Le Beau Monde.

Hannah sursauta car Michelle, sa plus jeune sœur, venait de la pousser du coude.

« Qu'y a-t-il ? chuchota-t-elle.

— Travée de gauche, deux rangs derrière », répondit Michelle sur le même ton, avant d'incliner la tête dans la direction indiquée.

Hannah se tourna et retint un cri d'étonnement en voyant le couple assis de l'autre côté de l'allée. Le maire Bascomb et sa femme Stéphanie : les deux seules personnes qu'elle ne s'attendait vraiment pas à croiser ce matin-là dans l'église du Rédempteur !

« J'ignore comment Delores s'y est prise pour les faire venir, mais elle a réussi, souffla Michelle à l'oreille de sa sœur aînée. Elle dit que nul n'aura le cran de s'opposer à ce mariage en présence de la première dame. Je veux dire... ça supposerait d'expliquer devant elle pourquoi Claire ne peut pas épouser le révérend.

— Elle est diabolique ! » souffla Hannah en coulant vers sa mère un regard admiratif.

On racontait que Claire et le maire Bascomb avaient entretenu une liaison quelque temps auparavant. Pour cette raison, et même si rien n'était prouvé, une poignée de bigots considérait la patronne du Beau Monde avec un mépris mêlé d'animosité. Hannah et sa famille étendue s'étaient liguées en sa faveur, contre la vindicte des bien-pensants.

« Je vous remercie d'être venus si nombreux, ce matin », commença le révérend Knudson.

Après quoi il passa en revue les activités de la paroisse pour la semaine à venir. Le lundi soir serait consacré à l'étude de la Bible, une vente de charité se tiendrait le mardi après-midi, la prochaine messe serait célébrée le mercredi à 19 heures, suivie par une répétition de la chorale, la ligue luthérienne se réunirait le jeudi soir dans la salle située sous l'église, laquelle accueillerait également le nouveau club de rencontres pour les luthériens célibataires le lendemain en fin d'après-midi. Aucune cérémonie de mariage n'était prévue pour le samedi. En revanche, la prochaine messe dominicale aurait lieu comme d'habitude à 10 heures du matin.

« Et maintenant, je voudrais vous parler d'une personne que vous connaissez tous, une personne qui m'est proche et que j'apprécie énormément. »

Hannah rendit son coup de coude à Michelle. Le grand moment !

« J'ai nommé Winifred Henderson. Ma chère Winifred s'est dévouée corps et âme à la garderie attenante à notre église. Je tiens à la remercier pour ses années de bons et loyaux services. Grâce à elle, nos jeunes mères ont pu assister à l'office du dimanche l'esprit tranquille. Même si nous n'avons pas coutume d'applaudir dans ce lieu saint, je vous encourage à le faire, car c'est la meilleure manière de lui exprimer notre gratitude. »

Hannah participa à l'ovation collective, puis se rassit et attendit la suite. À cet instant, le révérend Knudson croisa son regard puis détourna les yeux.

Oups ! Hannah faillit gémir d'exaspération. Il n'y avait qu'une seule explication à cette fuite oculaire : Claire s'était dégonflée au dernier moment et avait demandé à l'homme qu'elle aimait de reporter l'annonce. Encore une fois !

Quand le prêtre se tourna vers l'organiste et lui fit signe de lancer le cantique accompagnant la sortie des fidèles, Hannah résolut d'intervenir.

« Attendez ! claironna-t-elle en se relevant d'un bond. Moi aussi, j'ai une annonce à faire. »

Une bonne centaine de paires d'yeux se posèrent sur elle. Hannah rougit, mais ne voyant aucun trou de souris à proximité, fut bien obligée de poursuivre. Son amie Claire avait peut-être peur du qu'en-dira-t-on, mais, pour sa part, elle ne laisserait pas une bande de culs-bénits entraver l'union de deux êtres manifestement faits l'un pour l'autre.

« Révérend, je sais que vous êtes trop modeste pour admettre que sans vous, ces activités paroissiales n'existeraient pas, improvisa-t-elle. Je ne m'en étais jamais rendu compte, mais en fait, il y en a une différente chaque jour. Et le peu de temps qu'il vous reste, vous le consacrez à vos fidèles dans la peine, aux malades de l'hôpital et aux gens qui vous appellent de jour comme de nuit, vous et votre grand-mère, pour vous demander conseil. Je pense pouvoir parler au nom de toutes les personnes ici présentes. Révérend Knudson, nous vous sommes infiniment reconnaissants pour le temps et l'énergie que vous mettez au service de notre communauté.

— Elle a raison, lança Marge Beeseman depuis la tribune de la chorale. Vous aussi, vous méritez une ovation, révérend ! »

Parfait, songea Hannah en se joignant aux vivats. *Comme c'est parti, lorsque je lâcherai le morceau, ils continueront d'applaudir sans même réfléchir.*

« Parfois, il nous arrive d'oublier qu'en plus d'être notre guide et notre pasteur, reprit-elle, vous avez une vie privée, comme tout un chacun. C'est sans doute pour cela que vous avez passé sous silence la plus merveilleuse des nouvelles. » Hannah prit le temps de promener son regard sur l'assistance et ne vit que des expressions fébriles. « Mais moi, je sais que les cloches de cette église vont bientôt sonner pour vous et pour votre fiancée. »

S'ils se penchent davantage, ils vont tomber par terre, songea Hannah. De fait, les personnes debout au premier rang se tenaient inclinées à la limite du déséquilibre. Quant au révérend Knudson, il s'était changé en statue de sel.

« J'ai le plaisir de vous informer que l'heureuse élue appartient à notre communauté et, puisqu'il est trop timide pour le dire lui-même, que le révérend épousera Claire Rodgers à Noël ! À présent, je vous demande d'applaudir notre pasteur adoré et sa future femme. »

Tout le monde s'exécuta, par automatisme pour certains, pour d'autres, plus nombreux, par réelle conviction. Delores et son recrutement téléphonique avaient fait pencher la balance du bon côté. Hannah n'avait plus qu'une seule chose à déclarer, mais celle-ci ne lui posa aucun problème.

« J'ai pensé qu'une si joyeuse perspective méritait un festin à sa mesure. Sachez donc que des monceaux de cookies vous attendent sur les tables dressées à la sortie de l'église. Edna Ferguson s'est chargée du café, et il y a toutes sortes de jus de fruits pour les enfants. Je vous en prie, régalez-vous, amusez-vous, et surtout, n'oubliez pas de féliciter le révérend et Claire au passage. »

« Hannah ? » Norman la rejoignit et la prit par la taille. « Vous avez été merveilleuse. Quelle force de persuasion ! Vous pourriez vendre de la litière pour chat aux nomades du désert. »

Norman avait toujours le mot pour rire.

« Merci... s'esclaffa-t-elle. Avez-vous vu à quelle vitesse sont partis les cookies tradition ?

— Oui, il n'y en a quasiment plus. Vous avez bien fait de les décorer avec les initiales des futurs mariés. Excellente idée !

— Merci », dit Hannah, sachant que Norman avait compris son stratagème : croquer dans un biscuit portant les lettres CR et RK entrelacées dans un cœur en sucre glace revenait à approuver tacitement la future union des deux tourtereaux. « Qu'avez-vous pensé des cookies vikings ?

— Quels cookies vikings ? J'ai bien vu ce nom sur un petit écriteau, mais l'assiette était vide. Je n'ai même pas eu le temps de me servir.

— N'ayez crainte. Je vous en ai mis de côté. »

Hannah était ravie que la nouvelle spécialité du Cookie Jar ait remporté un tel succès. Lisa en était la créatrice. En fait, elle avait amélioré une recette traditionnelle en y ajoutant un très bon chocolat blanc.

« Bravo pour le discours, Hannah, lança Marge Beeseman, qui s'approchait, un grand sourire aux lèvres.

— Merci bien. J'ai cru bon de m'en mêler, sinon le révérend Knudson aurait encore raté le coche. Nous vous avons gardé six douzaines de cookies, au cas où certains de vos parents arriveraient plus tôt que prévu, cet après-midi. Mais je suppose que vous êtes déjà au courant.

— Oui, Lisa me l'a dit. C'est très gentil d'y avoir pensé, Hannah. En fait, ma sœur Patsy et son mari sont déjà là, de même que Tim, le frère aîné de Lisa, celui qui vit à Chicago.

— Combien serez-vous, au final ? » s'enquit Norman.

Il n'avait beau habiter à Lake Eden que depuis trois ans, Norman savait que la famille de Lisa était aussi nombreuse que celle du mari de celle-ci, Herb Beeseman.

« Tous ceux qui vivent dans d'autres États ont répondu par courrier. Les autres ont préféré appeler. Selon les dernières estimations, je dirais que nous serons plus d'une centaine.

— Mais c'est énorme ! » fit Hannah. Aurait-elle dû prévoir plus de munitions ? « Andrea a-t-elle réussi à trouver des logements pour tout le monde ? Je sais qu'en fin de saison, il y a beaucoup de cabanons inoccupés au bord du lac, mais quand même !

— Je crois que ça ira. Au pire, on se serrera. Les Beeseman de Des Moines viendront avec leur camping-car. Il est assez grand pour accueillir trois personnes en plus d'eux-mêmes. Et les Brainerd Herman ont promis d'apporter une tente supplémentaire, au cas où.

— Vous devez être impatiente de les revoir tous, supposa Norman.

— Absolument ! Et de découvrir les petites-nièces et les petits-neveux que je ne connais pas encore. Je n'ai qu'un seul regret... »

Marge prit un air mélancolique.

« Lequel ? voulut savoir Hannah.

— Mon frère, Gus. J'espérais vaguement qu'il entendrait parler de cette réunion et nous donnerait de ses nouvelles pour l'occasion.

— Il n'a pas répondu à l'invitation ?

— N'ayant pas son adresse, je n'ai pas pu la lui envoyer. »

Subodorant une sombre querelle de famille, Hannah et Norman choisirent d'attendre la suite sans intervenir d'aucune façon.

« Depuis que Gus a quitté Lake Eden voilà environ trente ans, poursuivit Marge, personne n'a plus entendu parler de lui. Quand notre mère est tombée malade, j'ai engagé un détective privé, mais cela n'a rien donné. Il semblerait que Gus ait changé d'identité.

— Avez-vous cherché sur Internet ? s'enquit Norman.

— Herb l'a fait. Il est tombé sur plusieurs August Klein, mais aucun d'eux n'était mon frère Gus. »

Hannah prit le risque d'insister.

« Il n'a dit à personne où il allait ?

— Non, il est juste parti, comme ça, en pleine nuit, avec quelques vêtements et le peu d'argent qu'il y avait dans la théière. Il habitait encore chez nos parents. » Marge dut noter leur étonnement, car elle crut bon d'expliquer. « Cette théière était un cadeau d'une de mes grands-tantes. Difficile de trouver plus laid ! Comme chez nous personne ne buvait de thé, nous l'avions reconvertie en tirelire. Adolescents, nous avions coutume d'y puiser, à charge de la réapprovisionner ensuite.

— Combien votre frère a-t-il emporté ?

— On n'a jamais vraiment su, mais, d'après mon père, ça ne dépassait pas les cent dollars. Personne ne comptait ce qu'il y avait dans la théière. On se rappelait juste ce qu'on y avait pris pour pouvoir le remettre. »

Hannah fit un rapide calcul.

« Les tickets de bus n'étaient pas très chers en ce temps-là. Avec cette somme, votre frère aurait pu se rendre sur la côte ouest. Ou même sur la côte est.

— Oui. Je sais qu'il disposait d'un petit pécule. Ma sœur Patsy lui avait prêté de l'argent une semaine plus tôt. Moi aussi, d'ailleurs.

— De quoi voir venir.

— Largement. Chez nos parents, il ne dépensait rien puisqu'il était nourri, logé, blanchi. J'étais dans le même cas que lui, mais moi, je participais aux dépenses courantes. Enfin, dès que j'ai commencé à travailler et jusqu'à ce que je me marie, l'été suivant.

— Aurait-on pu prévoir qu'il allait partir ? renchérit Norman. Je veux dire, était-il tendu, agité ?

— Pas du tout. Je n'ai jamais compris pourquoi il a fait cela. Depuis le jour où Lisa et Herb ont lancé l'idée de cette réunion de famille, j'avoue que je pense souvent à lui. Et malgré moi, j'espère qu'il reviendra. »

Marge replongea dans ses pensées. Un silence gênant commençait à s'installer quand un coup de klaxon les fit sursauter tous les trois. Un instant plus tard, une voiture bleue flambant neuve passa devant l'église. Sur son capot rutilant trônait une figurine bien reconnaissable, représentant un fauve bondissant.

« Jolie bagnole ! fit Norman, admiratif, avant de se tourner vers Marge. Un parent à vous ?

— C'est peu probable, gloussa-t-elle. Chez nous, personne n'est assez riche pour se payer une Jaguar. Je ne vois pas qui est au volant. Et vous ?

— C'est un homme, dit Hannah. Il s'est arrêté. Rapprochons-nous. »

Le temps qu'ils la rejoignent, la Jaguar avait attiré une foule de curieux. Quand elle se pencha pour voir qui était à l'intérieur, Marge poussa un petit cri. Son propre fils trônait à la place du passager, un fauteuil profond revêtu d'un cuir écarlate.

« Herb ? bredouilla-t-elle. Mais qu'est-ce que tu fais là ?

— Salut, maman ! Tout à l'heure, j'ai fait un saut à la maison, au cas où d'autres invités auraient débarqué pendant la messe. Et regarde sur qui je suis tombé ! » Herb se colla au dossier pour que Marge puisse voir le conducteur. « Il a dit que tu ne le reconnaîtrais sûrement pas après toutes ces années.

— C'est... ? souffla Hannah sans oser prononcer le nom du frère disparu.

— Oui ! » Marge fit le tour de la voiture et, arrivée côté chauffeur, plongea par la vitre ouverte pour serrer Gus dans ses bras. « Tu es revenu ! Quel bonheur ! Merci, mon Dieu ! »

Cookies vikings

Préchauffer le four à 175 °C,
la grille en position médiane.

2 tasses* de beurre fondu (4 plaquettes)
2 tasses de sucre roux
2 tasses de sucre blanc
1 cuillerée à thé de bicarbonate de soude
1 cuillerée à thé de levure chimique
1 cuillerée à thé de sel
4 œufs battus
2 cuillerées à thé de vanille
½ cuillerée à thé de cannelle
¼ cuillerée à thé de cardamome (ou de noix de muscade, mais la cardamome est préférable)
4 ½ tasses de farine
3 tasses de pépites de chocolat blanc
3 tasses de flocons d'avoine

Faire fondre le beurre au micro-ondes dans un grand bol (pendant 3 minutes à 900 W), ou dans une petite

* **Une table de conversion des volumes se trouve en fin d'ouvrage !**

casserole à feu doux. Laisser refroidir à température ambiante.

Quand il est froid, verser les deux sucres, puis la levure, le bicarbonate de soude, le sel, les œufs, la vanille et les épices, en mélangeant longuement entre chaque ajout.

Incorporer la farine par ½ tasse, sans cesser de tourner, puis les pépites de chocolat blanc et les flocons d'avoine.

Déposer de petites cuillerées de pâte sur une plaque préalablement enduite de matière grasse, 12 cookies par plaque.

Les écraser délicatement au moyen d'une spatule en métal huilée (ou avec la paume d'une main bien propre).

Cuire à 175 °C pendant 11 à 13 minutes ou jusqu'à ce que les cookies commencent à dorer.

Laisser reposer 1 ou 2 minutes sur la plaque puis transférer sur une grille jusqu'à complet refroidissement.

Rendement : 10 à 12 douzaines de délicieux cookies.

Ils se conservent sans problème au congélateur, si on les enveloppe de papier aluminium avant de les glisser dans un sac prévu à cet effet.

Note de Hannah : ces cookies risquent de disparaître très vite, même congelés. Pour déjouer les attaques des vandales, rajouter une couche de papier-alu et coller sur le sac une étiquette marquée « rognons de porc aux salsifis », ou « foie de bœuf bouilli », enfin, le nom d'un plat que personne n'ira chaparder en pleine nuit. Ni en plein jour, d'ailleurs. Ça marche à tous les coups.

Chapitre 2

À peine Hannah eut-elle franchi le seuil de son appartement qu'elle s'immobilisa en promenant autour d'elle un regard atterré. On aurait dit qu'une tempête hivernale avait traversé le salon. Sa moquette, qu'elle avait choisie vert pelouse, était jonchée de gros flocons de neige. Sauf que ce n'était ni de la neige ni des flocons. Pour s'en convaincre, il suffisait de voir ce qu'il restait du coussin précédemment posé sur l'accoudoir du canapé. Hannah ramassa la housse éventrée pour tenter de déchiffrer les indications portées sur l'étiquette cousue à l'intérieur. Ce qu'elle avait d'abord pris pour de la neige n'était autre que les « fibres d'origine inconnue » avec lesquelles CostMart rembourrait ses coussins.

« Moshe ? » appela-t-elle.

Mais où était-il ? D'habitude, dès qu'elle rentrait à la maison, son colocataire félin se précipitait dans ses bras. Son étrange disparition ne pouvait avoir qu'une seule explication. C'était lui le responsable de ce gâchis, songea-t-elle en découvrant un peu de bave sur un coin du tissu, ainsi que deux déchirures sans doute causées par des coups de griffes rageurs. Parfaitement conscient d'avoir fait une grosse bêtise, le matou orange et blanc qui partageait sa vie et son lit devait se cacher quelque part, attendant que sa maîtresse ait accusé le choc, voire lui ait pardonné, pour se montrer.

Hannah entreprit de récolter les pseudo-flocons répandus sur le sol, puis alla chercher un sac-poubelle dans le cagibi et, tout en le remplissant de fibres d'origine inconnue, tenta de se remémorer les précédentes incartades de son chat.

Elles étaient rares. Un ou deux mois après que Moshe eut décidé de s'installer chez elle, Hannah avait oublié de lui changer sa litière. Un manquement qu'il avait choisi d'ignorer l'espace de vingt-quatre heures. Mais le lendemain soir, en rentrant du travail, Hannah avait trouvé un tapis de gravier sur le carrelage de la cuisine. Elle n'avait jamais su si Moshe l'avait extrait avec ses pattes ou s'il l'avait versé en inclinant le sac comme elle-même le faisait. Un détail qui, au demeurant, n'aurait pas changé la face du monde. Cela dit, l'expérience lui avait servi de leçon, et plus jamais Hannah n'était partie sans s'assurer que les toilettes de Moshe étaient propres.

Peu de temps après l'aventure de la litière, il avait récidivé en s'attaquant cette fois à la mère de sa maîtresse. Sans qu'on sache pourquoi, Moshe avait pris Delores en grippe dès le premier regard. Ayant perdu plusieurs paires de collants dans l'affaire, cette dernière avait fini par s'avouer vaincue. Désormais, pour voir sa fille, elle passait au Cookie Jar ou l'invitait à manger chez elle. Parfois, Hannah se disait que, par ce comportement ouvertement hostile, Moshe cherchait à la protéger des sermons dont sa mère avait coutume de l'abreuver, lui reprochant de n'être pas encore mariée et de laisser inutilement tourner son horloge biologique. À moins que, tout simplement, Moshe ne soit allergique au parfum de Delores, ou à son timbre de voix, ou… Les possibilités se comptaient par dizaines.

Hannah jeta un œil sur la housse du coussin. Autant les messages envoyés par la litière répandue ou les collants déchirés étaient clairs, autant celui-ci la laissait perplexe. Que signifiait cette attaque en règle contre son malheureux canapé ? Elle n'avait pas de compétences en matière vétérinaire, mais la canapophobie ne lui semblait pas faire partie des maladies touchant la race féline. Moshe serait-il devenu réfractaire à certaines couleurs ? Peut-être, après tout. Sinon pourquoi aurait-il déchiqueté le coussin vert amande et laissé intact le coussin bordeaux ? Le vert amande serait-il associé à un traumatisme remontant à son enfance ?

« Ridicule ! » murmura-t-elle.

Au lieu de déranger le Dr Freud, ne valait-il pas mieux se demander ce qu'il y avait à l'intérieur de ce coussin ? En dehors du rembourrage, bien entendu. Son imagination débridée lui renvoya aussitôt l'image d'une colonie d'insectes nichée au creux des fibres d'origine inconnue.

Hannah rouvrit le sac-poubelle et regarda dedans. Pas d'insectes. Du moins pas d'insectes visibles à l'œil nu. S'agissait-il d'inoffensives créatures microscopiques ? Ou de ces redoutables parasites qui, dans les films d'horreur, prennent possession des corps, contrôlent les esprits et… ?

Hannah mit un point final à son énumération cauchemardesque. Moshe venait d'apparaître. Incapable de rester plus longtemps éloigné de sa maîtresse adorée, il s'avançait vers elle d'un pas tranquille, l'air de dire : *Tiens, c'est bizarre. Qu'est-il arrivé à ce coussin ?* Cette scène lui rappela le jour où sa nièce Tracey était entrée dans la salle du Cookie Jar les joues barbouillées de chocolat, en jurant avoir offert une demi-douzaine de cookies à un mendiant qui avait frappé à la porte du fournil.

« Arrête tes simagrées, dit Hannah. Je sais que c'est toi qui as déchiré mon beau coussin. Je ne suis pas en colère. Je voudrais juste savoir pourquoi. »

Moshe eut un geste équivalent au haussement d'épaules des humains, remua la queue, puis écarquilla son œil unique (il avait perdu l'autre dans une vie précédente, lors d'un combat de rue). Une attitude censée exprimer l'ignorance. Peut-être avait-il agi sans raison particulière, poussé par son instinct ? De guerre lasse, Hannah se pencha pour l'attraper.

Dès qu'il fut dans ses bras, Moshe se nicha contre elle et se mit à ronronner. Hannah lui prodigua les caresses qu'il préférait, un gratouillis sous le menton, un autre derrière les oreilles, ce qui lui valut en retour un petit coup de langue sur la main. Son chat la remerciait-il de sa clémence ou avait-il reniflé l'odeur du beurre et du chocolat qui imprégnait ses doigts ?

« Laisse-moi finir », dit Hannah en le déposant sur le dossier du canapé. Elle ramassa les derniers flocons, porta le sac-poubelle dans le vestibule pour le descendre à la prochaine occasion, puis se tourna vers Moshe qui ne perdait rien de ses mouvements. « Je parie que tu as faim. »

Après une rapide inspection du garde-manger et des placards, elle lui proposa :

« Des boulettes au saumon ?

— Miaooouuu ! »

Prenant sa réponse pour un oui, Hannah sortit une petite boîte de saumon au naturel, l'ouvrit, en versa le contenu dans une passoire, retira la peau et l'arête centrale qu'elle mit de côté. Une fois le saumon bien égoutté, elle le posa dans un bol, l'écrasa à la fourchette, puis émietta deux tranches de pain de mie sans croûte. Elle mettait la dernière main à ce repas digne d'un roi quand Moshe redonna de la voix.

« Quelle impatience ! » dit-elle en baissant les yeux vers le matou, qui – allez savoir comment – avait réussi à prendre un air famélique, alors qu'il pesait plus de dix kilos. Était-ce un miracle ou de la magie ? En tout cas, Hannah aurait bien aimé connaître son secret au moment d'enfiler la robe en soie vert bronze qu'elle porterait le soir même pour assister au bal donné par la famille de Lisa et de Herb.

Moshe poussa un miaulement si poignant que Hannah se hâta de transférer l'arête et la peau du saumon dans son bol Garfield. Il se jeta dessus comme s'il s'était agi du poisson lui-même. Pendant qu'il se régalait, Hannah revint à son propre repas. Elle ajouta les derniers ingrédients et malaxa jusqu'à obtenir une matière homogène dont elle fit une première boulette. Elle commençait à l'écraser pour lui donner la forme d'un burger quand le téléphone sonna.

Hannah regarda son chat. Moshe avait levé la tête de sa gamelle et fixait l'appareil d'un air courroucé. À la sonnerie suivante, ses oreilles se couchèrent, ses poils se hérissèrent et un grondement sourd, plus canin que félin, se répandit dans la pièce.

« C'est ma mère ? » lui demanda Hannah, bien qu'elle connût la réponse.

Une seule personne au monde était capable de le mettre dans un tel état. Et Moshe se trompait rarement. Comment faisait-il ? Mystère.

« Bonjour, maman, dit Hannah en décrochant.

— J'aimerais que tu cesses de faire ça ! » lui retourna Delores.

C'était chaque fois la même entrée en matière.

« Faire quoi ? répliqua Hannah.

— Répondre *bonjour, maman* avant de savoir qui appelle. Et si c'était quelqu'un d'autre ?

— Je m'excuserais et on passerait à autre chose.

— Mais tu serais horriblement gênée, non ?

— Non.

— Ah... » Delores prit son temps avant de poursuivre. « Quoi qu'il en soit, je préférerais que tu dises seulement *allô*, comme une personne normale.

— Oui, je sais. Mais c'est plus fort que moi. »

Delores soupira si bruyamment que sa fille dut écarter le combiné.

« Tu fais ça pour m'embêter, c'est cela ?

— Oui, un peu. Mais avoue, c'est devenu un jeu entre nous. Je décroche : *Allô, maman*. Tu réponds : *J'aimerais que tu cesses de faire ça*. Je demande : *Faire quoi ?* Et ainsi de suite, jusqu'à ce que tu me dises pourquoi tu appelles.

— Si je comprends bien, c'est un genre de rituel mère-fille ?

— Absolument. »

Quand elle y mettait du sien, Delores pouvait être extrêmement perspicace.

« Dans ce cas, ne change rien, ma chérie. Les rituels contribuent à l'harmonie des relations humaines, familiales en particulier. Ils nous aident à arrondir les angles.

— Tu parles d'or, maman.

— Merci, Hannah. J'ai fait pas mal de recherches sur le sujet. Tu n'imagines pas le nombre de préceptes et de coutumes auxquels les Anglais sacrifiaient à l'époque de la Régence. Jusque dans les moindres aspects de la vie courante. Savais-tu, par exemple, que la robe portée par une débutante au bal de la cour devait respecter des normes très strictes ? Même chose pour les révérences.

— Non, je l'ignorais, répondit Hannah en se demandant quel était le rapport entre le "bal de la cour" et la "vie courante".

— Et savais-tu que le nombre de *retraits*, lors d'un dîner, révélait le statut social de l'hôte ?

— Non. Qu'appelle-t-on *retraits* ?

— Ce sont les différents services. Les entrées, les plats de résistance, etc. »

Hannah opina du bonnet. Une expression de la Régence frappée au coin du bon sens, pour une fois, songea-t-elle en se représentant le ballet des serviteurs autour de la table du maître, escamotant les assiettes vides pour les remplacer par des pleines, parfois surmontées d'une cloche qu'on soulevait selon un cérémonial calculé au millimètre près.

« Tu prévois de donner une conférence dans le cadre de ton club ?

— Non, pas vraiment. Au fait... nous organisons une collecte de fonds assortie d'un goûter dînatoire façon Régence. Pourrais-tu nous aider à le concevoir ?

— Bien sûr. Vous avez fixé une date ?

— Non, mais ce ne sera pas avant Noël. J'ai besoin de temps pour creuser la question. Tu crois que Sally accepterait de nous préparer quelques *scones* de sa composition ? Si jamais j'apprenais qu'on en mangeait déjà au début du XIXe siècle, bien sûr. »

Comme la conversation menaçait de durer, Hannah tira sur le fil du téléphone et mit un morceau de beurre dans une poêle qu'elle posa sur le feu.

« Sally fait des *scones*, maintenant ?

— C'est tout récent. Elle en a servi pour la première fois aujourd'hui pendant le brunch. On s'est régalés.

— Tu es allée bruncher à l'auberge de Lake Eden ? dit Hannah en inclinant la poêle pour que le beurre fonde plus vite.

— Oui, avec les proches de Lisa et de Herb. Enfin, ceux qui ont devancé le gros de la troupe. Après la messe, Carrie et moi sommes restées sur place pour discuter un peu avec Marge quand Gus a surgi et nous a tous invités.

— Tu parles de Gus York ou du frère de Marge ?

— Du frère de Marge. Il lui a demandé quel était le meilleur restaurant de la ville, elle a dit l'auberge de Lake Eden, et il a proposé à tout le monde de l'y rejoindre.

— Très aimable de sa part.

— C'était le moins qu'il puisse faire, après ce qu'il a infligé à la pauvre Marge. Il lui a presque brisé le cœur quand il a disparu en pleine nuit voilà trente ans. Leurs malheureux parents sont morts sans l'avoir revu. C'était le petit dernier, tu sais.

— Pourquoi est-il parti ? » demanda Hannah en coinçant le combiné entre son cou et son épaule.

Elle alla chercher les burgers au saumon et les fit glisser de l'assiette dans la poêle chaude en s'écartant juste à temps pour éviter les éclaboussures.

« Nul ne le sait, ma chérie. » Delores s'interrompit. « J'entends un bruit !

— Quel bruit ?

— Un bruit de friture. Mon portable est en train de se décharger, je suppose. Bon, je me dépêche. En fait, je voulais savoir si tu avais des crackers chez toi. »

Hannah se tourna vers la porte du garde-manger et, comme celle-ci était entrouverte, repéra un gros paquet de crackers sur la première étagère.

« Oui, j'en ai.

— Très bien. Lisa en réclame. Mike a fait son pâté "spécial flemme" pour le buffet de ce soir, mais comme il finit à 18 heures, il n'aura pas le temps de repasser en ville pour en acheter.

— Compris. Je les apporterai. Autre chose ? »

Hannah retourna un premier burger.

« Rien, à part ton carrot cake. Lisa et Herb en ont dit le plus grand bien, pendant le brunch. Tout le monde a hâte de le goûter.

— Ça fait chaud au cœur, dit Hannah en retournant les trois autres burgers, qui retombèrent en grésillant dans la poêle.

— Je te laisse, ma chérie. Il y a décidément trop de friture sur la ligne. À plus tard ! »

Après avoir raccroché, Hannah commença par masser son cou endolori, puis alla reposer le combiné sur son socle. Peut-être aurait-elle dû rétablir la vérité, mais expliquer à sa mère l'origine du bruit qu'elle prenait pour des parasites lui aurait pris au moins cinq précieuses minutes. Il était déjà 2 heures de l'après-midi, son repas était prêt, et elle avait juste le temps de l'avaler avant de se remettre au travail. Il lui restait plusieurs plats de légumes et divers hors-d'œuvre à réaliser avant le soir. Mais à peine eut-elle posé son assiette sur la table du salon qu'on sonna à la porte.

Qui venait la déranger, alors qu'elle mourait de faim ? Hannah marmonna une série de vocables qu'elle n'aurait pas prononcés en présence de ses nièces, reprit son assiette (la laisser sur la table basse, à la portée de son chat, eût été stupide) et passa dans le vestibule ainsi chargée.

« Qui est-ce ? demanda-t-elle, au lieu de regarder par l'œilleton.

— Mike. J'ai besoin de vous, Hannah. »

J'ai besoin de vous. Même venant de la personne la plus détestable, la plus répugnante qui soit, cet appel à l'aide ne l'aurait pas laissée de glace tant elle avait bon cœur. Mais, en l'occurrence, Mike n'était ni détestable ni répugnant. Au contraire. Il avait tout pour plaire. Beau, grand, une carrure d'athlète, un sourire craquant, il était assez fort pour mettre en pièces n'importe quel criminel, bien qu'il n'y eût pas une once de méchanceté en lui.

« Entrez, dit-elle en tournant le verrou.

— Merci, Hannah. Je sors de chez vos voisins du dessous. Du coup, j'en profite pour vous faire un petit coucou et prendre les crackers dont j'ai besoin. Enfin, si vous en avez.

— J'en ai. Mais dites-moi, Sue et Phil n'ont pas de problèmes, j'espère ?

— Non, rassurez-vous. C'est juste que Phil a été témoin d'un accident sur l'autoroute en rentrant ce matin. Vous savez qu'il fait les nuits à la laiterie DelRay. Je devais prendre sa déposition. » Mike posa les yeux sur l'assiette que Hannah tenait devant elle. « Ça m'a l'air délicieux ! Qu'est-ce que c'est ?

— Des burgers au saumon. Tout juste sortis de la poêle... ou du portable de ma mère.

— Pardon ?

— Pendant qu'ils cuisaient, je discutais au téléphone avec Delores et elle a cru que... Peu importe. Venez manger. Il y en a assez pour deux. »

Un miaulement ponctua sa déclaration. Moshe semblait être d'un autre avis.

« Assez pour trois, je veux dire.

— Du calme, mon grand, je vais te faire goûter. » Mike le grattouilla sous le menton, s'installa sur le canapé, détacha un petit bout de burger avec une fourchette et le déposa au creux de sa paume. « Voilà pour toi. Si ça te plaît, tu en auras peut-être d'autres. »

Hannah vit son chat happer le morceau d'un adroit coup de langue. Quand elle regagna la cuisine pour prendre une autre assiette, il ronronnait comme un moteur.

« La sauce est excellente ! Qu'est-ce que c'est ? » demanda Mike lorsqu'elle revint dans le salon.

C'était un secret de préparation, mais, après tout, Mike n'était pas n'importe qui ; la preuve, quelque temps auparavant, elle avait failli l'épouser.

« Je la tiens d'Edna Ferguson, dit-elle en espérant qu'il ne veuille pas en savoir plus.

— Je vous demande ça parce que chaque fois que je rends visite à ma sœur, je rentre avec du poulet frit. J'adore le poulet frit, mais quand je le réchauffe au micro-ondes, il se dessèche. À mon avis, cette petite sauce m'aiderait à l'avaler. »

Cet infortuné – bien qu'irrésistible – célibataire en était donc réduit à manger les restes de sa sœur ! Hannah fut tentée de le prendre en pitié, mais se ravisa très vite. Il y avait à Lake Eden une bonne centaine de femmes qui n'auraient pas demandé mieux que de cuisiner pour lui. Et pourtant, c'était à elle qu'il s'adressait. Une telle marque de confiance méritait une réponse à la hauteur.

« Bon, d'accord, je vais tout vous dire. Mais ça devra rester entre nous.

— Si je parle, vous serez obligée de me tuer ? lança Mike avec ce petit sourire qui la faisait fondre comme une glace au soleil.

— Je ne vous tuerai pas. Je vous enfermerai dans un placard et je... »

Elle s'interrompit, car certains fantasmes gagnaient à être tus.

« Et ?

— Je vous laisserai croupir jusqu'à ce que je décide de votre sort », dit-elle.

Il conclurait à sa guise.

« D'accord. Je vous promets de ne rien dire à personne. Quel est ce secret ?

— Eh bien, d'habitude, je fais une sauce à base d'aneth frais et de mayonnaise. J'ajoute une lichette de crème fraîche, et je laisse au frigo deux ou trois heures, voire toute la nuit. Mais ce soir, je n'avais pas prévu de manger des burgers au saumon.

— Donc, vous avez suivi une autre recette. Laquelle ?

— La sauce que vous êtes en train de goûter est à base de potage au céleri.

— Pardon ?

— Du potage au céleri. En boîte. Non dilué. C'est facile, on le verse dans un bol, on le met au micro-ondes et hop, c'est fait ! D'habitude j'ajoute un peu de xérès, mais comme ce soir je suis censée aider Lisa à servir ses invités, j'ai préféré éviter.

— À quelle heure devez-vous la rejoindre ?

— À 16 heures. Je ferai d'abord un saut au Cookie Jar pour prendre les gâteaux que j'ai mis de côté. Et vous ?

— J'ai promis d'y être pour 18 h 30. Il faut juste que je me souvienne d'emporter mes crackers. Vous me garderez une danse, n'est-ce pas ?

— Évidemment, dit Hannah, dont le cœur se mit à battre la chamade sous son corsage en mousseline.

— J'espère qu'Andrea et Michelle voudront bien danser avec moi, elles aussi. Je suis dingue des sœurs Swensen. »

Hannah sourit poliment. Elle aurait préféré que sa dinguerie lui soit exclusivement réservée, mais bon. Mike ne changerait jamais. On devait le prendre comme il était ou ne pas le prendre du tout.

Burgers au saumon

1 petite boîte de saumon au naturel (200 g)
2 tranches de pain sans croûte
1 œuf battu (à la fourchette dans un verre)
1 cuillerée à thé de sauce Worcestershire (ou de sauce piquante ou de jus de citron)
½ cuillerée à thé de moutarde forte
¼ cuillerée à thé de sel
¼ cuillerée à thé d'oignons en poudre
2 cuillerées à soupe de beurre

Ouvrir la boîte de saumon. Mettre à égoutter. Ôter les arêtes et la peau. Écraser la chair à la fourchette dans un petit bol.

Émietter deux tranches de pain sans croûte, les ajouter au saumon, verser l'œuf battu et mélanger.

Ajouter la sauce Worcestershire (ou le jus de citron ou la sauce piquante), la moutarde, le sel et les oignons en poudre.

Mélanger jusqu'à obtenir une pâte épaisse avec des morceaux.

Diviser en trois parties (plus ou moins égales, personne ne mesurera).

Étaler une feuille de papier sulfurisé sur un plat, pétrir une boule de pâte au saumon avec les mains, la poser sur le papier sulfurisé et l'aplatir pour lui donner la forme d'un burger (d'environ 2 cm d'épaisseur).

Première note de Hannah : cette épaisseur est donnée à titre indicatif. À chacun de procéder selon ses goûts.

Faire la même chose avec les deux autres boules de pâte. Laisser reposer les trois burgers une minute ou deux sur le papier sulfurisé.

Faire fondre deux cuillerées à soupe de beurre dans une poêle.

Y déposer les burgers et les faire dorer à feu moyen (environ 2 minutes de chaque côté).

Égoutter sur une feuille d'essuie-tout. Servir avec une sauce à l'aneth ou la sauce au céleri d'Edna, et des légumes à la crème (petits pois, maïs, etc.).

Deuxième note de Hannah : quand je reçois ma famille, je triple les quantités et je fais cuire les burgers sur une plancha électrique. Pour celles et ceux qui n'ont pas de plancha ou préfèrent une cuisson à la poêle, je conseille de garder les premiers burgers au chaud, le temps que tout soit cuit. S'il y a des restes, les mettre au frigo et faire réchauffer au micro-ondes le lendemain. Ils seront moins bons que la veille, mais resteront tout à fait mangeables. On peut aussi les consommer froids.

Troisième note de Hannah : il est possible de remplacer le saumon par du thon, des crevettes, du crabe, du poulet, etc.

Sauce à l'aneth

Note de Hannah : cette sauce est meilleure si on la prépare au moins 4 heures à l'avance. La veille, c'est encore mieux.

2 cuillerées à soupe de crème épaisse
½ tasse de mayonnaise
1 cuillerée à thé d'aneth frais haché

Mélanger la crème, la mayonnaise, puis ajouter l'aneth. Mettre la sauce dans un petit bol, couvrir d'un film alimentaire et garder au frigo 4 heures au minimum.

Sauce au céleri d'Edna

Première note de Hannah : celles et ceux qui manquent de temps peuvent opter pour cette solution alternative.

Deuxième note de Hannah : je recommande d'avoir toujours chez soi des boîtes de potage au céleri, de velouté aux champignons, de soupe à la tomate et de consommé de poulet. Ces ingrédients servent de base à nombre de sauces confectionnées à la dernière minute.

1 boîte de potage au céleri, non dilué (300 g environ)
Un peu de lait ou de crème liquide, pour délayer

Transvaser le contenu de la boîte dans un petit bol allant au micro-ondes. Faire chauffer 30 secondes (rajouter 15 secondes, au besoin). Allonger avec du lait ou de la crème pour obtenir la consistance voulue.

Verser une partie de la sauce sur les burgers (mettre le reste dans une saucière, à disposition), garnir d'une pincée de persil ou d'aneth haché et servir aussitôt.

Chapitre 3

Hannah n'en pouvait plus. Cela faisait au moins dix fois qu'ils repassaient la célèbre polka bavaroise, *Le Tonneau de bière*. Une de plus et elle hurlerait. Quelques minutes auparavant, Martin Dubinski l'avait invitée à danser sur ce morceau, justement. Ses orteils s'en ressentaient encore. Le bal avait démarré aussitôt après les desserts, et pendant une bonne demi-heure Hannah était passée d'un cavalier à l'autre – Mike, Norman, Bill, Lonnie, le maire Bascomb, Jon Walker, Martin Dubinski – sans souffler ou presque. À présent, elle s'employait à disparaître des radars, craignant le retour de Martin, qui manifestement adorait la polka.

Par chance, Frankie et les Frankfurters, le groupe local que Lisa et Herb avaient engagé pour animer la soirée, entama une valse. Mais s'agissait-il vraiment d'une valse ? C'était bien une mesure à trois temps, mais jouée sur un rythme si rapide que la plupart des couples, désorientés, s'immobilisèrent tandis que d'autres, plus téméraires, poursuivirent leurs rotations au risque de heurter ceux qui avaient déclaré forfait, les obligeant à s'écarter et à se réfugier sur le pourtour de la piste.

Ayant enfin mesuré le problème, le dénommé Frankie se mit en devoir de rétablir le calme. Dès que ce fut réglé, Hannah, qui avait trouvé une place dans le box de ses hôtes, entendit Marge, assise à sa droite, poser une question à Gus, assis à sa gauche.

« As-tu récupéré les affaires que tu cherchais ?

— Pas toutes. Ma vieille couverture western par exemple... on dirait qu'elle a disparu. Dommage, j'aurais aimé l'accrocher dans ma chambre d'amis.

— Tu parles de cet horrible couvre-lit en tissu chenille avec la tête de Roy Rogers brodée au centre ?

— Ouais. Lisa m'a montré la malle où sont rangés les objets qui étaient dans ma chambre d'adolescent. La couverture n'y était pas. Je la retrouverai un jour peut-être, dans une brocante ou un vide-grenier.

— Ces vieilleries ont pris de la valeur, répondit Marge. Tu risques de la payer plus cher qu'elle ne vaut.

— Le prix m'importe peu. J'ai les moyens de m'offrir ce qui me fait plaisir sans regarder à la dépense. »

Coincée entre Marge et Gus, Hannah, un peu gênée, observait ce qui se passait sur la piste de danse. Pour se faire pardonner, Frankie avait opté pour une série de slows et demandé qu'on baisse la lumière. La boule à facettes projetait sur les couples langoureusement enlacés des points lumineux pareils aux planètes du système solaire, que Hannah avait tenté, avec l'aide de son père, de reconstituer pour un exposé en classe de troisième. Au bout d'un moment, lassée de scruter la pénombre, elle reporta son attention vers le frère de Marge.

Gus Klein portait avec élégance ses cinquante et quelques années. Il mesurait un peu moins d'un mètre quatre-vingts, ses cheveux blond foncé impeccablement coiffés étaient rehaussés sur la tempe gauche d'une mèche grise du plus grand chic. Hannah se méfiait des jugements à l'emporte-pièce, mais un individu qui parlait d'argent avec une telle désinvolture et semblait attacher une telle importance au paraître ne lui disait rien qui vaille. Hannah savait apprécier la beauté physique chez un homme, mais pour elle, la richesse intérieure primait sur tout le reste.

Avec Gus Klein, il s'agissait d'une autre sorte de richesse, celle qui ne servait qu'à épater la galerie. Encore une fois, elle s'avançait peut-être, mais s'il était là pour renouer avec sa famille, pourquoi monopoliser ainsi la conversation ? Et pourquoi parlait-il en boucle de sa vie de rêve à Atlantic City ? Sa manucure par-ci, sa masseuse par-là. Les plats qu'il commandait régulièrement dans le meilleur restaurant de la ville et faisait livrer dans son appartement de luxe avec terrasse.

Gus semblait trouver normal que les gens soient à son service. Quand Marge lui avait demandé de l'accompagner au buffet, il avait refusé au prétexte qu'il préférait rester discuter avec les cousins Brainerd. Si bien que Marge avait dû faire la queue toute seule et lui rapporter les plats qu'il avait commandés. Comme si le temps de « Monsieur » Gus était plus précieux que celui d'autrui. Même chose au moment des desserts. Après que Lisa lui eut servi les gâteaux qu'il souhaitait goûter, il avait sorti de sa veste plusieurs cigares prétendument cubains – importés à prix d'or, avait-il assuré – pour les distribuer avec une munificence plus que douteuse.

Hannah chercha Andrea du regard et l'aperçut qui dansait avec Bill. Elle voulait avoir l'avis d'une experte en élégance. Hannah ne connaissait pas grand-chose en matière de mode masculine mais aurait été fort étonnée d'apprendre que le frère de Marge achetait ses habits au supermarché.

Tout bien pesé, que fallait-il penser du personnage ? s'interrogea-t-elle. La plupart des gens l'auraient défini comme un charmeur, un homme raffiné, mais Hannah, elle, n'était pas dupe. Gus Klein jouait un rôle. Il voulait passer pour quelqu'un de chic, un mondain, alors qu'en fait tout en lui transpirait la vulgarité.

Hannah regarda Marge à la dérobée. Elle s'était mise sur son trente et un, c'est-à-dire qu'elle portait une tenue qu'elle devait trouver seyante. Certaines femmes cherchent à passer pour plus minces qu'elles ne sont. Delores, par exemple, choisissait toujours des vêtements parfaitement coupés, censés mettre en valeur sa remarquable plastique. D'autres au contraire aiment les volants, les jupes longues virevoltantes aux couleurs criardes, les imprimés, les carreaux... Ce soir-là, Marge arborait un ensemble-pantalon violet en mousseline de soie dont le bas flottait autour de ses jambes quand elle marchait, et dont les manches balayaient la table chaque fois qu'elle tendait le bras.

Jack Herman, son compagnon et le père de Lisa, était assis à côté d'elle. Avec son pantalon noir et sa chemise lavande, il avait fière allure. Et pourtant, il ne semblait pas à son aise. Hannah nota son sourire figé, son regard sombre. Il déployait de gros efforts pour paraître aimable. Plusieurs fois au cours de la soirée, elle l'avait surpris à lorgner Gus d'un air furieux. Lisa lui avait confié que les deux hommes avaient autrefois eu un différend dont son père avait toujours refusé de lui parler.

Marge et sa sœur jumelle Patsy se ressemblaient beaucoup. On croyait sans peine aux quelques anecdotes qu'elles avaient racontées durant le repas. Étant jeunes, par exemple, il leur était arrivé d'échanger leurs petits amis au cours d'une même soirée. Certaines différences apparaissaient toutefois quand on les voyait côte à côte. Patsy était un peu plus brune et légèrement plus enrobée. Marge avait le nez plus long, Patsy les sourcils plus fournis. Heureusement, elles ne portaient pas les mêmes vêtements.

Patsy avait épousé un prénommé Mac, un bel homme à l'allure sportive qui attirait les regards des femmes célibataires. Hannah avait noté le manège de certaines, un peu plus tôt, sur la piste de danse. Patsy l'avait également remarqué, mais ne semblait pas s'en soucier. De deux choses l'une, soit elle avait une confiance aveugle en son mari, soit elle s'en fichait. Hannah penchait plutôt pour la deuxième solution, car, bien qu'assis l'un à côté de l'autre, Mac et Patsy ne s'étaient pas touchés une seule fois depuis le début de la soirée. Son prof de psycho à la fac en aurait conclu que le couple battait de l'aile. Le langage corporel mentait rarement.

« Je ne crois pas que notre mère ait acheté cette couverture en boutique, reprit Marge.

— Moi, je suis sûre que non, dit Patsy. Souviens-toi. On découpait des bons dans des couvercles, et quand il y en avait assez, elle les envoyait à l'adresse indiquée dessus.

— Mais oui, je m'en souviens ! Tu as connu cela, Hannah ? »

Celle-ci aurait préféré qu'on l'oublie pour pouvoir continuer à rêvasser.

« Oui, je crois. Andrea et moi gardions précieusement les bons sur les paquets de corn-flakes. Ensuite, on les échangeait contre des jouets pour Michelle. Il ne restait qu'à payer le port. C'est comme ça qu'elle a eu sa baguette magique.

— Michelle a dû être bien contente de recevoir une baguette magique, dit Patsy.

— Oui, elle en était dingue. Malheureusement, la petite ampoule au bout a grillé presque tout de suite. Papa n'a jamais pu la remplacer.

— C'est ce qui a dû arriver à ta couverture, dit Marge à Gus.

— Elle a grillé ? répliqua Gus avec un petit sourire narquois.

— Non, mais je suppose qu'elle s'est déchirée dès le premier lavage. Tu as quand même trouvé des choses intéressantes dans cette malle ?

— Oui, mes affaires de base-ball.

— La batte que papa t'a achetée quand tu as été admis dans l'équipe du lycée Jordan ? » demanda Patsy.

Gus confirma d'un signe de tête.

« Elle était vraiment géniale, ma Louisville Slugger. J'ai réussi mon premier *home run* avec elle. En revanche, je n'ai pas vu mon gant. » Gus gloussa. « Il est peut-être tombé en morceaux, comme ma couverture.

— Qui sait ! dit Patsy. Le cuir s'abîme quand on ne l'entretient pas.

— Oui, bien sûr, embraya Marge. Maman a laissé ta chambre en l'état pendant deux ans, puis elle a tout fourré dans cette malle. Papa l'a montée au grenier, et ils ne l'ont plus jamais ouverte. C'était trop douloureux. »

Gus se tortilla sur son siège.

« Eh bien, je suis content qu'ils aient gardé mes affaires. » Il se tourna vers Hannah. « Avez-vous conservé certains objets de votre enfance ?

— Laissez-moi réfléchir, répondit-elle, bien que cette question fût clairement destinée à faire diversion. J'ai toujours mes chaussons de danse en satin rose.

— J'ignorais que tu avais étudié la danse classique ! s'étonna Marge.

— C'est bien là le problème. Je ne l'ai jamais étudiée. Mais à l'âge de onze ans, j'étais persuadée que posséder une paire de chaussons suffirait à faire de moi une danseuse étoile.

— Donc tu les as achetés, et ensuite tu as compris que ça n'avait rien à voir ?

— Exactement », répondit Hannah avec un petit sourire.

Bien entendu, elle ne parla pas de sa terrible déception quand elle s'était aperçue qu'elle ne parvenait à se dresser sur la pointe des pieds qu'en se tenant au dossier d'une chaise. Elle s'était crue naturellement douée pour la danse, alors que dans ce domaine, rien ne s'obtenait sans une absolue abnégation et des années de pratique. Mais comme ni le moment ni le lieu ne se prêtaient aux confidences, elle se contenta d'une boutade.

« Encore un rêve d'enfant étouffé dans l'œuf. On a tous connu ça. Mais j'ai quand même gardé tous les posters de Degas que ma mère m'avait offerts.

— Puisque nous évoquons de vieux souvenirs, te rappelles-tu Mary Jo Kuehn ? » demanda brusquement Jack en fixant Gus, assis en face de lui.

Un silence à couper au couteau suivit cette question d'apparence anodine. À part Jack, et Hannah, qui ne connaissait pas cette femme, toutes les personnes présentes prirent un air embarrassé.

« Oui, dit Gus, et elle me manque toujours autant. Elle était tellement jolie. Mais vois-tu, Jack, aujourd'hui j'ai rencontré une autre jolie femme.

— Qui est-ce ? demanda Marge pour l'aider à changer de sujet.

— Iris, sa fille aînée », répondit Gus en désignant Jack avant de s'adresser à ce dernier. « Elle ressemble beaucoup à sa mère, mais à toi, pas du tout. À ce propos, je suppose qu'Emmy et toi avez divorcé. Sinon tu ne serais pas ici avec Marge. »

Jack lui lança un regard plus que glacial.

« Emily est morte.

— Je suis désolé de l'apprendre. » Hannah le trouva sincère. « Et ta sœur, Heather ?

— Elle aussi, dit Jack sur le même ton.

— Vous vous souvenez de M. Burnside ? intervint Marge en surjouant la gaieté.

— Bien sûr, répondit Patsy avec le même entrain factice. J'étais sûre qu'il allait me recaler, mais il a eu pitié de moi.

— Tu n'étais pas si mauvaise en algèbre, répliqua Marge en lui tapotant la main. Qu'as-tu pensé du buffet des desserts ?

— Il était absolument somptueux. Quant à votre carrot cake… » Patsy se tourna vers Hannah et sourit. « Je croyais le mien indépassable… Eh bien, j'avais tort ! Mac en a repris trois fois !

— Moi, quatre, et j'en mangerais bien une cinquième tranche, lança Gus avec un clin d'œil à Hannah. Vous n'en auriez pas un autre, caché quelque part ?

— En fait… si, j'en ai un. Je comptais le garder pour demain mais… je veux bien aller le chercher. »

Mac, qui était assis au bout de la banquette, se leva pour vérifier ce qu'il restait du premier.

« J'en vois encore une bonne moitié sur le buffet.

— Gus n'ose pas l'avouer, mais en fait, il voudrait qu'on lui en mette de côté pour plus tard, fit Marge en se tournant vers Hannah. C'est comme pour mon fondant au cacao et au caramel. J'en préparais toujours deux, un pour la famille, l'autre pour lui tout seul.

— Tu as raison, reconnut Gus. Je plaide coupable. Hannah, voudriez-vous m'en mettre quelques tranches de côté ?

— Pourquoi pas ? Combien ?

— La moitié ! s'esclaffa Patsy. C'est ce qu'il demandait à Marge. Elle lui en donnait la moitié, mais le lendemain matin, il n'en restait plus du tout. Gus se servait directement dans le frigo.

— Jack fait pareil », dit Marge pour tenter d'inclure son compagnon dans la conversation.

Au lieu de saisir la perche qu'on lui tendait, Jack se contenta de fixer Gus d'un air mauvais.

« Ah, ce fondant au cacao et au caramel ! soupira Gus, feignant n'avoir rien remarqué. Je suppose que tu n'en as pas apporté ce soir, Marge ?

— Non, mais je t'en ferai demain. Juste pour toi.

— Pour moi ? Et ton petit copain ? grinça Gus.

— Jack n'est pas mon petit copain, même si je l'aime de tout mon cœur », lui renvoya Marge avec un regard chargé de reproches. Hannah sentit qu'elle se retenait pour ne pas exploser. « En parlant d'amour, comment as-tu pu quitter la maison en pleine nuit sans prévenir personne ? »

Gus eut un mouvement de recul, comme touché de plein fouet par un tir ennemi.

« Je n'ai pas eu le choix, Marge. J'étais obligé de partir. Et je n'ai pas de compte à vous rendre.

— Peut-être bien, dit Patsy. Mais personnellement, j'estime que tu nous dois une explication. Pour nos parents qui t'adoraient, c'est trop tard. Les pauvres sont morts sans savoir si tu étais encore de ce monde.

— Ils n'ont jamais cessé d'espérer, ajouta Marge. Une lettre, un coup de fil... Mais non, tu n'as pas levé le petit doigt. Nous les avons vus décliner jour après jour. Je veux savoir pourquoi tu ne leur as jamais donné signe de vie. »

Gus ne savait plus où se mettre. L'espace d'une seconde, Hannah fut tentée de le plaindre. Pourtant, Marge et Patsy avaient parfaitement raison. Leur frère s'était montré odieux envers ses parents.

L'intéressé marqua un temps avant de répondre. « Je ne pouvais pas. Je devais faire mes preuves avant de revenir. Et je n'y suis arrivé qu'il y a deux ans. »

Hannah fronça les sourcils. Elle avait entendu Gus parler d'un night-club qui, selon lui, rapportait énormément d'argent.

« Vous disiez que votre navire amiral, le Mood Indigo, avait rencontré un énorme succès dès son ouverture, et que vous aviez très vite remboursé le prêt contracté pour lancer l'affaire. Pourquoi ne pas avoir renoué avec votre famille à ce moment-là ? »

Quand elle vit le regard posé sur elle, Hannah regretta d'avoir parlé trop vite, comme à son habitude. Visiblement, Gus n'appréciait pas qu'on le place face à ses contradictions.

« C'est un interrogatoire de police ? gronda-t-il. Je ne voulais pas mettre la charrue avant les bœufs, c'est tout. Il n'était pas question que je reprenne contact avec ma mère avant d'avoir réalisé mes projets d'extension.

— D'extension ? s'écria Mac. Ça veut dire que tu possèdes plusieurs night-clubs, à ce jour ?

— J'en ai quatre, et je compte en ouvrir d'autres. Atlantic City est un vrai paradis. Les boîtes poussent comme des champignons. »

Mac se pencha vers lui.

« J'en conclus que tu te fais pas mal de fric.

— Tu l'as dit ! Pour s'étendre, il faut avoir les moyens. D'un autre côté, ça prend du temps. C'est bien pour ça que je ne voulais pas crier victoire trop tôt.

— Ça prend du temps... Pour aménager les locaux ? renchérit Mac.

— Pas seulement. Il faut attirer la clientèle, l'inciter à revenir... Faire de la pub, quoi ! Je te raconte pas ce que ça me coûte.

— En tout cas, je trouve que "Mood Indigo" sonne bien, dit Marge en serrant discrètement la main de Jack. Tes autres clubs aussi ont un nom qui rappelle la couleur bleue ?

— Tu as remarqué ? Bravo ! répondit-il, visiblement soulagé qu'on soit passé à un sujet moins scabreux. C'est vrai, le bleu est un peu notre marque de fabrique. En plus de Mood Indigo, nous avons Aqua Room, Sky Blue Heaven et Midnight Stars. C'est une idée qui m'est venue en regardant la carte du ciel collée au plafond de ma chambre, quand j'étais jeune. Elle non plus n'était pas dans la malle. Dommage, elle m'aurait peut-être aidé à trouver le nom de mon prochain club.

— Que dirais-tu de "True Blue" ? proposa Jack avant de se raviser. Et puis non, ça n'irait pas. *True* veut dire "vrai", et la vérité n'a jamais été ton fort, vu que tu mentais comme tu respirais.

— À ta place, je la fermerais, Jack. Tu veux que je raconte comment tu ramassais mes restes ? » lui renvoya Gus.

On aurait pu entendre une mouche voler. Les deux hommes se regardaient en chiens de faïence. Hannah, qui était décidément très mal placée, se demanda avec angoisse combien de temps allait durer la confrontation.

« Excusez-moi, murmura-t-elle pour tenter de désamorcer le conflit. Je vais aller faire un tour du côté du buffet. Quelqu'un reveut du dessert ? »

Marge sauta sur l'occasion.

« Oui, moi !

— Moi aussi, embraya Patsy en donnant un petit coup de coude à son mari. Viens, on va voir s'il y a encore du carrot cake. »

Marge prit Jack par le bras et le traîna presque hors du box. « J'ai besoin d'une tasse de café. »

Jack la suivit docilement, mais, avant de s'éloigner, se retourna vers Gus et marmonna : « Je m'en voudrais de rester ici une minute de plus. »

Tout compte fait, Hannah, qui avait donné le signal de départ, se retrouva seule avec Gus.

« Vous allez me lâcher, vous aussi ? fit-il, énigmatique.

— Eh bien… Je comptais aller découper mon carrot cake, mais… Venez avec moi, transigea-t-elle. Je vous en donnerai un bout, pour plus tard.

— D'accord. Juste une seconde. »

Gus sortit une gélule de sa poche, la goba et la fit passer avec une rasade du whisky soda que Marge lui avait rapporté un instant plus tôt.

« L'alcool et les médicaments ne font pas bon ménage, vous savez ? ne put s'empêcher de lui faire remarquer Hannah.

— C'est un médicament sans ordonnance. Pour l'estomac. Ce pâté au raifort m'a donné des aigreurs. »

Pour quitter la banquette en forme de fer à cheval, Hannah glissa sur la droite, Gus sur la gauche. Après quoi, il se pencha sur la table et attrapa son verre. Profitant de son inattention pour tenter de repérer Jack, Hannah fut étonnée de l'apercevoir au bras de Marge, en train de discuter avec des amis assis dans le box d'à côté.

Hannah lui fit un petit signe, mais, n'obtenant rien en retour, supposa qu'il lui en voulait d'être restée avec Gus, autrement dit, le diable en personne !

Carrot cake

Préchauffer le four à 175 °C,
la grille en position médiane.

2 tasses de sucre blanc (semoule)
3 œufs
¾ tasse d'huile végétale
1 cuillerée à thé d'extrait de vanille
¼ tasse de crème aigre (ou de yaourt nature)
2 cuillerées à thé de bicarbonate de soude
2 cuillerées à thé de cannelle (ou ½ cuillerée à thé de cardamome et 1 ½ de cannelle)
1 ½ cuillerée à thé de sel
1 boîte d'ananas au sirop (400 g)
2 tasses de noix (ou de noix de pécan) hachées
2 ½ tasses de farine (inutile de tamiser)
2 tasses de carottes râpées

Beurrer un moule à gâteau de 22 cm sur 33.

Première note de Hannah : avec un mixeur électrique c'est plus facile, mais on peut s'en passer.

Mélanger le sucre, les œufs, l'huile végétale et la vanille dans un grand bol. Incorporer la crème aigre (ou le yaourt).

Ajouter le bicarbonate de soude, la cannelle (avec ou sans la cardamome) et le sel. Bien mélanger.

Réduire les tranches d'ananas en purée (au mixeur ou au couteau). Incorporer à la préparation avec le sirop et les noix hachées. Mélanger.

Verser la farine petit à petit, sans cesser de tourner.

Râper les carottes (dans un robot ou avec une râpe manuelle) jusqu'à obtenir deux tasses bien pleines. Les incorporer à la main.

Verser la pâte dans le moule. Cuire à 175 °C pendant 50 minutes. Vérifier le degré de cuisson en enfonçant un pic au centre du gâteau.

Laisser reposer sur une grille. Quand le gâteau est froid, le napper de fromage à la crème sans le sortir de son moule.

Nappage au fromage à la crème

½ tasse de beurre ramolli
220 g de fromage à la crème (onctueux)
1 cuillerée à thé d'extrait de vanille
4 tasses de sucre glace

Mélanger le beurre ramolli avec le fromage et la vanille pour obtenir une pâte lisse et homogène.

Deuxième note de Hannah : l'étape suivante doit s'effectuer à température ambiante. S'assurer au préalable que le beurre et le fromage ont bien refroidi.

Verser le sucre glace petit à petit sans cesser de tourner, jusqu'à obtenir la bonne consistance.

Troisième note de Hannah : celles et ceux qui savent manier la poche à pâtisserie peuvent mettre de côté le tiers de la préparation et s'en servir ensuite pour dessiner des carottes sur le gâteau.

Déposer le glaçage en une dizaine de monticules répartis sur la surface du gâteau et, au moyen d'un couteau à glacer (ou d'une spatule en caoutchouc), étaler tout en lissant. La méthode des « monticules » permet d'égaliser l'épaisseur du glaçage et de ne pas abîmer le dessus du gâteau.

Pour dessiner des carottes à la poche, il suffit de mélanger au glaçage restant une goutte de colorant alimentaire jaune et une goutte de colorant alimentaire rouge. Pour les fanes, prendre du colorant vert.

Chapitre 4

Il faisait encore nuit lorsque la sonnerie du réveil retentit dans la chambre silencieuse. Hannah roula sur le ventre, colla l'oreiller sur sa tête et le rabattit de chaque côté pour mieux se couper du bruit. Elle n'avait pas l'intention de se lever, du moins pas tout de suite. Elle venait à peine de fermer l'œil. Comment pouvait-il être déjà l'heure de se préparer ? Non, c'était impossible. Une panne de courant durant la nuit avait dû dérégler ce maudit réveil. Ou alors, elle s'était trompée en le programmant la veille au soir. En tout cas, elle était sûre et certaine qu'il n'était pas 4 h 30.

Pour en avoir le cœur net, il aurait fallu qu'elle ouvre les yeux et regarde le cadran. Or, elle n'en avait pas l'intention. Avec un peu de chance, elle pourrait peut-être se rendormir. Mais quelle heure était-il au juste ? Pas plus de 3 heures du matin, à en juger d'après la fatigue qu'elle ressentait. Elle avait l'impression d'avoir des palets de hockey à la place des paupières.

Hannah esquissa un sourire sous son oreiller. Combien pesait un palet de hockey, déjà ? Elle s'était renseignée sur la question voilà quelques années et se souvenait que la bonne réponse se situait entre cent cinquante et cent soixante-dix grammes. Cela ne concernait que les palets de compétition, parce que les palets d'entraînement, ceux qu'on reconnaissait à leur couleur bleue, ne dépassaient pas les cent dix grammes. En revanche, les palets en acier qui servaient à renforcer les muscles du poignet atteignaient les neuf cents grammes. On ne devait pas oublier les palets creux, orange fluo, qu'on utilisait pour les jeux en salle ou dans la rue. Mais cette nomenclature ne s'appliquait qu'au hockey sur glace. Pour jouer au roller hockey, on prenait des palets en plastique de couleur vive. Il y en avait des jaunes, des verts, des orange, des bleus. Encore que le rouge fût la couleur la plus répandue.

Hannah gémit. Après ce stupide inventaire, elle n'avait plus du tout envie de dormir. Et ce réveil qui n'en finissait pas de sonner ! songea-t-elle. Qu'allaient dire les voisins ? Seulement voilà, pour l'arrêter, il fallait tendre le bras.

Ses yeux s'ouvrirent d'un seul coup. Elle repoussa l'oreiller, repassa sur le dos et s'assit toute droite dans son lit. Ce n'était pas son réveil qui sonnait, mais son portable. Et en pleine nuit, ce n'était pas bon signe. Même sa mère ne l'appelait jamais avant 6 heures du matin !

2 h 30, lut-elle sur le cadran lumineux. Le cœur battant, elle attrapa le téléphone posé sur sa table de chevet. Pourvu qu'il s'agisse d'un faux numéro ! Pourvu qu'il n'y ait rien de grave !

« Allô ? coassa-t-elle avant de s'éclaircir la gorge.

— Hannah ?

— Oui. Qui est à l'appareil ?

— Sue Plotnik, ta voisine du dessous. Tout va bien chez toi ? »

Hannah regarda autour d'elle.

« Oui, ça va. Enfin, je crois. Il y a un problème ?

— Nous avons entendu du bruit, tout à l'heure. Pas toi ? »

Hannah commençait à se demander quel genre de bruit quand un terrible grondement déchira le silence, doublé de plusieurs chocs sourds, comme si une balle de tennis tournait dans le tambour d'une machine à laver.

« Oui, je l'entends, maintenant. Qu'est-ce que ça peut bien être ?

— Phil dit que ça vient de ta salle de bains. On l'entend mieux quand on se met dans la nôtre qui est juste en dessous.

— Ne quitte pas, je vais voir.

— Attends ! s'écria Sue. Pas toute seule. Phil pense qu'un cambrioleur a voulu pénétrer dans ta salle de bains par la fenêtre et qu'il est resté coincé.

— Impossible. Après mon emménagement, Bill a placé un système de sécurité sur toutes mes fenêtres. Je peux à peine les entrouvrir pour aérer.

— J'aime mieux ça. Bon, vas-y. Tu sais que nous avons le double de tes clés. Je reste au téléphone, et si tu n'es pas revenue dans deux minutes, Phil montera t'aider. »

Son cœur battait la chamade quand Hannah reposa le portable pour se diriger vers la porte entrouverte de la salle de bains attenante à sa chambre. À chaque pas, le grondement devenait plus effrayant. Comment avait-elle fait pour dormir avec un raffut pareil ? Elle devait vraiment être épuisée, se dit-elle en se remémorant les nuits qu'elle avait passées à réviser ses examens, jadis, à la fac. Une fois, après avoir bûché vingt-quatre heures d'affilée, elle était tombée comme une masse et s'était réveillée fraîche et dispose le lendemain, alors que pendant la nuit une tornade avait balayé la région, déracinant plusieurs grands arbres à deux pas de son foyer universitaire.

Hannah entra dans la salle de bains à pas de loup. Le bruit venait de la baignoire. Dans cet espace clos, coincé entre deux murs carrelés et une cloison vitrée, il résonnait comme un tonnerre lointain.

À la lueur de la veilleuse branchée près du lavabo, Hannah vit dans l'interstice entre les deux panneaux coulissants une forme sombre tourbillonner au fond de la baignoire, trop rapide pour que l'œil humain aperçoive autre chose qu'une brume mouvante. La forme n'était pas très grande. Un petit chien peut-être, si l'on se fiait au frottement de ses pattes sur l'émail à chaque prise d'élan. Oui, un chien. Ou bien...

« Moshe ! » souffla Hannah en faisant coulisser la cloison vitrée.

Elle l'ouvrit juste à temps pour voir son chat passer une énième fois sous les robinets de la baignoire. Moshe allait s'offrir un nouveau tour de manège quand il l'aperçut. Il freina en dérapant, leva les yeux vers elle, l'air de dire : *Où est le problème ?*, et repartit de plus belle.

N'écoutant que son courage, Hannah enjamba le rebord et lui coupa la route à l'instant même où il repassait sous les robinets.

« Maintenant, ça suffit ! » gronda-t-elle.

Moshe prit le temps d'observer le visage de sa maîtresse. Ce qu'il vit dut l'inquiéter, car il bondit hors de la baignoire pour se réfugier dans la chambre. Le problème étant résolu, Hannah referma la paroi coulissante et se rua sur son portable pour rassurer les voisins.

À peine eut-elle replongé dans les bras de Morphée que le ramdam recommença. Furieuse, Hannah surgit dans la salle de bains et, cette fois, expulsa l'importun sans aucun ménagement. Mais comment avait-il fait pour sauter dans la baignoire alors qu'elle avait pris soin de refermer les parois coulissantes avant de sortir ? Moshe les aurait-il écartées avec les griffes ? Des mesures plus strictes s'avéraient nécessaires.

Cette fois, ce fut la porte de la salle de bains qu'elle referma. Une porte que d'habitude elle laissait ouverte la nuit, pour éviter de se cogner quand elle se levait pour aller aux toilettes. Précaution désormais inutile, puisqu'on était déjà le matin. En regagnant son lit, Hannah jeta un coup d'œil sur l'affichage digital du réveil. 3 h 10.

Elle allait se rendormir quand un nouveau bruit la fit sursauter. Moshe grattait la porte de la salle de bains. Quand ce chat avait une idée en tête, rien ne l'arrêtait. Dans un demi-sommeil, Hannah vit défiler des pots de peinture, une porte à remplacer...

Excédée, elle se dressa sur son séant, prête à sévir. Cet animal n'était qu'un ingrat ! Voilà comment il la remerciait de lui avoir épargné une vie d'errance ! Elle l'avait accueilli chez elle alors qu'il gelait dehors, elle l'avait nourri – avec des mets de roi, qui plus est –, lui avait prodigué tous les soins nécessaires, vaccins, visites de contrôle chez le vétérinaire... Elle lui avait même offert un bel oreiller en plumes d'oie et, la nuit, elle acceptait qu'il se glisse sous son édredon. Hannah se sentait trahie. D'un autre côté, elle savait que s'énerver ne résoudrait rien. Pour l'instant, elle devait surtout tenter de préserver le sommeil de ses voisins.

Il n'y avait qu'une solution, se dit-elle en allumant sa lampe de chevet pour couper l'alarme du réveil, laquelle était censée retentir une heure plus tard. Ayant trouvé ses chaussons plus facilement qu'à l'accoutumée, elle mit le cap sur la cuisine, alluma la cafetière et, comme si de rien n'était, remplit la gamelle de son chat. Normalement, une fois rassasié, il partait se coucher en rond sur le dossier du canapé. Moshe s'endormirait comme un bienheureux, mais pour elle, la nuit serait bel et bien terminée. Alors pourquoi ne pas en profiter pour essayer la nouvelle recette que son amie Lois Brown lui avait envoyée de Phœnix ? Des bouchées aux raisins. Elle préparerait la pâte chez elle et l'emporterait au Cookie Jar pour la phase de cuisson.

Bouchées aux raisins

Préchauffer le four à 175 °C,
la grille en position médiane.

1 ½ tasse de raisins secs (de Corinthe ou de Smyrne)
1 ½ tasse d'eau (celle du robinet suffit)

---

3 ½ tasses de farine (inutile de tamiser)
1 cuillerée à thé de sel
1 cuillerée à thé de bicarbonate de soude
1 cuillerée à thé de levure chimique

---

1 tasse de beurre ramolli (2 plaquettes, ½ livre)
1 ½ tasse de sucre blanc (semoule)
3 œufs battus (à la fourchette dans un verre)
1 cuillerée à thé d'extrait de vanille

½ tasse de sucre blanc (semoule) pour plus tard

Première note de Hannah : Hank, qui exploite le magasin de spiritueux municipal, suggère de faire tremper les raisins dans du rhum ou du cognac (personnellement je préfère les mettre dans de l'eau).

Verser l'eau et les raisins dans une casserole. Faire réduire à feu doux sans couvrir (l'eau s'évapore en 20 minutes environ).

Laisser refroidir une demi-heure (pour aller plus vite, mettre la casserole au frigo).

Dans un bol de taille moyenne, mélanger la farine, le sel, le bicarbonate de soude et la levure (avec un fouet, c'est plus efficace). Réserver.

Deuxième note de Hannah : pour réaliser cette partie de la recette, j'utilise un mixeur électrique, mais, si on a de l'énergie, on peut aussi le faire à la main.

Mélanger le beurre ramolli et le sucre. Battre jusqu'à obtenir une pâte légère et mousseuse.

Ajouter lentement les œufs battus. Mixer.

Incorporer les raisins et la vanille. Mélanger à la main.

Ajouter peu à peu le mélange à base de farine. La pâte doit rester légère et aérée.

Mettre ½ tasse de sucre dans un petit bol. Prélever des boules de pâte avec une cuillère (à thé ou à soupe, selon les goûts), les rouler dans le sucre et les déposer au fur et à mesure sur une plaque préalablement enduite de matière grasse. Douze pour une plaque standard.

Cuire à 175 °C pendant 9 à 10 minutes ou jusqu'à ce que les bouchées commencent à dorer.

Note de Lois Brown : faire un essai avant de se lancer. Si les bouchées ont tendance à s'aplatir à la cuisson, ajouter une cuillerée de farine, voire deux. J'en fais depuis quarante ans pour ma famille, et personne ne s'est jamais plaint.

Rendement : 5 à 6 douzaines de délicieuses bouchées aux raisins.

Chapitre 5

Hannah baissa la vitre de son break pour profiter de la brise venant du lac. Chaque été, le défilé incessant des caravanes, remorques à bateau et autres camping-cars endommageait un peu plus la route qui longeait la rive. Normalement, Hannah aurait dû lever le pied pour s'éviter les cahots, mais, tout bien pesé, elle préférait slalomer entre les ornières qu'être attaquée par les moustiques. Comme tous les natifs de la région, Hannah savait que ralentir un tant soit peu signifiait subir les assauts de ces redoutables insectes (si répandus au Minnesota qu'ils auraient mérité de figurer sur le drapeau). Or elle n'avait nullement l'intention de leur offrir un festin à base de A négatif.

C'était une journée magnifique. Une légère brume flottait dans l'air, composée pour partie des fumées d'un lointain barbecue et pour l'autre de la condensation naturelle, une moiteur qui lui rappelait des scènes d'enfance, lorsqu'on faisait sécher les maillots sur la balustrade du porche. Quand le soleil aurait atteint son zénith, les ombres des conifères sur les berges deviendraient de minuscules cercles noirs resserrés à la base des troncs. Le mois d'août tirait à sa fin. On était lundi, et Hannah faisait l'école buissonnière avec l'assentiment de sa mère, ce qui ne s'était jamais produit durant sa scolarité. Delores et Carrie avaient fermé boutique pour pouvoir assister aux festivités. Avant de partir, elles avaient envoyé Luanne, leur assistante, au Cookie Jar pour tenir la caisse. Luanne avait débarqué à l'instant précis où Hannah retournait le panonceau sur la porte.

N'étant pas pressée, Hannah avait pris la route la plus longue, celle qui contournait Eden Lake. Tout en se réjouissant d'assister à cette fête de famille, elle espérait ne pas se retrouver encore une fois seule avec Gus Klein, le frère prodigue.

À la sortie du dernier virage, Hannah poussa un gémissement. Le parking réservé aux invités était bondé. On aurait dit que toute la ville s'était déplacée pour rencontrer les familles Herman et Beeseman, dont les membres avaient trouvé à se loger dans les cabanes autour du lac. Deux familles extrêmement nombreuses. Pour s'en convaincre, il suffisait de savoir que Lisa était la dernière d'une grande fratrie dont les membres – établis dans la région, pour la plupart – avaient tous trouvé des conjoints ayant eux-mêmes une ribambelle de frères et sœurs. Même chose du côté Beeseman. En comptant les amis et les voisins, il devait y avoir dans les deux cents participants.

Faute de trouver une place, Hannah s'en créa une. C'était l'un des avantages de posséder un véhicule à quatre roues motrices. Il lui suffisait de passer une vitesse pour escalader le talus entourant le parking et se garer à cheval entre deux monticules.

Hannah prit le temps de s'asperger de répulsif, une habitude qu'elle avait acquise dès l'enfance. Puis elle attrapa la grosse boîte contenant les cookies prévus pour le dessert, sortit de son break en la tenant en équilibre, descendit le talus avec moult précautions, et fonça vers les tables de pique-nique dressées sur la rive.

En approchant, elle entendit des rires, des éclats de voix. Armée d'un mégaphone, Lisa, vêtue d'un tee-shirt rouge marqué « VIVE LA FAMILLE », haranguait la foule depuis l'estrade où elle était perchée.

« C'est l'heure du portrait de famille ! Mettez-vous tous en ligne derrière mon père, Jack, et la mère de Herb, Marge. Comme ça, nous aurons le lac en arrière-plan. Si vous êtes perdus, Herb et Norman vous indiqueront votre place. Dans l'idéal, les grands sont derrière et les petits devant. »

Hannah posa la boîte de cookies sur la table à tréteaux prévue à cet effet et rejoignit la fête. Elle savait que Norman s'était porté volontaire pour immortaliser l'événement. Mais il aurait peut-être besoin d'aide.

« Hannah ! »

Fort heureusement, ce n'était pas la voix de Gus.

« Bonjour, maman, dit Hannah en se retournant vers l'élégante dame brune qui aurait mieux aimé mourir que passer du 36 au 38.

— Bonjour, ma chérie. » Delores la prit par le bras, non pour l'embrasser, mais pour pouvoir retirer l'une de ses fines sandales blanches. « Je n'aurais pas dû mettre des talons aujourd'hui. Mais je n'imaginais pas qu'il y aurait autant de sable. »

Hannah éclata de rire.

« C'est une plage, maman. Qui dit plage dit sable !

— Oui, tu as raison. Cela dit, ils auraient pu en enlever un peu. » Delores s'interrompit et sourit à sa fille. « Tu as aimé la surprise que nous t'avons faite ce matin ? »

Hannah mit deux secondes à comprendre.

« Luanne, tu veux dire ? Oui, c'est vraiment adorable de votre part. Je n'aurais pas pu rester sinon...

— Rien n'est trop beau pour ma fille chérie. »

Que de compliments ! Une sonnerie d'alarme se déclencha dans la tête de Hannah. Delores avait besoin d'un service... Mais lequel ?

« J'espère que cette journée de congé te sera profitable. Tu l'as bien méritée, Hannah. »

À la sonnerie d'alarme s'ajoutèrent plusieurs clignotants rouges. « Merci, maman, dit-elle avant d'ajouter, involontairement : Que dois-je faire ? »

Sa mère recula de surprise.

« Comment ? Tu ne crois tout de même pas que je t'ai offert un jour de repos parce que j'espérais obtenir quelque chose en échange !

— Désolée, bredouilla Hannah, déconfite. J'ai cru que tu avais besoin d'un coup de main.

— Eh bien... maintenant que tu en parles... » Delores haussa les épaules. « Écoute, depuis hier soir, Gus, le frère de Marge, est introuvable. Or, sans lui, la photo de famille ne peut pas se faire. On m'a demandé d'aller le chercher, mais je préférerais que tu t'en charges. Tu comprends... chaussée comme je le suis... » Elle montra ses sandales à lanières. « Tu vois ce que je veux dire. Veux-tu bien m'aider, ma chérie ? »

Delores avait effectivement un service à lui demander.

Plusieurs expressions imagées vinrent à l'esprit de Hannah. Mais laquelle choisir ? Piégée comme un rat ? Comme une mouche sur une toile d'araignée ? Comme une biche dans les phares d'une voiture ?

« Hannah ?

— D'accord, maman, dit-elle en abandonnant les métaphores animalières. Je vais le chercher. »

Dans la vie, rien n'est jamais simple. Hannah commença par le bungalow où Gus avait posé ses valises. Le seul être vivant qu'elle y trouva était une petite grenouille verte qui, en la voyant, franchit d'un bond l'espace entre le placard de la chambre et la kitchenette. À moins que Gus n'ait croisé une méchante sorcière la veille au soir, on pouvait affirmer qu'il n'était pas chez lui. Et comme sa Jaguar n'avait pas bougé, on pouvait aller jusqu'à supposer qu'il était parti à pied. Pour aller où ? Eden Lake n'était pas le plus grand lac du Minnesota, tant s'en fallait, mais ratisser ses abords lui prendrait sans doute plusieurs heures.

Un coassement interrompit ses réflexions. La grenouille sauta sur le plan de travail, puis dans l'évier, où elle atterrit près d'une gélule vert et blanc. Craignant que la gélule ne contienne une substance nocive aux batraciens, Hannah la ramassa très vite, puis tenta de déchiffrer les petits caractères imprimés dessus. En vain.

Comme il n'y avait aucun flacon en vue, elle se tourna vers l'armoire à pharmacie, laquelle était vide et sa porte entrouverte. Que faire ? Envelopper la gélule dans du film alimentaire et la déposer dans la valise ouverte sur le lit ? Elle ressemblait à s'y méprendre à celle que Gus avait gobée pendant le bal en disant qu'il s'agissait d'un médicament sans ordonnance contre les maux d'estomac.

De plus, elle commençait à se dissoudre, sans doute à cause de l'humidité qui stagnait au fond de l'évier. La poudre qu'elle contenait sortait par une fissure. Hannah hésita une fraction de seconde, puis la poussa dans le siphon et fit couler l'eau. La grenouille était sauvée. Elle refermait le robinet quand un détail la fit sourciller. La kitchenette était impeccable. Pas de vaisselle sale sur le comptoir, pas de bol, pas de couverts dans l'égouttoir. Gus les aurait-il lavés et séchés avant de les ranger ? Improbable, se dit-elle en voyant le torchon à vaisselle encore sec et bien repassé. Gus n'avait pas pris son petit déjeuner chez lui.

« Bizarre, tu ne trouves pas ? » dit Hannah à la grenouille, qui la fixait d'un air insondable.

Sans attendre sa réponse, elle ouvrit la porte du frigo. Il n'y avait rien dedans, à part une bouteille de Jack Daniel's et deux canettes de bière. D'où l'absence de vaisselle sale. Dans le compartiment congélateur, elle trouva seulement deux bacs à glaçons en métal, ceux qu'il ne fallait pas trop remplir sinon les glaçons se soudaient. Gus avait peut-être eu un petit creux dans la matinée, il était parti acheter quelques victuailles à L'Épicerie du Lac et n'était pas encore rentré.

Hannah refit couler un peu d'eau pour la grenouille, puis sortit du bungalow, traversa la route et prit la direction du magasin. Gamine, elle y avait passé de bons moments. Quand elle poussa la porte, une clochette tinta au-dessus de sa tête, ravivant de lointains souvenirs. Certaines choses étaient immuables, se dit-elle en reconnaissant l'odeur d'autrefois, un étonnant mélange de saucisses cocktail, de cornichons à l'aneth – lesquels trempaient dans le même grand bocal posé sur le même comptoir – et de bananes mûres.

« Bonjour, Hannah. » Ava Schultz écarta le rideau séparant la boutique de l'appartement qu'elle occupait dans le fond. C'était un petit bout de femme très vive et très bavarde. Elle faisait penser à un moineau voletant d'une étagère à l'autre sans jamais se poser. Bien qu'elle eût dépassé la cinquantaine, ses cheveux coupés au carré étaient restés d'un châtain uniforme. Ne l'ayant jamais croisée dans le salon de coiffure de Bertie Straub, Delores et ses amies s'étaient mis en tête qu'elle portait une perruque.

« Bonjour, Ava ! » lança Hannah en s'avançant vers le congélateur-coffre rouge cerise qu'elle avait toujours connu. Elle se pencha et découvrit derrière la vitre un incroyable assortiment de Popsicle, les bâtonnets glacés de son enfance. « Quoi de neuf depuis quinze ans ? »

Ava la rejoignit en gloussant de rire.

« Les trois boîtes posées au milieu. Tu les vois ? Elles contiennent des Rainbow, des Scribbler et des Great White.

— Inconnus au bataillon.

— Tu m'étonnes. Ils n'existaient pas quand tu étais petite. En ce temps-là, je ne vendais que des doubles pops, mais vous aviez le choix entre des dizaines de parfums.

— Mon préféré, c'était rhubarbe, sourit Hannah.

— Jamais entendu parler. Tu me fais marcher, hein ?

— Oui. Je savais que la grande spécialiste du bâtonnet glacé ne se laisserait pas avoir si facilement.

— J'essaie de me tenir au courant. Les enfants adorent les nouveaux produits, et il en sort un quasiment tous les mois. » Elle désigna une autre boîte. « Regarde ! Là, j'ai des LifeSavers Super Pops. Quatre couches de sorbet : ananas, orange, cerise et framboise. Et ceux que tu vois à côté, ce sont des Incredible Hulk, dans la série Super-Héros. Ils mélangent trois parfums : fraise-kiwi, raisins et pomme verte. Mais les Big Foot, goût cerise et barbe à papa, sont les plus demandés. Ils ont la forme d'un pied avec une boule de chewing-gum à la place du gros orteil.

— Sympa ! Les Popsicle ont beaucoup changé depuis leur invention par Frank Epperson, en 1905. Une nuit qu'il gelait, Epperson avait laissé son verre de limonade dehors avec une cuillère à l'intérieur. C'est de vous que je tiens cette histoire, Ava.

— Tu t'en souviens ! s'exclama Ava avec le sourire admiratif qu'une professeure pose sur sa meilleure élève.

— Bien sûr que je m'en souviens. »

Hannah lui rendit son sourire en y glissant un soupçon d'indulgence : Ava la lui avait racontée des dizaines de fois. Mais elle n'était pas venue pour parler Popsicle.

« Dites-moi, avez-vous aperçu Gus Klein, ce matin ? Sa famille le cherche partout. J'ai promis de le retrouver à temps pour la photo.

— Je ne l'ai pas revu depuis hier soir, quand il m'a raccompagnée après le bal. Et avant que tu poses la question, non, il ne s'est rien passé entre nous. Il voulait juste m'acheter une bouteille de lait. Pour en boire avec ton carrot cake.

— Vous avez accepté, j'imagine.

— Le client est roi, même passé minuit. Je lui ai ouvert, il a pris ce dont il avait besoin, et nous avons bu un verre en attendant que les derniers invités quittent la salle des fêtes. Il m'a dit qu'il avait caché son gâteau derrière le bar pour pouvoir le récupérer quand tout le monde serait parti. Si quelqu'un l'avait vu, il aurait été obligé de lui en proposer un morceau. Et comme la générosité n'a jamais été son fort... Je le sais, on a fait toute notre scolarité ensemble. À la maternelle, déjà, il refusait de partager son goûter. »

Hannah réfléchit un instant. D'un côté, elle se réjouissait que Gus ait apprécié son gâteau à la carotte au point de vouloir le garder pour lui, de l'autre, elle était choquée qu'il n'en ait pas offert au moins une petite tranche à Ava pour la remercier.

« Bref, reprit l'épicière. Au bout d'un moment, on s'est dit bonsoir et il est parti avec ses emplettes.

— Il vous a pris de quoi préparer un petit déjeuner, je suppose ? dit Hannah en se souvenant du frigo vide.

— Une personne normalement constituée ne mange pas ce genre de choses au petit déjeuner. Mais Gus a toujours cherché à se distinguer, alors ça ne m'a pas trop étonnée.

— Qu'a-t-il acheté ?

— Du jambon, du pain, du gruyère, plusieurs paquets de chips et dix Milky Way. La version d'origine, au chocolat au lait. La dernière fois que je l'ai vu, il se dirigeait vers la salle des fêtes avec sa glacière et son sac de courses.

— Sa glacière ? Quelle glacière ?

— J'ai oublié de te dire qu'il m'en avait acheté une. Le modèle portatif. Quand je lui ai fait remarquer que son bungalow était équipé d'un frigo, il m'a répondu qu'il était en panne. »

Hannah fronça les sourcils. Ce frigo marchait très bien. Dans le cas contraire, les glaçons auraient fondu. Pourquoi Gus avait-il menti ?

« Il avait promis de passer ce matin me régler, poursuivit Ava. Mais il ne l'a pas fait. »

Hannah frémit. Les premières notes d'une sinistre mais familière ritournelle tintèrent à ses oreilles, quelque chose entre la *Marche funèbre* de Chopin et la bande originale de *L'Exorciste*.

« À quelle heure vous a-t-il quittée ?

— Vers 1 h 30, je dirais. Quand je me suis mise au lit, j'ai regardé la pendule, et il était 1 h 45. »

Par instinct, Hannah chercha dans son sac le bloc sténo qu'elle utilisait lors de ses enquêtes, mais se ravisa aussitôt. Pour autant qu'elle sache, personne n'était mort. Gus demeurait introuvable, certes, mais il n'y avait pas de quoi s'affoler. Peut-être avait-il seulement horreur des photos de famille, ce qui n'aurait pas été étonnant étant donné son passé. Gus n'était pas bien loin. Il ne serait pas parti sans sa Jaguar. Aurait-il trouvé un hébergement plus confortable que ce minuscule bungalow infesté de moustiques ? Lors du bal, Hannah s'était amusée à compter les femmes célibataires. Il y en avait une bonne dizaine entre trente et cinquante ans. L'une d'entre elles avait peut-être invité le frère prodigue à finir la nuit chez elle. Les hommes comme lui, portant un costume sur mesure, une Rolex et une chevalière en or et diamant, ne couraient pas les rues de Lake Eden. Sans compter la Jaguar et les liasses de billets qu'il brandissait pour un oui ou pour un non. Gus aurait-il attendu dans l'épicerie d'Ava que les éventuels témoins rentrent chez eux pour aller chercher son carrot cake et ensuite rejoindre la dame ? Mais dans ce cas, pourquoi avoir acheté du gruyère, des chips et des Milky Way ? Une bouteille de champagne aurait été plus appropriée.

Pourtant, cette histoire de rendez-vous galant était parfaitement plausible. Peut-être qu'en ce moment même, Gus était attablé dans la cuisine de sa nouvelle amie en train de déguster un sandwich jambon-fromage, une tranche de carrot cake ou...

« ... ou peut-être pas », marmonna-t-elle avant de se tourner vers Ava. « Je dois y aller. Le temps m'est compté.

— Bonne chance ! Au fait, si tu croises Gus, peux-tu lui passer un message ?

— Lequel ?

— Rappelle-lui qu'il me doit de l'argent. Le jambon, le pain, le lait, le gruyère, les Milky Way et les glacières ne poussent pas sur les arbres, que je sache. »

Chapitre 6

Par où commencer les recherches ? L'endroit le plus évident était la salle des fêtes, décida Hannah en sortant de l'épicerie. Aucune voiture n'était garée sur le parking aménagé près de la rive. Quelques détritus jonchaient le sable : un paquet de cigarettes froissé, un bandana bleu et blanc déchiré, un bon-cadeau donnant droit à un petit déjeuner pour deux chez Paula's Pancake.

Rien d'alarmant, donc. Pourtant, une curieuse impression la saisit, suivie d'un fourmillement au creux de la nuque, comme chaque fois qu'un événement désagréable, voire pire, était sur le point de se produire. Elle avait beau se répéter qu'elle se faisait des idées, que Gus allait bien et qu'elle ne trouverait rien dans cette salle à part le désordre des lendemains de fête, Hannah tremblait presque en se dirigeant vers la porte d'entrée.

Hier soir, les lieux avaient une autre allure. Elle se souvenait d'une façade blanche baignée par le clair de lune, de fenêtres d'où se déversait une lumière festive illuminant les arbustes alentour, d'une musique entraînante faisant vibrer les cloisons et les cœurs... Fini les danses, fini les rires. À présent, tout était désespérément... Hannah s'immobilisa, le temps de trouver le mot juste. *Triste*. Oui, tout était triste à pleurer. Sur les bardeaux, la peinture blanche s'écaillait, les volets en bois se décrochaient. Au bas des marches, comme des sentinelles éméchées, s'alignait une demi-douzaine de canettes de bière vides posées de guingois.

Hannah essaya d'ouvrir mais, comme elle l'avait craint, la porte était verrouillée. Alors elle frappa en criant le nom de Gus. Pas de réponse. Une autre qu'elle aurait peut-être fait demi-tour pour aller demander la clé à Lisa. Mais Hannah était une fille du cru, et, à ce titre, elle savait depuis l'adolescence, bien qu'elle ne l'eût jamais vérifié par elle-même, que la salle des fêtes était le seul refuge pour les amoureux dans une ville où tous les espaces publics étaient soit surveillés soit éclairés par des lampes à arc. Elle savait également que le troisième volet à gauche sur la façade arrière fermait mal. Hannah fit le tour, décrocha le cadenas défectueux, tira sur le battant, puis le cala avec le crochet vissé au chambranle. Elle n'avait plus qu'à entrer. Le rebord de la fenêtre lui arrivait à la taille. Hannah passa une jambe, puis l'autre, prit appui sur ses mains et sauta.

L'atterrissage aurait pu être plus gracieux, mais tant pis. Elle n'avait jamais été une grande sportive. Un profond silence l'accueillit, entrecoupé par les bourdonnements des mouches piégées à l'intérieur des locaux. Étant enfant, elle croyait que les mouches parlaient et qu'en les enregistrant, puis en repassant la bande au ralenti, elle les entendrait murmurer : « Regarde ! Hannah a renversé de la confiture de fraises sur la table de la cuisine », ou : « Attention ! Delores a sorti la bombe d'insecticide ! »

Sur le mur du fond se trouvaient plusieurs conteneurs à déchets d'où surnageaient des assiettes et des gobelets en plastique. Dans une poubelle à part, les bouteilles en verre destinées au recyclage.

Hannah plissa le nez. Un mélange d'odeurs flottait dans l'air. Elle identifia des notes sucrées, celles des desserts servis en grand nombre la veille, l'arôme âcre du café maintes fois réchauffé, des effluves d'eau de Cologne, de parfums, ainsi que des relents de bière et d'alcool. Rien que de très classique après une telle soirée. Mais il y avait encore autre chose. Une émanation que son odorat pourtant exercé peinait à identifier. C'était une odeur puissante aux accents métalliques, légèrement écœurante, qu'elle associait à des souvenirs pénibles... Mais il valait mieux ne pas y songer pour l'instant.

Par réflexe, Hannah se mit à ramasser les serviettes en papier, les gobelets et les assiettes en carton qui traînaient un peu partout. Puis, se rappelant que Lisa et Herb avaient constitué une équipe de volontaires chargés de procéder au nettoyage, elle réprima ses ardeurs ménagères et se mit en devoir d'inspecter les lieux à la recherche de Gus.

Un courant d'air bouscula les grains de poussière naviguant dans le soleil qui entrait par la seule fenêtre ouverte. Trois mouches passèrent en vrombissant et filèrent vers le bar, au fond de la salle. Hannah les suivit du regard. Un sac de courses en papier kraft et une glacière blanche portative reposaient sur le comptoir en acajou. Gus était passé par là. Peut-être les avait-il oubliés. Peut-être, gagné par la fatigue, les avait-il laissés derrière lui.

N'importe quoi ! se récria une voix dans sa tête. *Gus les a achetés parce qu'il en avait besoin. Ava a même dû rouvrir son épicerie spécialement pour lui.*

Une nouvelle cohorte de diptères affamés traversa la salle. C'en était presque inquiétant. Herb et Lisa parviendraient-ils à chasser ces insectes à temps pour la projection de diapositives prévue le soir même ? Hannah se précipita dans la cuisine et revint avec une grosse éponge et un flacon de détergent. C'était sur ce comptoir que les desserts avaient été présentés, la veille. Il devait rester à la surface des petits bouts de chocolat, des grains de sucre, des gouttes de miel séchées ou autres.

Tandis qu'elle approchait, un détail retint son attention. Elle s'arrêta net, abaissa le regard. D'autres insectes s'étaient joints au festin. Une procession de fourmis charpentières longeait le comptoir, disparaissait au coin et ressortait de l'autre côté, chacune transportant sa part du butin. Les fourmis charpentières travaillaient rarement dans la journée. Une éclaireuse avait dû flairer l'aubaine et battre le rappel des troupes.

Hannah gémit en découvrant ce qui les attirait : son carrot cake, en miettes, sur le sol. Il était tombé côté glaçage et avait fini sous le talon d'une chaussure. Écrabouillé !

Son gâteau ! Hannah faillit s'étrangler de colère. Quel gâchis ! Non seulement Gus l'avait laissé tomber, mais il avait marché dessus ! Deux secondes plus tard, elle vit une chose dépasser du comptoir. Une chose en forme de pied. Un pied était forcément relié à une jambe, se dit-elle en laissant tomber l'éponge et le flacon de détergent sur une table voisine. Et, après la jambe, il y avait forcément un corps. Un corps étendu derrière le bar.

« Encore un meurtre ! » souffla-t-elle tandis que la *Marche funèbre* de Chopin et la musique du film *L'Exorciste* se superposaient à nouveau dans sa tête.

Ce mocassin en pécari lui rappelait quelqu'un. Quelqu'un aimant faire étalage de sa richesse. Pareil pour la chaussette en fil de soie qui disparaissait en partie sous la jambe d'un pantalon cousu main. Ces accessoires vestimentaires, valant sans doute dix fois plus que ce que rapportait le Cookie Jar en une semaine, appartenaient à l'homme avec lequel elle avait longuement discuté la veille pendant le bal.

Hannah respira à fond pour se donner du courage. Comme elle l'avait soupçonné, Gus était passé récupérer son carrot cake dans la salle des fêtes. Mais il n'avait pas eu le temps d'en profiter. Après une ou deux bouchées, il était tombé à la renverse, touché en pleine poitrine, comme en attestait la tache rouge pivoine qui s'étalait sur le devant de sa chemise.

Poignard ou revolver ? fut la question qui lui vint aussitôt à l'esprit. Mais il était un peu tôt pour s'interroger sur l'arme du crime. Ne devait-elle pas commencer par s'assurer que Gus était bien mort ?

Hannah s'arracha à la contemplation du corps pour se concentrer sur le plancher jonché de miettes orange et les fourmis qui poursuivaient leur récolte comme si de rien n'était. Aucun objet suspect en vue. Apparemment, l'agresseur était parti sans laisser d'indices derrière lui.

Hannah ferma les paupières en tentant de se persuader qu'elle faisait un cauchemar et qu'elle allait se réveiller. Après tout, elle dormait très mal depuis quelque temps.

Mais quand elle rouvrit les yeux, Gus gisait toujours au milieu des miettes, pâle comme un linge.

Tu devrais quand même vérifier, insista sa voix intérieure. *Imagine qu'il soit encore vivant et que tu n'aies rien fait pour le sauver.*

« D'accord. »

Elle aurait préféré s'éviter un nouveau contact avec un cadavre, mais sa voix intérieure avait raison. Il fallait vérifier. Et si Gus respirait encore, elle appellerait les secours. Mais hélas, elle avait oublié son portable à la maison – encore une fois. Et autour d'elle, pas le moindre téléphone. Elle n'avait donc aucun moyen d'appeler les secours. Alors à quoi bon...

Qu'est-ce que tu racontes ? Il y a un téléphone à l'épicerie. Tes jambes fonctionnent, non ? Si Gus vit encore, tu appelleras de là-bas.

« Bon, d'accord ! » maugréa-t-elle. Décidément, sa voix intérieure ressemblait beaucoup à celle de sa mère. « Je vais vérifier. »

Hannah déglutit, respira un bon coup, s'agenouilla près de Gus et posa deux doigts sur son cou.

Pas de pouls. Hannah appuya. Rien. Gus était bel et bien mort. En plus, il n'était pas très joli à voir. Elle aurait aimé recouvrir son visage d'un torchon, ne serait-ce que pour le protéger des mouches, mais ce geste n'était pas recommandé quand on se trouvait sur une scène de crime. Car il s'agissait bien d'un crime. Gus Klein n'avait pas pu se poignarder lui-même avant de faire disparaître l'arme. Et s'il s'agissait d'un crime, elle devait prévenir...

« Hannah ? »

Elle se releva d'un bond. Herb était dehors, derrière la fenêtre ouverte.

« Plus besoin de le chercher, Hannah ! Nous avons pris la photo sans lui. Nous en ferons une autre quand il reviendra. Norman veut bien rester encore un peu.

— Gus ne reviendra pas. »

Hannah avait l'impression d'entendre quelqu'un d'autre parler.

« Comment cela ? »

Elle s'éclaircit la gorge.

« Il est... Écoute, pourrais-tu appeler Mike et Bill sur ton portable ? C'est important.

— D'accord, mais que se passe-t-il ?

— Demande-leur de venir immédiatement. L'oncle Gus... s'en est allé, bredouilla la femme qui détestait les euphémismes.

— Tu veux dire qu'il est parti sans dire au revoir ? C'est cela ?

— Pas vraiment », répondit Hannah, et pour couper court à ses questions, elle ajouta : « Vas-y, appelle-les, et ensuite assure-toi que personne n'entre ici. »

Chapitre 7

Hannah contemplait la surface azurescente qui brillait sous le soleil d'été. Quand elle y plongeait les doigts, l'eau du lac explosait en une multitude d'étincelles. Une douce brise lui caressait les joues et faisait se dresser les petits poils sur sa nuque. Le paysage était si beau, la nature si calme qu'elle en aurait presque oublié que Gus...

Norman ramait avec autant de vigueur que d'adresse. Il était passé la chercher à la sortie de la salle des fêtes pour la conduire jusqu'à la rive où les attendait une barque.

« Où allons-nous ? » demanda-t-elle.

Au milieu de ce plan d'eau, loin de la fureur des hommes, elle se sentait comme libérée des questions qui l'avaient assaillie quelques instants plus tôt. Que s'était-il passé ? Qui avait fait le coup ? Comment ? Pourquoi ?

« Nous y sommes. » Norman jeta l'ancre près d'un grand banc de nénuphars roses et blancs.

« Où ça ?

— Dans le jardin aux nénuphars d'Eden Lake. Marge m'a dit qu'autrefois son père rajoutait des plants chaque été.

— C'est magnifique. Dire que je vis ici depuis trente ans et que je n'en ai jamais entendu parler !

— Comment vous sentez-vous, Hannah ?

— Beaucoup mieux, répondit-elle en admirant les grosses fleurs charnues. On se croirait dans un tableau de Monet. Si j'avais une robe blanche et un chapeau de paille avec un ruban, l'illusion serait parfaite. Vous connaissez *La Barque à Giverny* ?

— Personnellement, je préfère *La Yole* de Renoir. Mais je crois que, chez Renoir, la jeune femme ne porte pas de chapeau.

— Difficile à dire avec les impressionnistes. Si je me jetais à l'eau et que j'émergeais au milieu de ces nénuphars, je suis sûre que vous me prendriez pour un nymphéa.

— Ne sautez pas, je vous en prie. Pas encore, du moins. » Norman ouvrit le panier d'osier qu'il avait glissé sous le banc de nage et en sortit deux verres à pied. « Buvons d'abord. Champagne ou limonade ?

— Je vais m'en tenir à la limonade. Mike ne m'a pas encore interrogée.

— Sage précaution. » Norman ouvrit une bouteille thermos, la servit, puis lui tendit un sandwich. « Tenez. Ça vous fera du bien. »

Hannah attaqua son sandwich à belles dents.

« Des œufs en salade ! J'adore ! Ils sont drôlement bons. Qui les a préparés ?

— Moi. »

Hannah le considéra avec surprise.

« J'ignorais que vous cuisiniez.

— Je ne cuisine pas. Tout le monde sait faire cuire un œuf. Pour le reste, je me suis contenté de couper des petits morceaux de ceci et de cela, de rajouter de la mayonnaise et d'étaler le tout sur une tranche de pain.

— OK… » Hannah reprit une bouchée. « Des œufs en salade version gourmet ! Vous avez mis du bacon. Excellente idée !

— Oh, fit-il, un peu gêné. Je vous assure, ce n'est pas grand-chose.

— Vous vous sous-estimez, Norman. La prochaine fois, n'oubliez pas de noter la recette au fur et à mesure que vous couperez des morceaux de ceci et de cela.

— Vraiment ? Ça vous plaît tant que ça ?

— Je raffole des œufs en salade. C'est mon plat antidéprime préféré. Quand j'en mange, je me sens moins seule. »

Norman sourit. « Vous n'êtes pas seule, Hannah. Je suis là et je vous aime. »

Que répondre à cela ? Elle savait que Norman l'aimait. D'ailleurs, elle l'aimait aussi. Elle avait même été à deux doigts de l'épouser. Sauf que c'était impossible. Tant qu'elle aurait des sentiments pour Mike, elle ne pourrait pas épouser Norman.

« Désolé, dit-il en lui prenant la main. J'ai trop parlé.

— Non, vous avez bien fait, répondit Hannah avant de changer de sujet. Savez-vous que Moshe a eu une crise de folie, cette nuit ? Il était 2 h 30 du matin et je dormais à poings fermés. Ce sont mes voisins qui m'ont réveillée.

— Que faisait-il ?

— Il tournait dans la baignoire comme une balle de tennis dans une centrifugeuse. Je ne vous dis pas le raffut. »

Norman fronça les sourcils.

« Notre grand garçon s'ennuie, on dirait. Peut-être parce que vous êtes souvent absente.

— Possible. Il a aussi déchiré mon coussin vert amande et dispersé le rembourrage partout sur la moquette.

— Décidément, il est perturbé. Je l'aurais bien invité à venir jouer avec Caresse. Mais elle est partie en vacances. »

Soudain, Hannah se rendit compte qu'ils ne s'étaient pas vus ni téléphoné depuis plus d'une semaine, alors qu'habituellement il ne se passait pas un jour sans qu'ils prennent un café ou dînent ensemble au restaurant.

« Vous envoyez votre chat en vacances ?

— Non, pas exactement. Marguerite m'a demandé si je voyais un inconvénient à ce qu'elle emmène Caresse chez une amie. Je n'ai pas eu le cœur de refuser. Après tout, c'était sa chatte, avant. L'amie possède un persan, un vieux mâle. Donc il y a tout ce qu'il faut sur place. Marguerite a dit qu'elle serait dans son élément.

— Vous l'avez crue ? fit Hannah, un peu inquiète. Les chats ne s'entendent pas forcément.

— J'ai eu des nouvelles ce matin. Caresse va bien.

— Dans le cas contraire, vous l'auriez ramenée ?

— Oui, bien sûr. Elle me manque beaucoup, mais je suis content que Marguerite passe du temps avec elle. N'oubliez pas, nous avons opté pour la garde partagée. »

Hannah reprit une bouchée et poussa un petit soupir de contentement. Il fallait vraiment que Norman note cette recette !

« Et Clara ? » reprit-elle. Clara, la sœur de Marguerite, était allergique aux chats, aux chiens, aux oiseaux et à des tas d'autres choses. « Le Dr Knight lui a-t-il trouvé un traitement efficace ?

— Non. Mais cette année, elles ont décidé de partir en vacances séparément. Pendant que Marguerite est à Duluth, Clara fait une retraite spirituelle.

— C'est la première fois, non ?

— En effet, elles ont toujours tout fait ensemble. Il paraît que l'idée vient de Clara. Elle adore cette bête, mais sa santé lui interdit tout contact. Elle a proposé à sa sœur de recevoir Caresse dans leur appartement pendant son absence. Mais Marguerite trouvait plus pratique d'aller chez son amie.

— Elle a fait le bon choix. Les allergènes ont la vie dure. Si Marguerite avait accepté la proposition de Clara, elle aurait dû recourir à un nettoyeur professionnel avant son retour.

— Absolument. Mais revenons à Moshe. Y aurait-il eu un changement dans son quotidien ?

— Aucun. À part l'installation du câble.

— Vous avez des problèmes de réception ?

— Non, de ce côté-là, tout va bien. En revanche, le classement des chaînes a complètement changé. Or il y en a plus de deux cents, et je n'ai pas reçu le nouveau guide. J'ai passé un temps fou à chercher celle que Moshe préfère. Sans résultat.

— Animal Channel ?

— Vous l'avez, chez vous ?

— Oui, mais moi je possède une antenne satellite. Et Andrea ?

— Satellite, comme vous. Quant à Delores, elle déteste ce genre d'émissions, donc inutile de lui demander.

— Si vous appeliez votre fournisseur d'accès ?

— Je le ferai dès que j'aurai deux heures devant moi. J'ai essayé hier après-midi, mais ils sont fermés le dimanche.

— Je commence à comprendre, fit Norman, pensif. Moshe déprime parce que vous rentrez tard et qu'il ne peut pas regarder ses programmes préférés à la télé. Y a-t-il autre chose ?

— Oui. Les souris lui manquent. En été, comme elles trouvent de quoi se nourrir à l'extérieur, elles ont tendance à déserter l'immeuble... jusqu'au retour du froid. Et depuis que le syndic a fait remplacer les bourrelets d'étanchéité sur les portes et les fenêtres, nous n'avons plus d'insectes non plus.

— Pas de télé, pas de souris, pas d'insectes, résuma Norman.

— Vous avez raison, il s'ennuie. Mais qu'y puis-je ? Je ne peux quand même pas l'emmener au Cookie Jar.

— Je vais me renseigner. Quelqu'un doit bien connaître le nouveau numéro de cette chaîne animalière.

— Merci, Norman. Sinon, je peux aussi ouvrir les fenêtres le soir pour laisser entrer quelques insectes...

— Ne faites pas cela. Pensez aux moustiques ! Je viens d'avoir une idée. Un arbre à chat. J'en ai vu au centre commercial.

— Un arbre à chat ?

— Oui, un perchoir à trois étages avec des tas d'activités amusantes. Au premier, ils ont mis un genre de baignoire assez large pour stabiliser l'ensemble.

— Moshe adore les baignoires, fit Hannah avec un sourire las.

— Celle-ci est tapissée de moquette. Il pourra faire le fou à l'intérieur, cela ne gênera personne.

— Mes voisins seront ravis. Et au deuxième étage, qu'y a-t-il ?

— Encore une baignoire, mais avec une ouverture de chaque côté. L'une mène à une passerelle qui donne sur une plate-forme garnie de jouets suspendus à des ficelles. Ces arbres ont beaucoup de succès, paraît-il. La vendeuse en a un chez elle et ses chats adorent se promener sur cette passerelle en faisant bouger les petits jouets. De l'autre côté, on trouve un genre de hamac. Idéal pour les vieux matous qui aiment faire la sieste à l'abri des importuns tout en surveillant les alentours.

— Et le troisième niveau ?

— C'est la terrasse. On peut aussi y accéder directement depuis le premier étage par un petit escalier extérieur. C'est plus rapide que de passer par la baignoire.

Combien pour cette merveille ?

— Un dollar.

— Pardon ?

— C'est ce que coûtera l'arbre de Moshe. Il y a des promotions en ce moment : deux articles pour le prix d'un, plus un dollar. Je prévoyais d'en acheter un pour Caresse et d'offrir l'autre à Moshe pour Noël. Mais après ce que vous venez de me dire, je pense qu'il en a besoin tout de suite.

— Vous aviez vraiment l'intention d'en acheter un pour Caresse ? Ou c'est juste pour résoudre mon problème ?

— Qu'allez-vous imaginer ? J'avais même choisi la couleur. Le bleu ira très bien dans mon salon. C'est là que je compte l'installer. Dans mon bureau, il y a déjà l'escalier à chat. »

L'escalier à chat que vous avez fait construire pour Moshe, précisa Hannah en son for intérieur. Norman avait aménagé ce bureau dans l'espoir que Hannah accepte de l'épouser.

« Eh bien... puisque c'était prévu...

— Quelle teinte préférez-vous ?

— Je vous laisse choisir. »

Pour Hannah, l'harmonie des couleurs n'était pas une priorité, du moins en ce qui concernait son appartement. Tout ce qu'il contenait ou presque venait de chez Helping Hands, la boutique de charité de Lake Eden. D'où son style quelque peu éclectique.

« D'accord. Où comptez-vous le mettre ?

— À vous d'en décider.

— Dans le salon, à côté de la table où vous avez posé votre ordinateur. Ainsi, pendant que vous pianoterez sur votre clavier, Moshe aura de quoi s'occuper.

— Bonne idée », dit Hannah, sans oser lui avouer qu'elle n'avait plus pianoté sur son clavier depuis le jour où il était venu lui enseigner les bases d'Internet.

Norman la regarda longuement, puis secoua la tête.

« Qu'est-ce qui vous ennuie ?

— Rien du tout. N'ai-je pas accepté toutes vos suggestions ?

— Justement. Cela ne vous ressemble guère. Vous devez être encore sous le choc.

— Possible, répondit Hannah avant de s'apercevoir qu'elle avait encore abondé dans son sens. Certainement.

— Je connais un remède imparable. Attendez une seconde. »

Hannah le regarda fouiller dans le panier à pique-nique et en sortir un moule rond enveloppé d'un torchon.

« Un gâteau ? supposa-t-elle.

— Oui. Vous m'en direz des nouvelles. J'en ai mangé un bout pendant que je vous attendais devant la salle des fêtes. »

Un doux arôme chatouilla les narines de Hannah.

« Il est au chocolat !

— Gagné ! C'est le fondant au chocolat de Marge.

— Oui, bien sûr ! Elle disait qu'elle en ferait un aujourd'hui. »

Norman coupa une tranche qu'il posa sur une assiette en carton.

« Désolé, j'ai oublié les fourchettes.

— Pas de problème », dit Hannah en s'emparant de sa part. Elle goûta en gémissant de bonheur et déclara, la bouche pleine : « Il est succulent !

— C'est Lisa qui me l'a donné. Elle a dit que vous auriez besoin d'un remontant.

— Et pas n'importe lequel !

— Marge a noté la recette, au cas où ça vous intéresserait.

— Bien sûr que ça m'intéresse ! Comment peut-elle en douter ?

— En fait, Lisa m'a aussi donné celui que Marge destinait à Gus.

— Elle craignait qu'un seul ne suffise pas !

— Non. Elle ne voulait pas que Marge le voie parmi les autres desserts, ce midi.

— Dans ce cas, elle a bien fait », dit Hannah en se rappelant la réaction enthousiaste de Gus lorsque sa sœur avait évoqué ce fondant au chocolat.

Norman regarda sa montre et rangea le moule.

« Il est temps d'y aller, Hannah.

— Où cela ?

— Mike et Bill nous attendent dans le bungalow jaune, celui de Patsy et Mac. Ils s'y sont installés pour mener leurs interrogatoires.

— Je comprends mieux, fit Hannah en souriant. Lisa s'est dit que je pourrais offrir le second fondant à Mike et à son équipe.

— Exact. Elle pense que les endorphines du chocolat mettront Mike de bonne humeur, et qu'ainsi, il répondra plus volontiers à vos questions.

— C'est lui qui est censé poser des questions ! Pas moi.

— Lisa vous connaît bien. Elle sait que pour démarrer votre enquête vous aurez besoin d'un maximum d'informations. Elle a longuement discuté avec Marge et Patsy, cet après-midi. Toutes les trois espèrent que vous prendrez les choses en main. “Plus vite Hannah attrapera l'assassin, plus tôt les festivités reprendront”, a dit Marge.

— La réunion de famille n'est pas annulée ?

— Non. Ils ont voté et la décision est sans appel. Certains ont fait des centaines de kilomètres pour assister à l'événement. Grand-mère Truog s'est déplacée alors qu'elle a plus de cent ans. C'est peut-être la dernière fois qu'elle voit tous ses proches rassemblés.

— Ce que vous dites là me paraît sensé. Les renvoyer chez eux serait vraiment trop cruel.

— Donc vous allez mener l'enquête ?

— Pourquoi pas ? » sourit Hannah en ajustant le chapeau de paille imaginaire dont elle s'était coiffée en l'honneur de Claude Monet.

Fondant au chocolat

Préchauffer le four à 175 °C,
la grille en position médiane.

Première note de Hannah : Marge tient cette recette de deux jeunes filles, Sandy et Patricia, qu'elle a rencontrées dans le bus de Fargo. Elles préfèrent la margarine, contrairement à Marge qui ne jure que par le beurre salé.

Chemiser un moule rectangulaire de 22 cm sur 33 (avec un peu d'huile et de farine).
2 tasses de sucre blanc (semoule)
2 tasses de farine (inutile de tamiser)

---

1 tasse de beurre (2 plaquettes, ½ livre)
1 tasse d'eau
3 cuillerées à soupe de poudre de cacao non sucré

½ tasse de lait
1 cuillerée à thé d'extrait de vanille
1 cuillerée à thé de bicarbonate de soude
2 œufs battus (à la fourchette dans un verre)

Dans un grand bol, mélanger le sucre et la farine. Réserver.

Mettre le beurre, l'eau et la poudre de cacao dans une casserole. Faire chauffer à feu moyen, jusqu'à ébullition.

Verser la préparation à base de cacao sur le mélange sucre/farine. Battre (au fouet ou avec un mixeur, au choix).

Deuxième note de Hannah : Marge garde la casserole sale pour faire le glaçage.

Battre au fouet le lait, l'extrait de vanille, le bicarbonate de soude et les œufs (j'utilise un verre mesureur en pyrex).

Verser dans le bol principal. Mélanger jusqu'à ce que la pâte soit parfaitement homogène. Verser dans le moule.

Cuire à 175 °C pendant 20 à 25 minutes. Quand les bords du gâteau commencent à se décoller, c'est cuit.

Troisième note de Hannah : ce fondant peut se déguster tel quel ou saupoudré de sucre glace. Si l'on souhaite ajouter un glaçage, je conseille celui qui suit. À réaliser 5 minutes avant la fin de la cuisson.

Glaçage au chocolat

½ tasse de beurre (1 plaquette)
3 cuillerées à soupe de poudre de cacao non sucré

⅓ tasse de lait
1 livre de sucre glace
1 cuillerée à thé d'extrait de vanille

Mélanger le beurre, la poudre de cacao et le lait dans une casserole de taille moyenne (celle qui a servi lors de l'étape précédente). Porter à ébullition sans cesser de remuer.

Retirer du feu. Ajouter la vanille, le sucre glace (par demi-tasse) et mélanger jusqu'à ce que la préparation épaississe tout en restant « versable » (un mot qui n'existe pas, mais qui devrait exister).

Verser le glaçage sur le gâteau encore chaud et, sans attendre, l'étaler avec une spatule.

Quatrième note de Hannah : pour celles et ceux qui craignent de rater leur glaçage (pour telle ou telle raison), voici une solution toute prête.

Glaçage au chocolat inratable

½ tasse de beurre salé (1 plaquette, ¼ de livre)
1 tasse de sucre blanc (semoule)
⅓ tasse de crème
½ tasse de pépites de chocolat

1 cuillerée à thé d'extrait de vanille
½ tasse de noix de pécan hachées (en option)

Mélanger le beurre, le sucre et la crème dans une casserole de taille moyenne (celle qui a servi lors de l'étape précédente). Porter à ébullition sans cesser de remuer. Baisser le feu et laisser cuire encore 2 minutes.

Ajouter les pépites de chocolat, bien mélanger, puis retirer la casserole du feu.

Verser la vanille et les noix de pécan hachées (en option).

Verser le glaçage sur le gâteau encore chaud et, sans attendre, l'étaler avec une spatule. Si le gâteau a trop refroidi, oublier la spatule. Faire couler le glaçage sur toute la surface en répartissant de manière uniforme.

Pour que le glaçage se fige rapidement, mettre le gâteau au frigo une demi-heure environ sans le couvrir.

Chapitre 8

« Merci, Hannah. » Mike ferma son calepin d'un coup sec, manière de lui signifier que l'entretien était terminé. Mais quand elle voulut se lever, il l'arrêta d'un geste.

« Encore une petite chose.

— Laquelle ?

— Si j'ai bien compris, vous avez passé du temps avec la victime, hier soir pendant le bal. »

Comme si j'avais eu le choix, faillit-elle répliquer, mais, bien sûr, elle n'en fit rien.

« Oui, j'étais dans le même box que lui et ses proches parents.

— Et donc, à un moment donné, ils ont commencé à évoquer des souvenirs d'enfance...

— Tout à fait. »

Hannah jeta un coup d'œil discret vers le fondant au chocolat posé sur le comptoir de la cuisine. Cela faisait une demi-heure qu'elle était enfermée dans ce cabanon avec Mike. En d'autres circonstances, elle n'aurait rien trouvé à y redire, bien au contraire, mais ce jour-là, c'était différent. La situation n'avait rien de romantique. Mike était en service. Il tenait le rôle de l'inspecteur de police et elle celui du témoin numéro un.

« Encore une tranche de gâteau ? proposa-t-elle, espérant créer une diversion.

— Non, merci. J'ai une livre à perdre. Mais vous, allez-y, mangez. »

Hannah soupira. Elle en mourait d'envie, mais ne voulait pas l'avouer devant l'homme qui démarrait un régime chaque fois qu'il prenait dix grammes.

« Je n'ai pas faim. Avez-vous autre chose à me demander ?

— Oui, mais ce ne sera pas bien long. Revenons à la discussion d'hier soir. Sauf erreur de ma part, les sujets évoqués ne vous concernaient pas.

— En effet, pour la plupart. Marge essayait de m'inclure dans la conversation, Gus également, mais cela ne m'intéressait guère. Sauf lorsqu'ils ont parlé de leur scolarité au lycée Jordan.

— Ils ont fait allusion à quelqu'un en particulier ? »

Hannah haussa les épaules.

« Oui, à deux camarades que ma mère fréquentait, elle aussi. Et à quelques professeurs.

— Ces personnes, vous les connaissez ?

— Non, hormis les rares qui vivent encore à Lake Eden.

— Donc, vous vous êtes ennuyée.

— Un peu, oui.

— Pourquoi n'êtes-vous pas partie ?

— J'étais coincée au centre d'une banquette en fer à cheval entre Gus, Patsy et Mac d'un côté, Marge et Jack de l'autre. Pour sortir, j'aurais dû déranger beaucoup de monde.

— Combien de temps êtes-vous restée avec eux ?

— Entre vingt et trente minutes. L'équivalent de deux séries de danse.

— Un temps largement suffisant pour... »

Mike lui adressa l'un de ses fameux sourires, ceux qui lui donnaient l'illusion d'être la seule femme sur Terre.

« Largement suffisant... pour quoi faire ? parvint-elle à bredouiller.

— Pour juger de l'ambiance qui régnait entre les membres de la famille. »

Hannah se figea. Un signal lumineux se mit à clignoter devant ses yeux, des sirènes à hurler dans ses oreilles.

« Que voulez-vous savoir exactement ?

— Je veux votre avis. Après toutes ces années de séparation, est-ce que le courant passait bien entre la victime et ses proches ? »

Hannah ne voulait pas lui parler de la prise de bec entre Gus et Jack.

« Compte tenu du fait que Gus s'est enfui en pleine nuit il y a trente ans sans prévenir ses parents après avoir volé de l'argent dans la théière et n'a donné de nouvelles à personne depuis lors, je trouve que ces retrouvailles se sont plutôt bien passées.

— J'ai cru comprendre que la victime et Jack Herman avaient été amis, au lycée. Étaient-ils contents de se revoir ? »

Oups ! Hannah resta impassible. Mike avait dû interroger une personne ayant remarqué l'animosité entre les deux hommes.

« Hannah ? » insista Mike.

Ayant rapidement pesé le pour et le contre, Hannah décida de passer sous silence la dispute à laquelle elle avait assisté.

« Comme je vous l'ai dit, il y a un passif entre Gus et sa famille, le genre de passif qui peut facilement tourner au ressentiment. Mais n'étant pas concernée, j'avoue que je n'ai pas tout suivi.

— Donc, vous n'avez noté aucune marque d'hostilité ?

— Personne n'a été menacé ni frappé, si j'ai bien saisi le sens de votre question. » Hannah ne mentait pas vraiment. Après tout, Jack et Gus n'en étaient pas venus aux mains.

« Quand j'ai trouvé le corps de Gus, il y avait du sang sur sa chemise, rebondit-elle habilement. On lui a tiré dessus ?

— Non.

— Dans ce cas, comment est-il mort ?

— Rien n'est encore sûr. Le Dr Knight pense que l'assassin s'est servi d'un objet muni d'une lame effilée, comme un poinçon ou un pic à glace. Vous n'avez touché à rien ?

— Bien sûr que non ! J'ai juste posé deux doigts sur son cou.

— Donc vous ne l'avez pas déplacé ?

— Non. » De nouveau, Hannah sauta du coq à l'âne. « Mais maintenant que je sais ce qui l'a tué, je me souviens d'avoir noté quelque chose d'inhabituel.

— Quoi donc ?

— Il n'y avait presque pas de sang. Je croyais qu'une blessure à l'arme blanche provoquait une forte hémorragie.

— Quand une victime présente plusieurs blessures dont les premières n'ont pas été fatales, elle a tendance à beaucoup saigner. Dans le cas présent, elle est morte du premier coup. Les plaies à l'arme blanche ne saignent que si le cœur fonctionne encore. »

Pour éviter de montrer le malaise que lui causaient ces détails macabres, Hannah dit la première chose qui lui vint à l'esprit.

« J'espère que ce n'était pas celui de mon grand-père.

— Que vient faire votre grand-père dans cette histoire ?

— Le pic à glace. Vous avez bien parlé d'un pic à glace, n'est-ce pas ? »

Manifestement, Mike ne voyait pas où elle voulait en venir.

« Vous pensez que l'arme du crime appartenait à votre grand-père ?

— Pas personnellement. Vous savez qu'il tenait une quincaillerie. Eh bien, une année, il en a offert à ses clients pour les fêtes de Noël. »

Mike rouvrit son calepin et nota :

« Ça représentait combien de personnes, environ ?

— Presque tous les habitants de Lake Eden. En ce temps-là, les gens en avaient besoin pour piler la glace.

— Alors qu'aujourd'hui, chaque foyer possède son réfrigérateur. Et les pics à glace sont tombés en désuétude.

— Détrompez-vous. Ils ont encore leur utilité. Moi, par exemple, j'en ai toujours un dans ma cuisine. Dernièrement, je m'en suis servie pour faire un trou dans une ceinture.

— Oui, moi aussi, j'ai fait ça pour mes ceinturons, l'année dernière, quand j'ai perdu cinq kilos. Sauf que j'ai utilisé un poinçon. »

Oups, il va croire que ce trou supplémentaire servait à agrandir ma ceinture !

« Si je comprends bien, reprit Mike, ce genre d'objet est très répandu à Lake Eden. N'importe qui pourrait en posséder un.

— Oui, encore que j'ignore combien il en reste aujourd'hui. Ceux de mon grand-père avaient un manche en bois rouge et vert, à cause de Noël. Il avait fait inscrire dessus le nom de sa boutique en lettres d'or. Je suppose qu'avec le temps, ils se sont fendillés ou cassés. Mais je parie qu'il en subsiste quelques exemplaires dans les cabanons du lac.

— Bien, dit Mike en refermant de nouveau son calepin. Je vérifierai, mais cela ne nous avance guère.

— Non, j'en ai peur. Avez-vous retrouvé le portefeuille de Gus ?

— Pourquoi cette question ?

— Parce que dans le cas contraire, le mobile pourrait être le vol. Gus n'a cessé d'exhiber son argent toute la soirée.

— C'est ce qu'on m'a dit, fit Mike sans préciser qui était ce "on". Eh bien oui, nous avons retrouvé le portefeuille de la victime, et il contenait un peu plus de deux cents dollars.

— Tant mieux !

— Pourquoi *tant mieux* ?

— Parce qu'ainsi, Ava pourra récupérer son dû. Gus est passé lui acheter quelques victuailles hier soir et il est parti sans payer. Donc, d'après vous, le mobile n'était pas le vol ?

— C'est peu probable, mais pas impossible. Le voleur, si voleur il y a, n'avait peut-être pas l'intention de le tuer.

Mais voyant qu'il était mort, il a pu paniquer et s'enfuir sans son butin.

— Ou alors, ce n'est pas l'argent qui l'intéressait. Gus portait une Rolex et une chevalière ornée d'un diamant. Quand je l'ai trouvé, je n'ai pas pensé à regarder s'il les avait toujours.

— Il les avait. Bill a montré ces deux objets à nos experts. La bague est en plaqué or et le diamant en strass. Pour la montre, ils ne se sont pas prononcés. Nous allons consulter un bijoutier.

— Pourquoi porter une bague en toc ?

— Les gens riches le font couramment. Ils gardent leurs vrais bijoux au coffre et se baladent avec des copies.

— Mais pourquoi acheter de vrais bijoux si on n'a pas l'intention de les porter ?

— Certains les considèrent comme des investissements. Je crois qu'ils se revendent mieux que des actions ou des obligations. »

Hannah haussa les épaules.

« Allez savoir ! Donc, selon vous, Gus pouvait avoir chez lui un coffre rempli de vrais bijoux ?

— C'est une hypothèse. Nous enverrons quelqu'un sur place en temps voulu. Pour l'instant, nous suivons la procédure de base, comme s'il s'agissait d'un simple homicide. »

Hannah estimait pour sa part qu'un homicide n'était jamais *simple*, mais elle se garda de le dire devant Mike.

« Des suspects ?

— Tout le monde est suspect jusqu'à preuve du contraire. Hormis les gens qui n'étaient pas à proximité vers 2 heures du matin, évidemment.

— Gus est mort à 2 heures ?

— D'après le Dr Knight, le décès s'est produit entre 1 heure et 3 heures. Ava a déclaré qu'il l'avait quittée à 1 h 30, et comme Gus avait eu le temps de manger une tranche de votre carrot cake et de boire un verre de lait avant qu'on ne le tue, nous cherchons à savoir où se trouvait chaque invité entre 2 heures et 3 heures du matin.

— À 2 h 30, j'étais chez moi. Et je peux le prouver. »

Mike partit d'un petit rire.

« Rassurez-vous, je ne vous considère pas comme suspecte. De toute façon, Moshe n'est pas habilité à vous fournir un alibi.

— N'en soyez pas si sûr... » Hannah ne savait si elle devait être fière de la confiance que Mike lui témoignait ou déçue qu'il ne lui demande pas ce qu'elle avait fait la nuit précédente. « Vers 2 h 30, Moshe s'amusait comme un petit fou dans ma baignoire. Il faisait tellement de bruit que Sue Plotnik m'a appelée pour savoir si tout allait bien.

— Ce qui vous met d'office hors de cause. Vous n'auriez pas pu poignarder la victime et rentrer chez vous à temps pour répondre à Sue.

— Quel soulagement ! fit Hannah sur un ton sarcastique que Mike ne releva pas.

— Mais que faisait notre grand garçon dans votre baignoire ? Vous avez des souris ?

— Non. C'est d'ailleurs l'une des causes de sa mauvaise conduite. En plus du fait que je ne retrouve plus Animal Channel depuis que j'ai changé de fournisseur d'accès.

— Je ne vois pas le rapport...

— Moshe reste souvent seul, en ce moment. Norman pense qu'il s'ennuie. Quand je suis rentrée chez moi hier après l'église, j'ai trouvé un coussin complètement déchiqueté et son rembourrage éparpillé sur le sol.

— Il a peut-être besoin d'un compagnon de jeu. Norman devrait vous prêter Caresse pendant quelques jours.

— Ce n'est pas une mauvaise idée, mais, pour l'instant, Caresse est en vacances à Duluth avec Marguerite.

— Dans ce cas... je devrais peut-être passer le voir et tenter de lui expliquer que le tapage nocturne et la destruction volontaire des biens d'autrui sont des infractions pénales.

— Vous êtes le bienvenu, sourit Hannah.

— Que voulez-vous savoir d'autre au sujet de ce meurtre ? » renchérit Mike.

Hannah cligna des yeux. Avait-elle mal entendu ?

« Hannah ?

— Euh... Eh bien, il y a quelque chose qui me chiffonne. Que contenait la glacière portative posée sur le comptoir ?

— Six sandwichs jambon-fromage enveloppés d'un film alimentaire. »

Elle le fixa d'un regard perplexe.

« Des sandwichs déjà faits, vous voulez dire ?

— Absolument. Je suppose qu'il les a préparés sur place avant de les mettre dans la glacière. En revanche, j'ignore pourquoi.

— Gus a prétendu devant Ava que le frigo de son bungalow était en panne. Mais c'est faux. Quand je le cherchais pour la photo, je suis entrée chez lui et ce frigo fonctionnait parfaitement.

— Vous en êtes sûre ?

— Certaine. Il y avait même des glaçons dans le bac.

— L'appareil est ancien. Il a peut-être des défaillances. Pour les glaçons, ça ne pose pas de problème, mais y laisser des sandwichs jambon-fromage n'aurait pas été raisonnable. Surtout qu'ils contenaient de la mayonnaise.

— De la mayonnaise ?

— Et de la moutarde. »

Hannah hocha la tête d'un air entendu.

« Je comprends mieux.

— Quoi donc ?

— Qu'il soit repassé par la salle des fêtes. Il comptait utiliser la mayonnaise et la moutarde qui étaient dans la cuisine.

— Comment savez-vous qu'il y en avait ?

— Parce que j'ai vu les bocaux dans le frigo en allant prendre de la crème pour le café.

— Il n'en aurait pas plutôt acheté chez Ava ?

— Ava m'a fourni la liste précise de ses emplettes. Cette femme est un livre de comptes sur pattes. Il n'y avait ni mayonnaise ni moutarde.

Mike éclata de rire.

« Donc, vous avez raison, il les a sorties du frigo de la salle des fêtes. Ça fait un peu pingre pour un type qui se trimballe avec un portefeuille bourré à craquer, une Rolex et une chevalière en or sertie d'un diamant.

— Un faux diamant sur une chevalière en plaqué or, et peut-être une fausse Rolex, lui rappela Hannah.

— Certes, mais, comme je le disais, cela ne prouve rien. En plus, souvenez-vous qu'il portait un costume sur mesure. Peut-être voulait-il acheter de la mayonnaise et de la moutarde chez Ava, mais il a oublié, et pour ne pas la déranger de nouveau, il s'est servi dans le frigo de la salle des fêtes.

— Possible », concéda Hannah, sachant qu'insister eût été inutile.

« OK. » Mike lui fit son plus beau sourire. « Comme vous avez trouvé le corps, je ne vous montre pas les photos prises sur la scène de crime. »

La bouche de Hannah s'ouvrit d'elle-même. De quoi parlait-il donc ?

« Quand j'aurai le rapport d'autopsie, je vous ferai un résumé.

— Oui, merci bien. »

Mike n'était pas si partageur d'habitude. Il y avait anguille sous roche.

« Mais pourquoi un tel honneur ? ne put-elle s'empêcher de demander.

— Vous finirez par avoir les infos, de toute façon. Alors à quoi bon vous tenir à l'écart ! »

Hannah prit le temps de la réflexion.

« C'est logique. Vous savez, Lisa m'a demandé de mener l'enquête. Elle espère qu'une fois le meurtrier arrêté, leur réunion de famille pourra reprendre là où elle s'est interrompue.

— Je m'en doutais un peu. Et je ne saurais trop vous inciter à me tenir au courant de vos découvertes. Cela nous évitera des doublons, voire pire. Je présume que pour m'assurer de votre coopération, le mieux serait que je donne l'exemple.

— Tout à fait », parvint-elle à articuler malgré sa stupeur.

Mike acceptait qu'elle mène l'enquête de son côté ! Qu'avait-il derrière la tête exactement ? Avant de promettre quoi que ce soit, elle prendrait conseil auprès de Michelle et d'Andrea.

« Parlez-en avec vos sœurs et voyez ce qu'elles en pensent, poursuivit Mike comme s'il lisait dans son esprit. Quand vous serez décidée, appelez-moi sur mon portable.

— D'accord, dit Hannah en reculant sa chaise.

— Encore une chose... je compte offrir ce fondant à mon équipe, mais en attendant, auriez-vous la gentillesse de le recouvrir ? Il embaume. C'est trop tentant. J'ai l'impression qu'il me crie : *Mange-moi ! Mange-moi !*

— Je compatis. »

Hannah fit ce qu'il lui demandait puis sortit en agitant la main pour dire au revoir. Mike avait-il vraiment l'intention de partager ses informations ? Ou garderait-il pour lui les plus intéressantes ? Durant les quelques minutes qu'il lui fallut pour rejoindre les femmes qui l'attendaient pour commencer à préparer le dîner, Hannah sentit naître la désagréable conviction que Mike jouait à un petit jeu dont lui seul connaissait les règles.

Chapitre 9

Elles étaient une bonne demi-douzaine réunies dans la cuisine du vaste bungalow vert citron appartenant à Libby Thompson, la grand-tante de Lisa. Un bâtiment qui devait sa surface aux multiples agrandissements qu'il avait subis au fil des ans pour pouvoir loger enfants, petits-enfants et arrière-petits-enfants pendant les vacances. D'où les deux fours, les deux tables de cuisson et le lave-vaisselle de taille industrielle. On ne trouvait nulle part ailleurs de cuisine aussi gigantesque, sauf peut-être à l'auberge de Lake Eden. Le lieu était donc parfait pour préparer sans se bousculer les différents mets composant le repas champêtre prévu pour le soir même.

« Oh, mon Dieu ! s'écria Marge.

— Qu'y a-t-il ? demanda Hannah.

— Cette recette... »

Hannah se pencha sur la feuille. C'était un gratin de pâtes tout à fait classique.

« Je ne vois rien de bizarre.

— Regarde comme ça s'appelle. Je veux dire... après ce qui s'est passé hier soir, je trouve que...

— Gratin funéraire ! » lut Patsy.

Bien que le nom fût inscrit en gros caractères en haut de la fiche, Hannah n'avait pas relevé la coïncidence.

« Un excellent gratin, au demeurant, reprit Marge. Joyce Fuechte qui fait partie du comité funéraire de l'église St Peter à Swanville nous en a servi un après l'enterrement du cousin Ted. J'ai suivi sa recette. À ton avis, Hannah, est-il convenable de proposer un gratin funéraire si tôt après... ?

— Pourquoi s'en priver ? On n'est pas obligées de dire comment il s'appelle.

— Mais si quelqu'un demande ? insista Patsy.

— Inventez. Je suis sûre que Joyce n'y verra pas d'inconvénient, et son comité non plus. Je propose "gratin d'anniversaire".

— Excellente idée, dit Marge. Un anniversaire est un événement joyeux.

— Pas forcément », lâcha Patsy.

Marge jeta un regard acéré à sa sœur.

« J'en déduis que tu n'as pas réglé tes problèmes avec Mac ?

— Non. Nous sommes toujours en désaccord. Hier, il est allé jusqu'à exiger que je demande à Gus de me rembourser les cinq cents dollars qu'il m'avait empruntés avant de quitter Lake Eden. Trente ans plus tard, tu imagines ? Et avec les intérêts. Comme j'ai refusé, il a proposé de le faire à ma place.

— Cela ne m'étonne pas, répondit Marge. Pour Mac, l'argent est sacré.

— S'il n'y avait que cela ! On se dispute sans cesse, pour un oui ou pour un non ! » Patsy tourna la tête vers Hannah. « Mais je ne veux pas vous ennuyer avec mes histoires. Marge, passe-moi les oignons et le céleri, s'il te plaît. Je vais les émincer et les faire rissoler. »

Voyant Marge embarrassée et Patsy furieuse, Hannah se dit qu'elle ne gâcherait rien à aborder un autre sujet désagréable.

« Vous savez que c'est moi qui ai trouvé Gus, n'est-ce pas ? » Elle attendit que les sœurs hochent la tête pour continuer. « Avez-vous des questions à me poser ? »

Marge et Patsy se regardèrent en fronçant les sourcils. « Non, répondit Marge. La police nous a dit tout ce que nous avions besoin de savoir. »

Hannah n'en revenait pas. D'habitude, les proches des victimes étaient à l'affût des moindres détails.

« Vous savez, Hannah, personne n'était vraiment content de le revoir, lui confia Patsy.

— Pourquoi ?

— Eh bien… embraya Marge. Il avait tellement changé. Je parle de sa personnalité, bien sûr.

— Changé… dans quel sens ?

— Sa manière de se vanter, d'afficher sa réussite… expliqua Patsy. Hier soir, il nous regardait de haut, comme s'il nous trouvait insignifiants.

— Pourtant, il a eu envie de vous revoir. Sinon, il ne serait pas venu après avoir lu votre annonce dans le journal. »

Marge et Patsy secouèrent la tête de concert.

« Herb et Lisa n'ont pas mis d'annonce dans le journal, dit Marge. Ils ont juste envoyé des invitations par mail ou par courrier postal aux parents dont nous possédions les adresses.

— Mais alors... par quel miracle Gus a-t-il eu vent de l'événement ? bredouilla Hannah.

— Je suppose qu'il a vu les affiches que Lisa et Herb avaient collées sur Main Street, répondit Patsy.

— Vous voulez dire qu'après toutes ces années, Gus a débarqué sans le faire exprès le jour même où vous organisiez une réunion de famille ? Le hasard fait bien les choses.

— Si l'on veut, répliqua Patsy. Moi, je préfère dire qu'il est venu nous en mettre plein la vue.

— Patsy ! la gronda Marge.

— Pourtant, c'est vrai. Toi et moi sommes bien placées pour savoir qu'il n'était pas comme ça étant jeune. Bon, d'accord, il était un peu foufou, mais c'est parce que nos parents lui passaient tous ses caprices.

— Il avait beaucoup de succès auprès des filles, précisa Marge avec un petit soupir. Du coup, il se croyait irrésistible. Mais c'était un gentil garçon... en ce temps-là. »

Pour la deuxième fois en moins d'une heure, Hannah s'obligea à demeurer impassible. Le gentil garçon qu'il avait été à dix-huit ans, quand il s'était enfui de chez ses parents, était devenu au fil des ans un homme qu'on pouvait difficilement qualifier de gentil. Quelqu'un de gentil ne distribuait pas des ordres à tout-va et ne traitait pas les autres comme ses larbins. Quelqu'un de gentil n'aurait pas haussé le ton face à une personne atteinte de la maladie d'Alzheimer. Or, Gus savait parfaitement que Jack était malade. Hannah avait entendu Marge lui en parler en début de soirée.

« Les gens changent avec l'âge », lâcha-t-elle, faute de trouver mieux.

Marge et Patsy se regardèrent.

« Il y a peut-être une autre explication.

— Laquelle ?

— Et si cet homme n'était pas Gus ?

— L'homme qui est mort, vous voulez dire ? Il se serait fait passer pour lui ?

— Nous n'avons aucune certitude, dit Patsy. Mais tout à l'heure, pendant que vous étiez avec Mike, nous en avons discuté avec nos cousins. Certains pensent que c'était lui, les autres pensent le contraire. »

Hannah ne s'était pas attendue à un tel retournement de situation.

« Comment un imposteur aurait-il pu connaître autant de détails sur la vie de Gus ?

— Il n'en connaissait pas tant que cela, rétorqua Patsy. De toute façon, le soir du bal, nous n'avons pas parlé de grand chose. J'ai tendance à penser, et je ne suis pas la seule, qu'il avait étudié son comportement pour pouvoir prendre sa place.

— Mais son apparence physique ? plaida Hannah. Vous l'avez tous reconnu en le voyant devant l'église, non ?

— Il y avait une certaine ressemblance, je l'admets, répondit Marge, mais nous n'avons pas revu Gus depuis trente ans. Comme dit Mac, n'importe quel quinquagénaire d'un mètre quatre-vingts avec des cheveux châtain clair aurait pu se faire passer pour lui.

— Mac le connaissait bien ?

— Oh, oui. Ils faisaient du sport ensemble au lycée Jordan.

— Votre frère avait-il des signes particuliers, comme des grains de beauté ou une marque de naissance ?

— Rien de tout cela, répondit Patsy.

— Des cicatrices laissées par un accident ou une opération ?

— À part les petits bobos qu'on se fait en jouant au base-ball, il n'a jamais été blessé. Et pour autant qu'on le sache, il n'avait subi aucune opération.

— Pour quelle raison un inconnu aurait-il usurpé l'identité de votre frère ?

— Je n'en sais rien, dit Patsy. Ce n'est pas comme s'il y avait un héritage à rafler, ou quelque chose dans le genre.

— Et vous, Marge, qu'en pensez-vous ?

— Je n'en ai pas la moindre idée. Mais nous comptons sur toi pour le découvrir. »

Gratin funéraire
(ou gratin d'anniversaire)

Préchauffer le four à 175 °C,
la grille en position médiane.

Première note de Hannah : Joyce conseille de s'y mettre à trois. La première personne émince et fait rissoler le céleri et les oignons, la deuxième fait revenir la viande hachée, la troisième cuit les pâtes et prépare la sauce.

Graisser légèrement les parois et le fond d'un grand plat à gratin.

1 botte de céleri (environ 10 tiges)
3 gros oignons (ou 4 pour les amateurs)
3 kg de viande hachée maigre (4 pour les amateurs)
2 kg de macaronis coudés
1 grande boîte (1,5 kg) de soupe de tomate
2 grandes boîtes (1,3 kg chacune) de jus de tomate
1 grand flacon (1,3 kg) de ketchup
1 cuillerée à soupe de sucre roux
1 cuillerée à thé de poivre noir fraîchement moulu

Laver le céleri, le couper en petits morceaux et mettre ces derniers à fondre avec un peu de beurre dans une poêle en remuant de temps en temps.

Peler et émincer les oignons. Les ajouter au céleri. Attendre qu'ils deviennent translucides.

Mettre un peu de beurre dans une autre poêle. Faire revenir la viande hachée à feu moyen en la détachant avec une spatule ou une cuillère en bois.

Quand elle est cuite à point, la verser dans une passoire, attendre que la graisse s'égoutte puis faire couler un filet d'eau tiède par-dessus (le filet d'eau tiède n'est pas indispensable).

Cuire les macaronis en suivant les indications portées sur l'emballage (le comité funéraire de Joyce ne sale pas l'eau de cuisson, moi si). Les pâtes doivent rester fermes. Égoutter et réserver.

Dans le plat à gratin, mélanger la soupe de tomate non diluée, le jus de tomate, le ketchup, le sucre roux et le poivre.

Ajouter le céleri et les oignons. Brasser.

Ajouter la viande hachée, puis les macaronis égouttés.

Mélanger tous les ingrédients. Couvrir le plat d'une épaisse feuille d'aluminium. Enfourner. Cuire à 175 °C pendant 2 heures. À mi-cuisson, sortir le plat et remuer pour répartir la chaleur et empêcher que le gratin colle au fond.

Note de Joyce : les 2 heures de cuisson servent surtout à mélanger les saveurs, puisque tout est déjà cuit.

Deuxième note de Hannah : pour la réunion de famille, nous avons présenté ce gratin saupoudré de parmesan râpé. Quand elle en fera chez elle, Marge dit qu'elle ajoutera des olives noires à la sauce (Herb et Jack en sont friands) et qu'elle le servira accompagné de pain à l'ail.

Rendement : selon le comité funéraire de l'église de St Peter, cette recette est prévue pour soixante-quinze personnes (qui ne mangent pas que cela). Si l'on prévoit de le servir en plat principal, ce gratin devrait calmer la faim d'une vingtaine de personnes.

Chapitre 10

« Tu vas mener l'enquête, n'est-ce pas ? » demanda Michelle.

Entre le short blanc qui rehaussait son bronzage et son mini-corsage rose laissant paraître son nombril, la jeune sœur de Hannah était éblouissante de fraîcheur et de beauté. Avec ses cheveux châtain clair relevés en queue-de-cheval, elle ressemblait à une collégienne, mais sa silhouette aurait fait pâlir de jalousie n'importe quelle élève de terminale.

« Lisa m'a déjà posé la question, et j'ai répondu oui. Marge et sa sœur pensent que je suis la seule à pouvoir les aider. »

Hannah prit un deuxième chou-fleur et le posa sur la planche à découper. Elle avait attendu l'arrivée d'Edna Ferguson, la cheffe cuisinière du lycée Jordan venue prêter main-forte aux dames du cabanon Thompson, pour rejoindre ses sœurs chez leur mère et préparer avec elles les crudités destinées au buffet champêtre.

« J'aime bien Patsy », dit Andrea en rajustant les bretelles de la robe à grosses fleurs qu'elle portait sous un boléro style années 1950, un ensemble de plage que Hannah avait admiré quelques jours auparavant dans la vitrine du Beau Monde.

« Nous l'avons croisée en venant, précisa Michelle. Au premier coup d'œil, elle a vu que nous étions sœurs. »

Hannah se garda de tout commentaire, mais c'était vrai, leur ressemblance était frappante. Avec Delores, elles formaient un trio harmonieusement assorti. Traits délicats, attaches déliées, silhouette élancée...

« Tu l'as pris en quelle taille, ton corsage ? demanda Andrea à Michelle.

— En 36.

— J'aurais dit 34. Moi qui porte du 36, je doute de pouvoir entrer dedans.

— Je reconnais qu'il est un peu juste depuis que je l'ai lavé à l'eau chaude. »

Hannah faillit gémir d'exaspération. Elle ne mettait plus de 34 depuis la sixième. Ses deux sœurs avaient hérité de la frêle ossature de Delores, alors qu'elle-même avait dû se satisfaire des taches de rousseur, de l'épaisse chevelure auburn, de la stature et de la légère tendance à l'embonpoint de leur père.

« Tu es très en beauté aujourd'hui, Hannah », lança Michelle comme si elle craignait que leur aînée se sente exclue de la conversation.

Toujours attentive à ce genre de choses, Andrea renchérit en disant :

« Oui, tout à fait. Cette nuance de vert te va à ravir.

— Merci », dit Hannah avant de baisser les yeux sur son chemisier vert forêt, l'une de ses couleurs préférées. En relevant la tête, elle revit le nombril de Michelle et trouva que, décidément, celle-ci exposait une grande surface de peau. « Tu mets de la crème solaire, j'espère ?

— Oui, et du produit contre les moustiques. Ne t'inquiète pas.

— Très bien. »

Hannah échangea un coup d'œil avec Andrea. Visiblement, elles étaient sur la même longueur d'onde : les coups de soleil et les piqûres de moustiques les préoccupaient moins que la tenue de leur petite sœur. Une tenue qu'on ne pouvait qualifier d'indécente, mais qui lui garantissait de ne pas passer inaperçue.

« Lonnie sera-t-il des nôtres, ce soir ? » s'enquit Andrea. Lonnie était le jeune adjoint du shérif que Michelle fréquentait depuis plus d'un an.

« Oui, il mangera avec moi. À ce propos… je dois aller me changer. Lonnie n'aime pas que je porte ce corsage devant d'autres hommes. Il dit que ça les fait baver. »

Quand Michelle passa dans la chambre et referma derrière elle, Andrea déclara d'un air entendu :

« Je trouve que Lonnie a une bonne influence sur elle.

— Je suis de ton avis.

— Tu as besoin d'un coup de main pour couper les légumes ?

— Merci, mais il n'y a qu'un seul couteau digne de ce nom dans cette cuisine », répondit Hannah en croisant les doigts dans le dos.

De son enfance, elle avait gardé l'habitude de faire ce geste chaque fois qu'elle prenait ses distances avec la vérité.

En fait, Delores possédait toute une batterie de couteaux parfaitement aiguisés, trop sans doute pour Andrea, qui manquait cruellement d'expérience dans le domaine culinaire. Entre proférer un mensonge et être responsable d'une amputation, le choix était vite fait.

« Qu'est-ce que tu prépares ? demanda Andrea en s'approchant. Je vois du chou-fleur et des brocolis. C'est une salade ?

— Gagné. Mais pas n'importe laquelle : la salade de légumes d'été de Sally. Elle m'a donné la recette l'année dernière. Lisa apportera sa salade César aux olives noires, Edna une salade de pâtes, et Marge une coleslaw.

— Tu oublies la mienne, se rengorgea Andrea. J'ai mis du fromage blanc et des oignons râpés dans de la gelée verte. »

Que répondre à cela ? *J'ai hâte de goûter* n'aurait pas été crédible. *Bonne idée* manquait d'enthousiasme... Hannah opta pour un compromis.

« Elle fera beaucoup d'effet à côté des autres », dit-elle à l'instant précis où Michelle ressortait, vêtue d'un pantalon blanc et d'un corsage en mousseline lavande.

« Charmant ! s'écria Andrea.

— Merci. Lonnie adore quand je porte du blanc et du mauve. Ça doit lui rappeler les couleurs du lycée Jordan. Hannah, que puis-je faire pour t'aider ? »

Hannah lui aurait bien proposé de couper les brocolis, mais son mensonge l'en empêchait.

« Tu n'as qu'à préparer l'assaisonnement. Andrea, veux-tu aller chercher les ingrédients, s'il te plaît ? » Elle attendit que ses deux sœurs se mettent au travail pour ajouter : « Au fait, j'ai besoin d'un conseil.

— À quel sujet ? demanda Michelle pendant qu'Andrea revenait avec la petite glacière que Hannah avait apportée.

— Mike veut bien que j'enquête de mon côté pourvu que nous échangions les infos. Il semblait sincère, mais j'ai des doutes.

— Parce qu'il est flic, dit Michelle sans hésiter. À l'école de police, on leur apprend à mentir pour mieux piéger les suspects. »

Hannah et Andrea la considérèrent avec stupéfaction.

« Tu crois que Lonnie te ment ? articula Hannah.

— Évidemment, s'esclaffa Michelle. Hier soir, par exemple, il m'a dit que j'étais la plus belle femme du monde.

— Ce n'est pas un mensonge, répliqua Hannah.

— C'est la pure vérité ! dit Andrea presque au même instant.

— Merci, les filles, sourit Michelle. Mais moi, je sais bien que c'est faux. Donc il a menti.

— Non, il a juste un peu exagéré pour te faire plaisir, lui expliqua Hannah.

— Les hommes disent parfois ce genre de trucs, qu'ils soient sincères ou pas, abonda Andrea.

— Et s'ils ne sont pas sincères, cela signifie qu'ils attendent quelque chose en retour, s'esclaffa Hannah.

— Exactement. D'ailleurs, Lonnie attendait quelque chose », dit Michelle.

Hannah espéra qu'Andrea prendrait le relais. Mais comme celle-ci ne se décidait pas et que le silence commençait à devenir pesant, elle se jeta à l'eau.

« Peux-tu nous dire ce que Lonnie attendait en retour ? »

Michelle éclata de rire.

« Je me demandais laquelle des deux se lancerait la première. Lonnie voulait savoir s'il pouvait m'acheter une bague de fiançailles pour Noël.

— Je te signale qu'il te reste encore deux ans avant d'obtenir ton diplôme, dit Andrea.

— C'est ce que je lui ai répondu. Et j'ai ajouté que s'il éprouvait les mêmes sentiments à mon égard l'année prochaine, il pourrait me reposer la question.

— Quelle sagesse ! s'écria Hannah en frappant dans la main d'Andrea.

— Mes études me tiennent à cœur, mais si je ne veux pas m'engager tout de suite, ce n'est pas juste pour cela. J'ai rencontré un garçon qui ne m'est pas indifférent.

— Un garçon qui habite ici, à Lake Eden ? » demanda Hannah en espérant que non.

Lonnie n'apprécierait sans doute pas de croiser son rival chaque jour dans les rues de la ville.

« Non, il est à la fac avec moi. Il ne m'a pas demandée en mariage, mais il le fera peut-être un jour. Et ce jour-là, je veux être en mesure de choisir.

— Je t'approuve, dit Hannah.

— Merci. Je dois être absolument sûre de moi avant de dire oui. En fait, je suis comme toi. »

Hannah frémit. Et si ce que Michelle prenait pour une preuve d'intelligence de sa part n'était au fond qu'un regrettable défaut ? La grande sœur qu'elle admirait tant faisait peut-être partie de ces personnes qui, incapables de choisir entre deux vies, restaient sur la rive à regarder les occasions leur passer devant le nez et finissaient par mourir dans la solitude. Mais le moment était mal choisi pour se livrer à ce type d'introspection.

« Nous nous égarons, s'ébroua-t-elle. Nous parlions des policiers et de leur propension à travestir la vérité. D'après vous, quand Mike m'a proposé de partager les infos, était-il sincère ou pas ? »

Michelle prit un air pensif.

« Difficile à dire. Quel intérêt aurait-il à te mentir ?

— J'en vois un, et un gros ! répliqua Andrea. Connaissant Hannah, il sait qu'elle respectera sa part du marché. En revanche, Hannah n'aura aucun moyen de savoir s'il respecte la sienne.

— Si, je le saurai, rétorqua Hannah.

— Comment ?

— Il est censé présenter des rapports à son supérieur hiérarchique, non ? Or il se trouve que ma sœur est l'épouse dudit supérieur.

— Mais...

— Tu n'auras qu'à jeter un coup d'œil de temps en temps sur les documents que Bill rapporte à la maison. Un jeu d'enfant pour toi.

— Absolument, fit Andrea avec un petit sourire malin. Dis-lui que tu acceptes. Je me chargerai de vérifier s'il est honnête avec toi. »

Le sujet étant clos, Michelle se mit à préparer la sauce vinaigrette avec les ingrédients qu'Andrea lui passait au fur et à mesure. Hannah finissait de trancher les légumes quand une idée lui traversa l'esprit.

« D'après Mike, la chevalière de Gus est en toc. La Rolex peut-être aussi, même s'il n'en est pas sûr. Andrea, peux-tu me donner ton avis sur sa tenue ? Gus portait-il des vêtements de marque ?

— Ou des contrefaçons ?

— Oui, c'est cela.

— Quand je suis allée à Hawaï avec Bill pour notre voyage de noces, comme nous avions une correspondance de quatre heures à l'aéroport de Los Angeles, un chauffeur de taxi nous a conduits en ville où j'ai acheté un sac Gucci pour dix dollars. C'était une copie, bien sûr, mais le logo de la marque était gravé sur le fermoir.

— Les deux G face à face ? demanda Michelle.

— Oui. C'était une très jolie pochette qui dégageait une bonne odeur de cuir.

— Sauf que ça n'en était pas, supposa Hannah.

— Bingo ! Je n'étais pas dupe. Je savais que les vrais sacs Gucci coûtent entre dix et cent fois plus cher. Mais il me plaisait et Bill me l'a offert.

— Que s'est-il passé ?

— Eh bien, l'odeur de cuir a disparu en quelques jours et le fermoir s'est brisé presque aussi vite.

— Tu ne l'as pas donné à réparer ? s'étonna Michelle.

— Pour trouver un soudeur, j'aurais dû parcourir des kilomètres.

— Je suis sûre que Bud Hauge aurait fait cela en un tournemain, répliqua Hannah.

— Oui, sauf qu'il n'en était pas question. À l'époque, Bill était adjoint du shérif. Tout le monde en ville croyait qu'il m'avait acheté un authentique sac Gucci. Imaginez si on avait appris que l'épouse du shérif adjoint se pavanait avec une vulgaire copie au bout du bras !

— Ç'aurait fait moche, reconnut Michelle.

— De quoi alimenter les ragots pendant plusieurs siècles, ajouta Hannah.

— On est d'accord. Donc, j'ai pris le sac et je l'ai jeté à la poubelle.

— Tu as bien fait, dit Hannah en s'emparant de la vinaigrette que Michelle avait fini de fouetter pour la verser sur les légumes.

— Hé ! s'indigna Michelle. Pas si vite ! Le buffet n'est que dans deux heures !

— Pas de panique. Ces légumes ne craignent rien. Au contraire, ils auront le temps de s'imprégner de vinaigrette et n'en seront que meilleurs. Je mets du film alimentaire par-dessus et hop, au frigo ! Au moment de servir, nous n'aurons plus qu'à garnir avec des petits morceaux de bacon et des graines de tournesol salées. » Hannah s'interrompit, respira un bon coup et revint au sujet principal. « Bon, maintenant, les vêtements de Gus. Les avez-vous bien regardés ?

— Oui, répondit Andrea, sans surprise.

— Non, dit Michelle. Quand il a débarqué au volant de sa Jaguar, je disais au revoir à Lonnie sur le parking de l'église. Ensuite, Lonnie a pris son service et moi je suis allée au centre commercial avec deux copines. Je n'étais pas invitée au petit déjeuner, et le soir, pendant le bal, nous étions assis avec les parents de Lonnie, Rick et Jessica. J'ai aperçu Gus de loin, je l'ai trouvé très élégant, plus que les autres hommes de l'assistance, mais je n'ai pas vu les détails de sa tenue.

— Eh bien, renchérit Andrea, moi, je peux vous dire que ses deux costumes et ses mocassins en pécari lui ont coûté les yeux de la tête. Combien exactement, je l'ignore, mais assez pour s'offrir une petite maison à retaper à Lake Eden. J'en mettrais ma licence d'agent immobilier au feu ! »

Sachant qu'Andrea tenait à cette licence presque autant qu'à son mari et à ses enfants, Hannah préféra ne pas insister.

« Donc, contrairement à la bague et à la montre, ce n'étaient pas des contrefaçons ?

— J'en suis certaine.

— Par conséquent, Gus Klein avait de l'argent… du moins en avait-il, jusqu'à ce qu'il le mette dans des habits et des chaussures que le maire Bascomb lui-même ne pourrait pas s'offrir. »

Salade de légumes d'été de Sally

5 tasses de fleurettes de brocoli coupées en menus morceaux
5 tasses de fleurettes de chou-fleur coupées en menus morceaux
2 tasses de cheddar râpé (très finement)
½ tasse de raisins de Smyrne (Sally les remplace parfois par des canneberges séchées et sucrées)
⅔ tasse d'oignons émincés (Sally les prend verts)

½ tasse de sucre blanc (semoule)
1 tasse de mayonnaise
2 cuillerées à soupe de vinaigre de vin (j'ai utilisé du vinaigre de framboise)

---

6 fines tranches de bacon (cuites et émiettées)
¼ tasse de graines de tournesol salées et grillées (avec leur coquille)

Dans un grand bol, mettre les brocolis, le chou-fleur et le fromage râpé. Mélanger avec les mains. Ajouter les raisins et l'oignon émincé. Mélanger encore.

Dans un petit bol, préparer un assaisonnement à base de sucre, de mayonnaise et le vinaigre de vin. Puis le verser sur la salade. Remuer jusqu'à ce que les légumes soient bien imbibés de sauce.

Garnir avec des petits morceaux de bacon et des graines de tournesol.

Première note de Hannah : on peut préparer cette salade plusieurs heures avant de la servir. C'est même préférable pour que les saveurs se mélangent. Il suffit de couvrir le bol avec du film alimentaire, de le mettre au frigo et d'attendre l'arrivée des invités. En dernier, il ne restera plus qu'à disperser les petits morceaux de bacon et les graines de tournesol.

Rendement : 12 à 16 parts.

Deuxième note de Hannah : j'en ai préparé une fois pour un dîner de six personnes. J'ai remis au frais ce qu'il restait, et le lendemain c'était toujours aussi bon !

Chapitre 11

Hannah était en train de charger l'un des gigantesques lave-vaisselle du bungalow Thompson quand la fatigue la rattrapa. Elle s'était portée volontaire pour remplacer celles qui souhaitaient regarder le diaporama se déroulant sur la plage, la salle des fêtes étant encore considérée comme une scène de crime. Ce diaporama, Norman l'avait conçu avec Herb et Lisa à partir des photos souvenirs apportées par les membres de la famille. Hannah aurait bien aimé y assister, mais se serait certainement endormie dans son transat, songea-t-elle en bâillant. Norman avait pensé à tout. Auprès d'une société basée à Minneapolis, il avait loué un grand écran, comme ceux qui servent lors des compétitions sportives. Pour le brancher, les livreurs avaient déroulé un câble depuis le bungalow le plus proche. Hannah était à deux cents mètres de la plage, mais elle entendait parfaitement les applaudissements et les rires.

Elle avait fini de planter les couverts dans les paniers. Derrière elle, les papillons de nuit se jetaient tête baissée contre les moustiquaires protégeant les portes et les fenêtres. Encore un lave-vaisselle à remplir et elle pourrait rentrer, se dit-elle en versant du détergent dans le réservoir.

Elle déposait une marmite sale dans la deuxième machine quand un nouveau bâillement la força à s'interrompre. Elle manquait de sommeil, mais pas de sujets de préoccupation. Cette histoire de pic à glace lui tournait dans la tête. Non pas à cause de la blessure qu'il avait occasionnée – elle en avait vu de plus impressionnantes, par le passé –, mais *primo* parce qu'il s'agissait d'un de ceux que son grand-père avait autrefois offerts à ses clients en guise de cadeau de Noël, *secundo* parce qu'elle-même en possédait un exemplaire dans sa cuisine.

Ensuite venait l'affaire Moshe. Dans quel état retrouverait-elle son appartement en rentrant tout à l'heure ?

« Hannah ? appela une femme en toquant sur le montant de la porte moustiquaire. J'ai quelque chose à te dire. »

C'était Ava, la patronne de L'Épicerie du Lac.

« Entrez. C'est ouvert.

— Tu as besoin d'aide ? proposa Ava qui venait d'apercevoir une casserole très encrassée au fond de l'évier.

— Non, merci. J'ai bientôt terminé. Vous vouliez me parler ?

— Oui. De Gus. »

Ava semblait contrariée.

« De quoi s'agit-il ? demanda Hannah en espérant que l'épicière n'avait rien commis d'irréparable.

— Les Beeseman de Red Wing sont passés me voir, tout à l'heure. Betsy... je crois qu'elle s'appelle comme ça... n'est pas tout à fait sûre que le défunt soit Gus.

— Marge a des doutes elle aussi. De même que Patsy.

— Betsy Beeseman... dit qu'on n'en aura peut-être jamais le cœur net parce que Gus, lorsqu'il a quitté Lake Eden, n'avait pas de cicatrices ni rien qui permette de l'identifier avec certitude.

— Oui, je sais.

— Eh bien... c'est faux.

— Qu'est-ce qui est faux ?

— Il avait une marque.

— Une cicatrice ?

— Non, un tatouage représentant deux battes de base-ball entrecroisées et une balle. Comme sur le logo de la ligue de base-ball qu'on voit à la télé avant les matchs.

— Vous êtes formelle ?

— Absolument.

— Mais pourquoi personne n'en a parlé ?

— Parce que personne n'est au courant.

— Même pas Marge ? Ni Patsy ?

— Ni l'une ni l'autre. Ce tatouage se trouvait... euh... dans un endroit un peu... intime. »

Hannah n'avait pas trop envie de savoir lequel, mais demanda pourtant :

« Quel genre d'endroit... intime ?

— Le genre fesse gauche. »

Hannah tapota sa propre anatomie.

« Ici, vous voulez dire ?

— Oui, ici, très exactement.

— Comment le savez-vous ? Cela vous a été rapporté ou... ?

— Non. Je l'ai vu de mes propres yeux. Nous étions au lycée, à l'époque. » Ava se tut et prit un air gêné. « Ce n'est pas ce que tu penses.

— Je ne pense rien du tout. Du moins, j'essaie.

— Tant mieux. J'étais passée voir Marge et Patsy chez elles. Comme elles étaient sorties, Mme Klein m'a dit de les attendre dans leur chambre. Je suis donc montée, et en longeant le couloir, j'ai vu la porte de Gus entrouverte. Il était en train de s'habiller, le dos tourné vers moi.

— C'est là que vous avez aperçu son tatouage.

— Oui. Comme je craignais qu'il se retourne, j'ai couru me réfugier dans la chambre des filles, sans faire de bruit. Je suis absolument certaine qu'il ne m'a pas vue. Voilà tout ce que j'avais à déclarer. »

Cette dernière phrase, Ava la prononça à toute vitesse, comme si elle l'avait répétée avant de venir. Était-ce là toute la vérité ? Sans doute que non. Mais cela n'avait pas grande importance.

« Merci d'être venue me parler, Ava. Si Marge et Patsy étaient au courant de votre démarche, je suis sûre qu'elles vous en seraient reconnaissantes, elles aussi. Grâce à vous, nous avons maintenant de quoi vérifier si le défunt est bien Gus. »

Ava prit un air inquiet.

« Je ne serai pas obligée de témoigner, n'est-ce pas ?

— Je ne crois pas. Ce nouvel élément permettra l'identification de la victime, mais il n'est pas directement lié au meurtre.

— Tant mieux ! Je ne voulais pas continuer à me taire, mais ça m'ennuyait de raconter ça devant la police. »

Ava allait sortir du bungalow quand elle se ravisa. « Je te remercie, Hannah.

— De rien. C'est moi qui vous remercie pour cette démarche.

— Non, pas pour ça.

— Pourquoi, alors ?

— Tout à l'heure, Bill est passé à la boutique me remettre la somme que Gus me devait. C'est un souci en moins.

— Parfait. »

Bill avait dû user de son influence pour obtenir ce remboursement, supposa Hannah. Et c'était une bonne chose, car Ava ne roulait pas sur l'or.

« Passe à l'occasion, je t'offrirai un Popsicle. J'en reçois avec un nouveau parfum la semaine prochaine.

— Avec plaisir, Ava. »

Hannah attendit qu'elle sorte pour retourner à sa corvée de vaisselle. Ce témoignage ne faisait pas vraiment avancer l'enquête, mais au moins elle disposait à présent d'un moyen d'identification imparable... À moins que Gus n'ait fait retirer son tatouage entre-temps, se dit-elle en disposant dans le compartiment du bas trois louches, une marmite et deux pichets. Hannah allait chercher la suite quand elle entendit frapper à la porte moustiquaire.

« Qui est-ce ?

— Barbara Donnelly. J'ai quelque chose à vous dire, Hannah.

— Entrez. C'est ouvert. »

Hannah eut le temps de glisser une spatule en métal dans le casier du haut avant de voir apparaître la secrétaire de Bill. Qu'allait-elle lui confier ? Barbara était soumise à une obligation de discrétion, mais, en s'y prenant bien, on pourrait peut-être lui soutirer quelques informations.

« Je vous croyais à la projection, Barbara !

— J'en viens. Mais Norman m'a dit que mes photos de Marge et de Patsy chez les jeannettes ne passeraient que dans une demi-heure. Alors, je me suis esquivée et me voilà. » Barbara s'avança jusqu'à l'évier et s'empara d'un tampon à récurer. « Vous voulez de l'aide ?

— Non, merci, j'ai presque terminé », répondit Hannah. Elle avait déjà vécu cette scène. « Que se passe-t-il, Barbara ? Vous m'avez l'air inquiète.

— C'est à cause de ce que Marge a dit sur son frère.

— Qu'a-t-elle dit ?

— Qu'on n'avait aucun moyen de savoir si la victime était bien Gus parce que Gus n'avait aucun signe particulier.

— Oui, je m'en souviens, répondit Hannah, dont l'impression de déjà-vu gagna en intensité.

— Eh bien, c'est sans doute parce que Marge et Patsy ne l'ont jamais vu... » Barbara s'éclaircit la gorge. « Je vais tout reprendre au début.

— Je vous en prie, sourit Hannah.

— C'était pendant l'été, avant mon année de terminale au lycée Jordan. Avec des copines, nous étions parties nager dans le lac. Vous voyez comment sont disposées les cabines de plage ?

— Oui. »

Hannah les connaissait depuis qu'enfant, elle avait pris ses premières leçons de natation. Ces vestiaires collectifs étaient composés d'une dalle de ciment servant de support à trois cloisons de briques. Ils n'avaient pas de porte. On y pénétrait par un passage mesurant environ un mètre de large sur un mètre de long, puis on tournait sur la gauche ou sur la droite et on pouvait se changer à l'abri des regards.

« Vous savez donc qu'elles n'ont pas de toit.

— Oui, je le sais.

— Le Lion's Club les a conçues de manière à éviter les moisissures. C'est mon père qui me l'a dit. Côté filles, le sol était creusé près de l'entrée. Quand il pleuvait, l'eau restait pendant des jours. Je ne vous dis pas les détritus qui stagnaient dans cette mare.

— Je vois, fit Hannah pour l'inciter à accélérer.

— Il avait plu la veille. Comme nous ne voulions pas marcher dans la boue, nous avons décidé d'utiliser le vestiaire des garçons. Mais d'abord, il fallait savoir s'il était libre. Étant la seule capable d'escalader la cloison, je me suis portée volontaire. Et là, j'ai vu Gus Klein enfiler son caleçon de bain. »

Hannah, qui avait deviné la suite, jugea quand même préférable d'écouter le récit de Barbara jusqu'au bout.

« Comme il était de dos, j'ai aperçu le tatouage qu'il avait sur la fesse gauche, là où se serait trouvée la poche de son jean s'il en avait porté. Ça représentait deux battes de base-ball entrecroisées, avec une balle au milieu. Je suis redescendue bien vite de peur qu'il me voie, et nous avons couru jusqu'à la voiture, où nous nous sommes changées chacune notre tour sur la banquette arrière.

— Avez-vous parlé de cet incident à quelqu'un d'autre que moi ?

— Sûrement pas ! fit Barbara, choquée. Je ne voulais pas que ça s'ébruite. Mais après ce qui vient de se passer, je ne peux plus garder le silence. J'aurais pu en parler à Bill, mais non. Vous comprenez pourquoi...

— Pas vraiment.

— Que penserait-il de moi ? Surtout que je suis sortie avec Gus pendant quelque temps.

— J'ignorais... En tout cas, merci pour votre confiance. Et ne vous en faites pas. Cela restera entre nous. »

Après le départ de Barbara, Hannah retourna à ses activités ancillaires. Elle prit deux poêles à frire qui traînaient sur le plan de travail, plus un faitout et une spatule encroûtée d'une matière jaune ressemblant à des œufs brouillés sans en être, leur trouva une place dans le lave-vaisselle, remplit de détergent le compartiment prévu à cet effet, ferma la porte et lança les deux machines.

Un dernier coup d'œil autour d'elle, un dernier coup d'éponge sur les comptoirs et le tour était joué. Hannah éteignit les lumières mais à peine eut-elle franchi le seuil qu'elle se retrouva nez à nez avec Rose Mac Dermott.

« Bonsoir, Rose, lança-t-elle en se demandant si elle allait avoir droit à une troisième confession.

— Je te cherchais, Hannah. J'ai un truc à te confier et je profite du fait que Hal regarde le diaporama avec les autres.

— Pas de souci, Rose. » Hannah prit place sur l'antique balancelle installée sur la véranda et lui désigna une chaise en rotin. « Mets-toi à ton aise.

— Merci. Ce diaporama est vraiment bien conçu. Ton chéri a fait du bon boulot. »

Mon chéri. Lequel ? aurait-elle pu rétorquer si elle n'avait su qu'il s'agissait de Norman.

« Bref... Tu sais que Marge a réuni toute la famille cet après-midi. Comme Hal est un cousin au troisième degré, nous y sommes allés. Eh bien, Marge nous a avoué qu'elle n'était pas certaine que la victime soit Gus, qu'à sa connaissance, Gus n'avait pas de signes distinctifs, pas de cicatrices, pas de marques de naissance... et que donc, pour en avoir le cœur net, il faudrait attendre le résultat des tests ADN.

— Oui, j'ai appris cela.

— Sauf qu'en fait, il en avait un...

— Un quoi ? demanda Hannah, la bouche en cœur.

— Un signe distinctif. Un tatouage qu'il s'était fait faire quand il était en terminale.

— Comment peux-tu l'affirmer ?

— Parce que je l'ai vu ! » répondit Rose d'une voix tremblante d'indignation. Il faisait trop sombre pour que Hannah aperçoive autre chose que la silhouette de son amie sur le fauteuil en rotin, mais elle aurait juré qu'elle était au bord des larmes. « Je l'ai même vu deux fois. Mais je ne l'ai jamais dit à personne. Si Hal apprenait ce que Gus a fait, il aurait une attaque. »

Oups ! Hannah tâcha de ne pas gémir. Deux fois, ça faisait beaucoup ! Elle se serait volontiers passée de connaître les détails de cette histoire qui s'annonçait un peu délicate, Rose ayant une bonne dizaine d'années de plus que Gus, lequel était mineur à l'époque.

« Tu n'as qu'à me décrire ce tatouage. Pour les circonstances, tu n'es pas obligée.

— Non, je préfère tout te dire. Ça me soulagera. Je garde ce secret au fond de moi depuis trop longtemps. C'était peu après mon mariage. Hal tenait le café seul et moi, je travaillais encore au lycée. Je m'occupais du secrétariat du proviseur.

— J'ignorais que tu avais exercé ce métier.

— Si, pendant quatre ans. M. Garrison, le prédécesseur de M. Purvis, m'avait embauchée après la fac. »

Hannah ne voyait pas vraiment le rapport entre la fesse tatouée de Gus et cet emploi de secrétaire, mais elle choisit de laisser Rose raconter l'histoire à sa façon.

« Gus était souvent convoqué. C'était un élève... dissipé, dirons-nous. Il ne faisait rien de bien méchant, mais partant du principe qu'un bon sportif doit montrer l'exemple et se comporter de manière irréprochable, M. Garrison était plus sévère avec lui qu'avec les autres.

— Donc le comportement de Gus n'était pas irréprochable...

— Tant s'en fallait, s'esclaffa Rose. Il chahutait en cours, et dès qu'il y avait une bêtise à faire, il s'en chargeait... Encore une fois, ce n'était jamais très grave, mais M. Garrison avait fait l'armée et il croyait aux vertus des châtiments corporels.

— Continue, l'encouragea Hannah, qui commençait à voir où Rose voulait en venir.

— Bref... C'était peu après la rentrée des classes. Gus avait encore fait des siennes. Je ne sais plus quoi exactement, un problème avec le professeur d'art dramatique et trois grenouilles mortes, je crois. »

Hannah se prit à imaginer divers scénarios plus rocambolesques les uns que les autres.

« Gus a été pris sur le fait ?

— Oui. Bref... J'allais porter des dossiers à l'intendance quand Gus est entré dans le bureau. Je l'ai accueilli, j'ai toqué chez M. Garrison, j'ai fait entrer Gus, et je suis partie. À mon retour, j'ai entendu des bruits de coups derrière la porte.

— Châtiment corporel ?

— Oui, mais pas n'importe lequel ! J'ai tout de suite vu que la rame accrochée au-dessus de la porte du proviseur avait disparu.

— Une rame ?

— Oui, M. Garrison était un passionné d'aviron. Bref... quand j'ai vu qu'elle n'était plus à sa place, j'ai compris ce qui se passait. Et d'après le bruit que ça faisait, il n'y avait rien entre la rame et le derrière de Gus.

— Je vois.

— Aujourd'hui, je serais intervenue, mais à l'époque j'étais jeune, inexpérimentée... Je croyais que M. Garrison avait le droit de punir les élèves comme il l'entendait. Cela dit, je m'inquiétais un peu parce que Gus ne faisait aucun bruit. Au bout d'un moment, poussée par la curiosité, j'ai regardé par le trou de la serrure et j'ai vu...

— Quoi donc ?

— M. Garrison en train de fesser Gus avec cette fichue rame. Gus se tenait de dos à la porte, plié en deux, le pantalon sur les chevilles. Dans cette position, son tatouage était parfaitement visible. Deux battes de base-ball entrecroisées, avec une balle au milieu. Il avait le postérieur rouge cerise.

— Qu'as-tu fait ? demanda Hannah malgré elle.

— Que pouvais-je faire ? Je n'étais qu'une petite secrétaire, et M. Garrison mon supérieur hiérarchique. Je suis retournée à ma place et j'ai attendu que Gus ressorte.

— Et ensuite ?

— Je lui ai proposé de la pommade. J'avais un tube de crème pour les mains, dans mon tiroir. Je me suis dit, les mains ou les fesses, c'est du pareil au même.

— Logique. Donc tu lui as donné ta pommade ?

— Oui. Une semaine plus tard, il est revenu, il a posé le tube sur mon bureau et m'a remerciée.

— C'était gentil de sa part.

— Pas vraiment. Après m'avoir remerciée, il a baissé son pantalon pour que je voie l'état de son derrière. De fait, il n'y avait plus aucune marque.

— Ah, fit Hannah qui s'était attendue à pire. Je ne comprends pas. Pourquoi Hal serait-il fâché d'apprendre que tu as prêté ton tube de pommade à Gus ?

— Non, ce n'est pas cela. Vois-tu, Hal a fait l'armée avec Bill Garrison. S'il apprend qu'après avoir été corrigé par son ancien camarade de régiment, un élève m'a montré ses fesses, Hal me reprochera de ne pas l'avoir dénoncé.

— Je te suis », dit Hannah, même si c'était faux. La tendance qu'avaient certaines personnes à ne pas vouloir faire de vagues, quelle que soit la gravité du problème, la dépassait. « N'aie pas d'inquiétude, Rose. Je garderai cela pour moi.

— Je te fais confiance. » Rose se leva. « Je ferais bien de m'en retourner avant que Hal s'aperçoive que je ne suis pas aux toilettes. Merci, Hannah. J'espère franchement que tu attraperas l'assassin de Gus. S'il s'agit bien de Gus, évidemment. »

Après le départ de Rose, Hannah resta un long moment sur la balancelle à rêvasser tout en profitant du calme de la nuit. Les étoiles se reflétaient sur la surface ondoyante du lac. Les moustiques passaient en vrombissant près de ses oreilles, mais heureusement, elle s'était aspergée de répulsif. En somme, s'il n'y avait pas eu cette affaire de meurtre à résoudre, la soirée aurait été parfaite.

Quand elle s'en sentit de nouveau capable, Hannah se leva, descendit les marches du porche et se dirigea vers l'aire de pique-nique. Des éclats de rire diffus lui apprirent que le diaporama n'était pas fini. Elle marcha encore deux minutes, atteignit le parking et, guidée par le clair de lune, repéra son véhicule. Alors qu'elle ouvrait la portière, une voix l'arrêta.

« Hannah ! Attends ! »

Hannah se retourna et vit Delores courir vers elle. Sa mère avait troqué ses sandales à lanières contre une paire de ballerines, et pourtant, elle boitait.

« Tu as mal aux pieds ? »

Delores poussa un grand soupir.

« Carrie m'a prêté ses ballerines. Elle en a toujours une paire dans sa voiture. Mais comme elles sont trop grandes, je dois crisper les orteils pour ne pas les perdre en marchant. » Elle s'immobilisa, le temps de reprendre son souffle. « J'ai besoin de te parler, Hannah. C'est important.

— Tu ne vas quand même pas me reprocher d'avoir encore trouvé un cadavre, j'espère !

— Non. »

Hannah eut un mouvement de surprise.

« Vraiment ?

— Ce coup-ci, c'est moi qui suis responsable. Je n'aurais pas dû t'envoyer chercher Gus à ma place. Mais comment aurais-je pu imaginer qu'il était mort ? Tout est de ma faute ! »

Sous la lumière bleuâtre diffusée par les réverbères du parking, le visage de sa mère affichait une expression inhabituellement anxieuse.

« Dois-je entendre par là que tu as quelque chose à voir avec sa mort ?

— Non, bien sûr que non. Je ne l'ai plus revu après que j'ai quitté la salle des fêtes avec Carrie, à minuit.

— Pourtant, tu parais bouleversée. Qu'est-ce qui t'inquiète, exactement ?

— Marge et Patsy prétendent que Gus n'avait pas de signes distinctifs.

— En fait, elles ignorent s'il en avait à l'époque, quand il a quitté le domicile familial, corrigea Hannah, au su des trois dernières révélations.

— Le contraire serait étonnant. Leur mère était fortement opposée à tout ornement corporel. Je m'en souviens, Marge n'avait même pas le droit de se faire percer les oreilles. Même chose pour Patsy. Peu après leur mariage, Mac est allé à Camp Ripley suivre un entraînement militaire. Il faisait partie de la garde nationale. Eh bien, Marge, Patsy et moi en avons profité pour nous faire percer les oreilles.

— Intéressant, mentit Hannah pour l'inciter à poursuivre. Mais je ne vois pas le rapport avec Gus Klein et...

— Gus avait un tatouage. »

Hannah prit un air convenablement ébahi tandis qu'au fond d'elle-même une question se faisait jour : *Comment diable sa mère pouvait-elle le savoir ?*

« C'est très embarrassant, reprit Delores. Mais puisque tu as décidé d'enquêter, il est de mon devoir de t'en informer.

— Écoute... bredouilla Hannah, rien ne t'y oblige.

— Mais si. Vois-tu, je suis sortie avec Gus quand nous étions au lycée. Des années avant que je rencontre ton père. »

Hannah choisit d'interrompre sa mère avant que celle-ci se lance dans le récit détaillé de sa relation avec Gus Klein.

« Ce tatouage représentait-il deux battes de base-ball entrecroisées avec une balle au milieu ?

— Oui !

— Il était sur sa fesse gauche ?

— Absolument ! Mais comment le sais-tu ?

— Trois femmes avant toi sont venues m'en parler. Et je parie qu'une demi-douzaine d'autres songent à le faire.

— Tu veux dire qu'elles t'ont décrit son tatouage toutes les trois ? s'indigna Delores. Quel odieux personnage ! Il jurait qu'il m'aimait ! Qui sont ces femmes ? Je dois le savoir.

— Inutile. Elles l'ont vu par accident.

— Comment cela, par accident ?

— La première rendait visite à Marge quand elle a aperçu les fesses de Gus en passant devant sa chambre entrouverte. La deuxième les a vues alors qu'il enfilait son maillot de bain dans le vestiaire près du lac. Et la dernière... »

Hannah s'interrompit. Si elle évoquait la mésaventure de Rose, même sans la nommer, Delores ferait aisément le rapprochement.

« Eh bien, il se trouve que Gus s'est déculotté devant elle et lui a montré son postérieur.

— Ça ne m'étonne pas, fit Delores en reniflant de mépris. J'ai toujours su que ce garçon était un sybarite.

— *Un sybarite* ? Tu veux dire *un libertin* ? *Un débauché* ? demanda Hannah que la propension de sa mère à ponctuer ses phrases de termes désuets, prétendument tirés du vocabulaire de la Régence, exaspérait au plus haut point.

— Je préfère *sybarite*, si cela ne t'ennuie pas. Ce qui me déconcerte le plus, c'est qu'après toutes ces années, je devrais m'en moquer. Or, pas du tout.

— Je sais pourquoi, ne put s'empêcher de répondre Hannah.

— Ah bon ?

— Tu t'en veux d'avoir été si naïve.

— Oui. Et je me demande combien de gens étaient au courant de mon aveuglement. »

Hannah posa la main sur l'épaule de sa mère. Ayant grandi dans une famille où les démonstrations d'affection n'étaient pas monnaie courante, ce geste valait une étreinte.

« Il m'est arrivé la même chose quand j'étais à l'université. Sauf que j'avais quelques années de plus que toi et que, donc, j'aurais pu me méfier.

— Vraiment ? »

Delores lui tapota la main, l'équivalent d'une embrassade.

« Je fréquentais un professeur assistant. Je croyais qu'il tenait à moi, et puis, un jour, j'ai découvert qu'il était fiancé. »

Delores prit un air choqué.

« Mais c'est horrible, ma chérie !

— C'est ce que je croyais, à l'époque. Il m'a fallu du temps pour m'en remettre. C'est en partie pour cela que je n'ai pas repris la fac après la mort de papa.

— Ce type y était encore ?

— Oui, et je suppose qu'il y enseigne toujours.

— Tu n'as pas envie de vérifier ?

— Pas vraiment.

— Ça veut dire que tu as tourné la page. Moi aussi, je pensais l'avoir tournée en rencontrant ton père.

— Mais ce n'est pas le cas ? »

Delores fronça les sourcils.

« En réalité, je crois que si ton père était encore en vie, cette histoire me serait passée au-dessus de la tête. Hélas, il ne l'est plus, et le fait de revoir Gus a ravivé de vieux souvenirs.

— Je comprends, dit Hannah avec sincérité.

— Avec tout ça, j'ai failli oublier pourquoi je voulais te voir. J'ai discuté avec Iris Herman Staples, cet après-midi. C'est l'une des grandes sœurs de Lisa.

— Oui, je sais.

— Eh bien, elle m'a parlé d'une recette de cookies que leur mère faisait souvent et que Jack adorait. Elle était très jeune, en ce temps-là, mais Marge et Patsy ont confirmé ses dires. La grand-mère de Lisa et d'Iris aimait tellement ces cookies qu'elle demandait à Emmy de lui en préparer chaque fois qu'elle recevait ses amies.

— Tu peux m'en dire plus ?

— D'après Patsy, Emmy les avait baptisés "cookies rouge velours". Je précise que nous étions en train de déguster le gâteau rouge velours d'Edna quand Marge et Patsy ont dit qu'il leur rappelait les fameux cookies, sauf que ces derniers étaient plus chocolatés. Il paraît qu'Emmy allait jusqu'à les napper de fromage à la crème. Tu connais le gâteau rouge velours d'Edna, n'est-ce pas, ma chérie ?

— Oui. »

Hannah voyait parfaitement où Delores voulait en venir.

« J'en ai parlé à Lisa. Elle a cherché dans la boîte à recettes de sa mère, mais n'a rien trouvé. Pourtant, Jack se souvient très bien de ces cookies. Il a même dit à sa fille qu'il n'en avait jamais mangé d'aussi délicieux. »

La ficelle était si grosse que Hannah ne put s'empêcher de tirer dessus.

« Tu voudrais que je reconstitue cette recette pour faire plaisir à Jack ?

— Exactement, ma chérie. Pour toi, ce sera un jeu d'enfant, n'est-ce pas ? »

Hannah réprima un éclat de rire. Delores était incapable d'imaginer à quel point l'exercice était délicat. Reconstituer à l'identique une recette perdue supposait de multiples essais, assortis de multiples échecs. Elle devrait non seulement retrouver les ingrédients, mais aussi leur dosage, le temps de cuisson... Tout cela à l'aveugle, faute d'éléments de comparaison, sans savoir si le résultat final répondrait aux attentes de Jack.

« Ma chérie ? »

Hannah baissa les armes.

« Je ferai de mon mieux, maman, soupira-t-elle.

— Edna a bien voulu mettre sa recette par écrit. »

Delores lui tendit un bout de papier sur lequel Hannah reconnut les pattes de mouche de son amie cuisinière.

« Merci, maman. Ça me sera bien utile.

— Donc tu penses y arriver ?

— Je ne peux rien t'assurer.

— Pour demain soir ? renchérit Delores sans se démonter. C'est l'anniversaire de Jack. Quelle magnifique surprise ce serait ! À moins que tu n'aies pas le temps, évidemment.

— Je vais essayer, maman, répéta Hannah en voyant se profiler la nuit blanche que cette promesse risquait de lui coûter.

— Merci, ma chérie. Si je peux faire quelque chose pour t'aider, n'hésite pas. »

Hannah allait décliner son offre quand une idée lui vint.

« Oui, peut-être que...

— Tu as besoin d'un coup de main ? » articula Delores, le visage blême.

Cette panique soudaine lui rappela la réaction d'Andrea quand un jour, au Cookie Jar, elle l'avait chargée de surveiller le minuteur.

« Non, maman. Je m'en sortirai sans toi. En revanche, j'ai deux ou trois questions à te poser sur Gus. Pourras-tu passer à la boutique demain matin vers 10 heures ?

— Avec plaisir.

— Parfait. Je vais tâcher de préparer une fournée de cookies rouge velours pour ce soir. Comme ça, tu auras le temps de les tester. Ah oui ! Pourrais-tu demander à Marge de t'ouvrir la bibliothèque ? J'ai besoin de consulter les annuaires du lycée Jordan. Enfin, ceux qui contiennent des photos de Gus.

— J'irai la voir après le diaporama. Je suis sûre qu'elle ne demandera pas mieux que de t'aider.

— Merci. Maintenant, il faut que j'y aille. Si je veux mettre cette recette au point pour demain matin, il n'y a pas une minute à perdre. »

Chapitre 12

Quand elle poussa la porte de son appartement, Hannah ne savait pas trop à quoi s'attendre. Puis, voyant que Moshe ne lui sautait pas dans les bras, elle s'inquiéta. Ce nouveau comportement présageait le pire.

À première vue, le salon n'avait pas souffert. Une impression qui se confirma lorsqu'elle regarda de plus près. Le coussin bordeaux, que Moshe avait épargné, était toujours intact. Le canapé lui-même n'avait subi aucun dommage. Pareil pour le plaid en crochet hérité de sa grand-mère Ingrid et le bouquet de fleurs artificielles posé sur la table basse, un cadeau de Delores. Près de son bureau, il n'y avait rien de bizarre… hormis un objet vert de grande taille qui…

« Dieu du ciel ! »

Norman était passé, apparemment, et avait laissé derrière lui le fameux arbre à chat dont il lui avait vanté les mérites peu de temps auparavant. Un bruit retentit. Moshe venait d'entrer dans le salon. Il s'avança prudemment, s'immobilisa et prit le temps d'observer son « arbre ». D'abord simplement méfiant, il passa vite à un autre registre. Tel un chat d'Halloween, il se mit à feuler, ses poils se hérissèrent, puis un grondement sourd et prolongé sortit de sa gorge serrée par la peur. Son cadeau ne lui plaisait pas.

« Tout va bien, Moshe. Norman l'a acheté spécialement pour toi. C'est un peu comme un appartement pour chat doublé d'un terrain de jeux. »

Sa tentative d'apaisement se solda par un échec. Moshe coucha les oreilles, sa queue se mit à battre la mesure.

« Au moins, jette un coup d'œil, plaida-t-elle en agitant l'une des petites boules garnissant le deuxième étage de l'édifice. C'est drôle, non ? »

Le grognement qu'elle obtint en retour était très explicite. Hannah n'insista pas. Une personne moins avisée qu'elle aurait pu tenter une autre approche, par exemple en déposant son félin récalcitrant à l'intérieur de la structure. Pour sa part, la question ne se posait même pas. Elle tenait trop à la peau de ses bras pour commettre pareille folie. Il lui faudrait s'armer de patience. Cela prendrait du temps, mais Moshe finirait sans doute par apprécier son nouveau logement.

« Du thon, ça te branche ? » demanda-t-elle en se dirigeant vers la cuisine.

Rien de tel qu'un bon repas pour lui faire oublier que son territoire sacré avait été profané par un monstre vert recouvert de peluche.

Deux heures plus tard, Hannah enfila le tee-shirt XXL qui lui tenait lieu de chemise de nuit en été et se glissa sous les draps. En la suivant dans la chambre, Moshe avait fait un large détour pour éviter l'arbre à chat. En revanche, il n'avait ni grogné ni feulé. C'était peut-être bon signe.

Hannah avait passé la soirée à mettre au point une pâte à cookies qui, pensait-elle, se rapprochait du gâteau rouge velours d'Edna. Pour cela, elle avait adapté la recette de cette dernière en modifiant les quantités, rajouté des pépites de chocolat et fait l'impasse sur le vinaigre ou le bicarbonate de soude, puisque la pâte cuirait en plusieurs fois contrairement à celle du gâteau. Elle avait également renoncé au babeurre, car elle n'en avait plus et rechignait parcourir des kilomètres pour aller en acheter au Quick Stop.

D'abord, la première fournée lui avait paru acceptable, mais en fin de compte les cookies s'étaient révélés trop caoutchouteux. À la deuxième fournée, ce défaut avait disparu au profit d'un autre : les cookies se brisaient dès qu'elle les décollait de la plaque. Le troisième essai serait sans doute le bon, songea-t-elle, recrue de fatigue. Jugeant qu'à force de s'obstiner elle risquait d'accumuler les échecs, Hannah se contenta de préparer la pâte et de la mettre au frigo, en se promettant de reprendre ses expériences pâtissières dès le lendemain matin.

« 'Soir, Moshe », murmura-t-elle en grattouillant son chat sous le menton.

Elle ferma les yeux, s'endormit aussitôt et rêva de cookies rouge velours tournoyant sur une piste de danse aux accents d'une polka bavaroise jouée par Frankie et les Frankfurters.

Ce n'était pas le matin. Impossible. Et pourtant, elle avait nettement entendu un *cocorico* à quelques mètres de son lit. Dans le salon, très exactement.

Hannah colla l'oreiller sur sa tête, en vain. Aux cris de volaille s'étaient substitués d'autres bruits, plus difficilement identifiables. On aurait dit les crissements d'une sauterelle piquée aux stéroïdes, ou les coassements d'une grenouille enrouée, ou encore les couinements d'une souris terrorisée…

Hannah ouvrit les yeux. À force de tourner à vide, son cerveau était passé en mode surchauffe. L'aube était encore loin. Il faisait même nuit noire.

Les bruits reprirent, dans un registre plus aigu. Cette fois, on aurait vraiment dit une souris terrorisée par un chat !

« Moshe ! » cria-t-elle en allumant sa lampe de chevet.

Moshe n'était pas sur le lit. Pas sous les draps non plus, comme en attestait l'absence de renflement à ses pieds. La souris s'était tue, ce qui n'était pas bon signe. Hannah s'assit en gémissant de fatigue, trouva ses chaussons et les enfila. Elle aurait pu s'en passer, car il faisait doux, mais c'était plus prudent, au cas où elle marcherait sur le cadavre du malheureux rongeur.

Rien dans le couloir. Elle avançait à petits pas en fixant le sol. Rien dans le salon…

Hannah s'arrêta net. Moshe la contemplait depuis le deuxième étage de son « arbre », les babines retroussées comme s'il souriait. Mais il ne souriait pas. C'était la souris dans sa gueule qui produisait cette impression. Une souris grise au cou garni d'une ficelle, que Hannah se rappelait avoir vue quelques heures plus tôt accrochée à une guirlande de jouets. Moshe avait dû surmonter sa répugnance et tenter une incursion au milieu de la nuit. Et voilà qu'à présent, il mastiquait allègrement son trophée, comme en attestaient les claquements de mâchoires qui parvenaient jusqu'à elle. Un bruit bientôt recouvert par d'autres, plus stridents, pareils à des impulsions électroniques. Hannah fit volte-face. C'était l'alarme de son réveille-matin.

Elle avait réussi à dormir quatre heures, mais inutile d'espérer une rallonge. Sur ces entrefaites, un léger sifflement retentit dans la cuisine. Hannah huma l'air. La cafetière électrique branchée sur minuteur remplissait son office. Comme chaque matin, le breuvage s'écoulait goutte à goutte dans la verseuse posée sur la résistance.

« J'aurais dû t'apprendre à couper la sonnerie du réveil », dit Hannah à son intrépide chasseur de souris en caoutchouc.

Pendant qu'elle regagnait sa chambre, Hannah entendit derrière elle son chat lui répondre par un miaulement étouffé, qu'elle prit pour un acquiescement. Il consentait donc à lui parler, mais sans ouvrir la gueule, de peur de laisser échapper sa proie.

Hannah mit à peine quelques minutes pour se doucher et s'habiller. En revenant dans la cuisine, une tasse de café à la main, elle découvrit Moshe sagement assis devant sa gamelle, le jouet toujours bien calé entre les babines.

« Souris ou croquettes ? Cruel dilemme. »

Moshe produisit un gargouillement dubitatif. Il n'arrivait pas à se décider. Hannah le prit en pitié.

« Je te propose de remettre cette souris là où tu l'as trouvée. Elle ne va pas s'enfuir, de toute façon. »

Sur ces bons mots, elle tendit la main et s'empara de la bestiole. Chose étonnante, Moshe la laissa faire. En l'emportant dans le salon, Hannah se demanda si son chat avait compris son raisonnement ou s'il avait fini par se rendre compte que cette souris, bien qu'appétissante, ne valait pas le contenu de sa gamelle.

Elle avait encore un peu de temps devant elle. Assez pour une dernière tasse. Hannah se servit et but son café debout, accoudée au plan de travail. Tout à l'heure, elle sortirait la pâte à cookies du frigo, prendrait ses clés de voiture, son sac, et en route pour le Cookie Jar.

En entendant le téléphone sonner, elle rajouta une tâche sur sa liste : décrocher. Comme Moshe restait calmement penché sur ses croquettes, elle répondit normalement.

« Allô ?

— Bonjour, Hannah, dit Norman. Vous êtes déjà levée ? »

Hannah éclata de rire.

« Ça vous étonne ? Je dois être au Cookie Jar dans une demi-heure. Mais ça me fait plaisir de vous entendre. Je tenais à vous remercier pour l'arbre à chat.

— Pas de quoi. J'ai demandé à Sue de m'ouvrir avec ses clés. J'espère que vous ne m'en voulez pas ?

— Nullement !

— Tant mieux. Notre grand garçon mettra sans doute quelques jours à s'habituer à son nouvel appartement. Il est resté caché derrière le canapé pendant le temps que je le montais. Et quand j'ai voulu lui faire la visite, il a filé sous votre lit.

— Il apprend plus vite que vous ne croyez. Vous auriez dû le voir ce matin ! Il s'amusait comme un fou avec la souris du deuxième étage. Il a même réussi à la décrocher, ce dont il n'était pas peu fier.

— Génial ! Je remplacerai la guirlande de jouets. La vendeuse de l'animalerie m'a dit que ses chats l'arrachaient régulièrement.

— Encore merci. Vous êtes la personne la plus attentionnée que je connaisse. » Hannah s'étonna du silence embarrassé qui suivit sa déclaration. « Je suis sérieuse, précisa-t-elle.

— Je n'en doute pas. C'est juste que vous m'avez pris au dépourvu. J'ai même failli oublier la raison de mon appel. C'est le numéro 57.

— Le numéro 57 ?

— Oui, cinq, sept.

— De quoi parlez-vous ?

— De la chaîne animalière. Celle que Moshe regarde. Hier soir, après le diaporama, j'ai fait quelques recherches... J'ai pensé que vous voudriez l'installer devant son programme favori avant de partir travailler.

— Bonne idée. Merci, Norman. Si vous avez cinq minutes en fin de matinée, passez donc au Cookie Jar. Je vous ferai goûter ma nouvelle création. »

Hannah n'eut pas plus tôt raccroché que le téléphone se remit à sonner. Norman avait dû oublier de lui dire quelque chose.

« C'est encore vous, Norman ?

— Non, c'est Mike.

— Désolée. Norman vient de m'appeler et je croyais que...

— Norman vous appelle si tôt le matin ?

— Ça lui arrive. Il sait que je me lève de bonne heure.

— Comment le sait-il ?

— Parce que j'arrive au Cookie Jar à 6 heures grand maximum, et qu'il voit les lumières du fournil quand il passe sur Main Street pour ouvrir son cabinet dentaire. Et vous, comment se fait-il que vous m'appeliez si tôt ? »

Un ange passa, suivi d'un éclat de rire.

« OK. Reprenons tout au départ. Bonjour, Hannah.

— Bonjour, Mike. Que puis-je faire pour vous, en ce début de matinée ?

— Rien de particulier. Je voulais juste vous dire que Ronni conseille d'essayer la 55.

— La 55 ? bredouilla-t-elle.

— La chaîne animalière. Ronni la met chaque matin pour son chien. Un pékinois.

— Ronni qui ?

— Ronni Ward. Elle a rompu ses fiançailles et réintégré son poste de professeur de fitness chez nous. Elle loue l'appartement en face du mien.

— Oh », fit Hannah.

Devait-elle commencer à s'inquiéter ? La dernière fois qu'une collaboratrice du shérif s'était installée dans l'immeuble de Mike, ils avaient eu une aventure ensemble. À cette désagréable réminiscence succéda une seconde question : Andrea savait-elle que Ronni, alias Miss Bikini Lake Eden, était revenue ? Bill avait eu beau jurer ses grands dieux que la plastique impeccable de cette personne le laissait de marbre, son épouse avait jadis soupçonné qu'il y avait eu entre eux quelque chose de plus qu'une simple relation professionnelle.

« Andrea est au courant, dit Mike, décidément adepte de la transmission de pensée. Bill lui en a parlé hier soir en rentrant.

— Oh, répéta Hannah, bien décidée à ne rien dévoiler des déboires conjugaux de sa sœur.

— Bill m'a dit qu'Andrea l'avait soupçonné de l'avoir trompée avec Ronni pendant la convention en Floride. »

Cette fois, Hannah n'ouvrit même pas la bouche. Une gaffe était vite arrivée.

« Enfin bref. Comme ça, vous êtes au courant, reprit Mike devant son mutisme. Essayez la chaîne 55, et si ça ne marche pas, passez sur la 57. Ronni a tendance à confondre les chiffres.

— Heureusement qu'elle ne s'occupe pas du compte à rebours de la NASA.

— Très drôle. Bon, essayez ces chaînes, répéta-t-il, imperturbable. Vos coussins vous remercieront. J'oubliais... vous allez au lac, ce matin ?

— Non, je reste au Cookie Jar. Trop de boulot.

— Bien. J'ai deux ou trois choses à faire en ville. Je passerai vous voir vers 11 heures. Nous comparerons nos notes.

— Ça marche. Encore merci pour Moshe ! »

Après avoir raccroché, Hannah alla prendre la télécommande dans le tiroir de la table basse. Elle l'avait glissée tout au fond, sous un magazine. Son chat, qui adorait jouer avec, en avait déjà cassé deux. Logiquement, il était incapable d'ouvrir ce tiroir, mais de sa part il fallait s'attendre à tout.

« Voyons voir, dit-elle lorsque, l'ayant rejointe, Moshe se percha sur le dossier du canapé. Ronni Ward a-t-elle raison ou pas ? »

Quand le chiffre 55 s'afficha au bas de l'écran, Hannah poussa un cri de stupeur. Elle ignorait qu'il était permis de diffuser ce genre d'horreur le matin à la télé ! De la main gauche, elle cacha les yeux du matou, de la droite, elle changea de programme. Quand une harde de lions remplaça le film X, Hannah dit en souriant :

« Ouf, on est sauvés. N'oublie pas, c'est la chaîne 57. »

Elle remisa la télécommande au fond du tiroir et alla sortir la pâte du frigo. Quand elle revint dans le salon prendre ses clés et son sac, une lionne adulte galopait derrière un zèbre.

« Bonne journée, Moshe. Profite bien du spectacle, mais ne te monte pas le bourrichon, tu ne seras jamais aussi rapide qu'elle. »

Puis elle sortit dans le petit matin blême.

Cookies rouge velours

Préchauffer le four à 190 °C,
la grille en position médiane.

60 g de chocolat noir pâtissier
½ tasse de beurre à température ambiante (1 plaquette, ¼ livre)
⅔ tasse de sucre roux
⅓ tasse de sucre blanc (semoule)
½ cuillerée à thé de bicarbonate de soude
½ cuillerée à thé de sel
1 gros œuf
1 cuillerée à soupe de colorant alimentaire (rouge)
¾ tasse de crème aigre
2 tasses de farine
1 tasse de pépites de chocolat noir

Préparer autant de feuilles de papier sulfurisé qu'il y aura de fournées. Les feuilles doivent dépasser de 2 cm sur 2 côtés. Les graisser légèrement.

Briser les carrés de chocolat, mettre les morceaux dans un petit bol (j'utilise un verre mesureur) allant au micro-ondes. Faire fondre pendant 90 secondes à 900 W. Laisser refroidir pendant la préparation de la pâte.

Première note de Hannah : on peut réaliser les étapes suivantes à la main, mais avec un mixeur électrique c'est moins fatigant.

Mixer le beurre, le sucre roux et le sucre blanc. À vitesse moyenne, il suffit d'une minute.

Ajouter le bicarbonate de soude et le sel. Mixer encore une minute.

Ajouter l'œuf. Mixer. On doit obtenir une pâte lisse et homogène. Verser le colorant rouge. Mixer encore 30 secondes.

Débrancher le mixeur. Brasser la pâte avec une spatule en caoutchouc. Verser le chocolat fondu, rebrancher le mixeur et battre encore une minute à vitesse moyenne.

Débrancher le mixeur, brasser de nouveau la pâte, rebrancher, incorporer la moitié de la farine et battre à petite vitesse. Verser la crème aigre. Battre.

Recommencer l'opération précédente avec le reste de la farine.

Sortir le bol du mixeur. Touiller à la spatule tout en versant les pépites de chocolat.

Avec une cuillère à thé, prélever de petites quantités de pâte et les déposer sur les plaques couvertes de papier sulfurisé, 12 cookies pour une plaque standard. (Si la pâte colle trop, la mettre au frigo une demi-heure environ et réessayer.) Cuire à 190 °C pendant 9 à 11 minutes ou jusqu'à ce que les cookies gonflent et deviennent fermes (je les laisse 9 minutes très exactement).

Faire glisser le papier sulfurisé avec les cookies hors de la plaque et déposer le tout sur une grille, avant de recommencer l'opération depuis le début. Pendant la cuisson de la deuxième fournée, laisser les cookies de la première refroidir, puis les mettre dans une assiette. Et ainsi de suite jusqu'à ce que toute la pâte soit cuite.

Quand tous les cookies sont à température ambiante, les décoller du papier sulfurisé et les déposer sur une feuille propre.

Glaçage au fromage à la crème

¼ tasse de beurre ramolli (½ plaquette, ⅛ livre)
110 g de fromage à la crème ramolli
½ cuillerée à thé d'extrait de vanille
2 tasses de sucre glace (inutile de tamiser, sauf en cas de grumeaux)

Mélanger longuement le beurre, le fromage et l'extrait de vanille. On doit obtenir une matière onctueuse et lisse.

Deuxième note de Hannah : si le beurre ou le fromage ont été ramollis au micro-ondes, attendre que la préparation soit à température ambiante avant de poursuivre.

Verser le sucre glace par demi-tasse sans cesser de tourner, et ce jusqu'à ce que le glaçage adopte la bonne consistance.

Rendement : environ 3 douzaines de cookies rouge velours.

Troisième note de Hannah : pour les puristes, je recommande d'étaler une très fine couche de gelée de framboise sur les cookies refroidis, d'attendre qu'elle sèche un peu, puis de procéder au glaçage.

Chapitre 13

« Tout est fait ! » annonça Hannah en déposant deux tasses de café sur le plan de travail en inox.

Lisa jeta un coup d'œil à la pendule et sourit.

« Et il n'est que 7 heures du matin.

— Tu aurais pu rester chez toi, fit Hannah pour la taquiner. Je t'avais dit de prendre ta semaine pour t'occuper de tes proches.

— J'ai pris un jour de congé, hier. C'était amplement suffisant. Désormais, j'arriverai à 6 heures tous les matins pour t'aider.

— Mais ça va te faire beaucoup de travail, en plus du reste.

— Toi aussi, tu fais des heures supplémentaires ! Le matin, tu fabriques les cookies du jour, et l'après-midi, tu nous rejoins au lac pour préparer le dîner avec nous.

— D'accord, je me rends. » Hannah leva les mains. « J'apprécie ton aide, mais si un matin tu te sens fatiguée, ne te crois pas obligée de venir quand même.

— D'accord, à condition que tu ne te sentes pas obligée de venir nous aider l'après-midi, si tu es fatiguée. »

Hannah éclata de rire.

« Nous devrions monter un numéro de comiques pâtissières, tu ne trouves pas ?

— Bonne idée. » Lisa désigna le moule rempli posé sur le comptoir. « Veux-tu goûter mes nouveaux brownies ?

— Bien sûr. Tu leur as trouvé un nom ?

— Oui, "*rocky road*" ! »

Lisa en coupa une tranche et la lui apporta.

« Pas bête. À l'œil, on dirait vraiment un morceau de bitume plein de gravier. Voyons voir... Tu as mis des noix, des guimauves, du chocolat et... autre chose.

— Vas-y, goûte et donne-moi ton avis. »

Hannah prit une bouchée.

« Délicieux ! dit-elle en mâchant. Sur une échelle de 1 à 10, je te mets 12.

— Ça ne te rappelle pas la glace *rocky road* ?

— Si, mais pas seulement. Ça me rappelle aussi les *s'mores* dont on se gavait, étant petites, aux jeannettes.

— Les *s'mores* ? Qu'est-ce que c'est ?

— Un sandwich à la guimauve et au chocolat. On s'assoit devant le feu de camp, on fait griller une guimauve, on la pose sur un petit-beurre, on met un carré de chocolat au lait par-dessus, on referme avec un autre petit-beurre et on croque. Ça fond dans la bouche ! Franchement, c'est divin !

— Quand je pense à tout ce que j'ai raté ! soupira Lisa. Figure-toi que je n'ai jamais mis les pieds chez les jeannettes.

— Pourquoi ?

— Elles se réunissaient le mercredi soir, après l'école. Moi, je devais rentrer à la maison pour m'occuper de maman qui était malade. Papa travaillait. Il faisait des heures supplémentaires quatre jours par semaine pour pouvoir prendre son vendredi et s'occuper de tout ce qu'il ne pouvait pas faire le week-end. »

Hannah s'en voulait. Elle aurait pu réfléchir une seconde avant de poser cette question.

« Comme passer à la banque ? lança-t-elle pour tenter d'alléger l'atmosphère.

— Oui. Ou conduire ma mère à ses rendez-vous médicaux... Elle avait une séance de dialyse tous les vendredis.

— J'imagine que cette période a été très pénible pour toi.

— Oui, mais d'un autre côté, quand ma mère allait un peu mieux et que mes frères et sœurs débarquaient, nous passions de bons moments tous ensemble. »

Hannah la vit ravaler ses larmes. Sa mère lui manquait beaucoup. Il était temps de passer à un autre sujet.

« Moi aussi j'ai quelque chose à te faire goûter, annonça-t-elle.

— Quoi ?

— Des cookies rouge velours. »

Lisa la regarda fixement.

« Tu veux dire que tu as retrouvé la recette de maman ?

— Non, mais j'ai tenté de la reconstituer et j'espère y être parvenue. Sachant que ton père les adorait, Delores a pensé que cela lui ferait une jolie surprise pour son anniversaire.

— Formidable ! Tu es merveilleuse, Hannah !

— Ne crie pas victoire trop tôt ! Je crois que ta mère n'en faisait plus, les derniers temps.

— C'est ce qu'Iris m'a dit.

— Tu serais capable de les reconnaître ? s'inquiéta Hannah.

— J'en doute, mais ça ne coûte rien d'essayer.

— J'avoue que, moi-même, je ne les ai pas encore goûtés. »

Quelques secondes plus tard, les deux associées se tenaient prêtes pour la dégustation. Hannah prit une bouchée et se déclara satisfaite.

« Ils sont bons.

— Mieux que ça ! réagit Lisa. Le chocolat fond dans la bouche et ce glaçage mérite 12 sur 10, si je me fie à ton échelle de notation.

— Merci, Lisa. J'aimerais bien que tu en emportes quelques-uns pour les soumettre à l'avis de ta sœur. Demande aussi à Marge et à Patsy. Si elles te donnent leur feu vert, j'en réaliserai une autre fournée que j'apporterai cet après-midi. Avec un peu de chance, ces cookies aideront peut-être ton père à se remémorer ce qu'il s'est passé il y a trente ans, la nuit où Gus s'est enfui.

— Tu crois vraiment que tes cookies pourraient le soigner ?

— Non, mais une bonne dose de chocolat n'a jamais fait de mal à personne.

— C'est vrai. » Lisa partit d'un petit rire. « Et même si tes cookies ne produisent pas l'effet escompté, ce sera quand même un magnifique cadeau d'anniversaire. »

Après le départ de Lisa, Hannah se mit en devoir de préparer la boutique pour ses clients. Quand elle eut disposé sur les tables les distributeurs de serviettes, les dosettes de sucre, d'aspartame et de crème, elle passa un dernier coup de chiffon sur le comptoir et rejoignit sa place fétiche, au fond de la salle. Luanne n'allait pas tarder à arriver.

Dans la rue, rien ne bougeait sauf le vieux setter irlandais de Jon Walker, le pharmacien de Lake Eden. Skippy trottinait tout seul sur le trottoir. Quand il passa devant sa vitrine, Hannah sortit pour l'empêcher d'aller plus loin. Au même moment, Jon apparut au coin, une laisse à la main.

« Bonjour, Jon.

— Bonjour, Hannah. Skippy est tout excité, ce matin. Dès que j'ai pris sa laisse, il a filé comme s'il avait rendez-vous.

— Il a dû sentir mes cookies. Je peux t'en offrir un ?

— Rien ne me ferait plus plaisir. Je peux entrer avec Skippy ? Sinon, je le ramène à la pharmacie. »

Jon se pencha pour accrocher la sangle au collier de son chien.

« Il est le bienvenu, dit Hannah. Les services d'hygiène ne débarquent jamais avant 9 heures. »

Hannah attendit que Jon commence à manger son croquant à la mélasse, et Skippy les biscuits qu'elle gardait en réserve pour ses clients à quatre pattes, puis elle posa la question qui la turlupinait depuis qu'elle avait trouvé la gélule vert et blanc dans le cabanon de Gus.

« L'autre soir, au bal, j'ai vu quelqu'un prendre une gélule. Le lendemain, je suis tombée sur la même gélule, ailleurs. Je peux te la décrire ?

— Oui, mais je préfère ne pas savoir qui a pris la première et où tu as trouvé la seconde.

— Entendu.

— Dans ce cas, je t'écoute.

— Elle était verte d'un côté, blanche de l'autre.

— Une gélule vert et blanc, répéta Jon. De quelle taille ? »

Hannah réfléchit un instant.

« Moyenne. Comme celles que prend ma mère pour fortifier ses ongles.

— Je vois. Portait-elle une inscription ?

— Oui, en partie effacée.

— Tu sais différencier une gélule d'un comprimé ?

— Oui, les comprimés sont d'une seule pièce, c'est cela ?

— Absolument. Donc cette gélule était formée de deux parties facilement détachables.

— Tu vois ce que c'est ?

— Si ta description est exacte, oui. » Bien qu'il n'y eût personne dans la boutique, Jon se pencha vers elle et murmura : « Serait-elle liée au meurtre qui a eu lieu dans la salle des fêtes ?

— Euh... » Hannah hésita deux secondes puis se lança. « Possible. »

Jon se cacha les yeux.

« Tu n'aurais pas dû me le dire. L'info que tu cherches est peut-être réservée à la police.

— Ils t'ont interrogé à propos de cette gélule ?

— Non.

— Je te garantis qu'ils ne le feront pas. Pour la bonne raison que je suis la seule à l'avoir vue et que je m'en suis débarrassée avant que la grenouille s'empoisonne avec. »

Jon poussa un petit gémissement.

« Une grenouille ? N'en dis pas davantage, je t'en prie. Ça va te coûter très cher, Hannah.

— Que dirais-tu d'une douzaine de croquants à la mélasse ?

— Entendu. Mais tu n'étais pas obligée de me soudoyer. Tant que je n'enfreins aucune loi, je ne demande pas mieux que de t'aider.

— Merci ! Alors, cette gélule ?

— Si j'en juge d'après ta description... il devrait s'agir d'amphétamines.

— Vraiment ! Ce n'est donc pas un médicament anodin.

— Non, d'autant moins que ces substances sont aujourd'hui strictement réglementées. Les amphétamines accélèrent le rythme cardiaque, diminuent l'appétit, causent des insomnies, voire des hallucinations. J'en délivrais autrefois dans le cadre de certains régimes amaigrissants, mais l'administration a mis le holà. Les effets secondaires sont bien trop dangereux.

— Tu m'assures que cette gélule vert et blanc ne peut pas avoir été achetée sans ordonnance pour traiter un problème de reflux gastrique ?

— Je te le certifie. À moins bien sûr qu'il s'agisse d'un nouveau médicament venant d'apparaître sur le marché. En tout cas, je peux dire qu'actuellement, dans ma pharmacie, je ne vends pas de gélules vert et blanc contre les reflux gastriques.

— Merci pour ton aide, Jon. Attends une seconde, j'ai quelque chose pour toi. »

Cinq minutes plus tard, Jon et Skippy passaient la porte du Cookie Jar dans l'autre sens, chargés d'une douzaine de croquants à la mélasse, de deux biscuits pour chiens et de l'os à moelle que Hannah avait mis de côté pour le malamute qui vivait chez les voisins de Lisa et de Herb. Elle ignorait toujours pourquoi Gus se droguait aux amphétamines, mais pour l'instant, elle avait d'autres chats à fouetter. Il lui restait à peine six heures pour cuire deux fournées supplémentaires de cookies rouge velours, coincer l'assassin de Gus Klein en évitant de vexer Mike et rejoindre ses camarades cuisinières dans le bungalow Thomson pour préparer trois *Wanmansita casseroles*... sans oublier de vérifier au passage si son félin lunatique persistait dans la voie de la sagesse. Rien d'insurmontable, songea-t-elle. Mais pour mener tout cela à bien, elle aurait besoin d'une énergie dont elle ne disposait peut-être pas !

Brownies *rocky road*

Préchauffer le four à 175 °C,
la grille en position médiane.

24 biscuits secs (petits-beurre ou autres)
2 tasses de guimauves miniatures (blanches)
1 tasse de pépites de chocolat noir
1 tasse de noix de cajou salées
½ tasse de beurre (1 plaquette, ¼ livre)
½ tasse de sucre roux
1 cuillerée à thé d'extrait de vanille

Graisser un moule de 22 cm sur 33. Étaler au fond une couche de biscuits secs.

Saupoudrer avec les mini-guimauves, puis les pépites de chocolat, puis les noix de cajou.

Mettre le beurre et le sucre roux dans une petite casserole. Chauffer à feu doux en tournant avec une spatule jusqu'à ce que le sucre soit fondu.

Retirer la casserole du feu. Ajouter l'extrait de vanille.

Verser le mélange beurre-sucre sur les noix de cajou.

Cuire à 175 °C pendant 10 à 12 minutes. Laisser refroidir sur une grille sans démouler.

Attendre que les brownies *rocky road* soient à température ambiante pour les couper et les servir.

S'il en reste (chose possible quoique peu probable), on peut les garder au frigo mais sans les couvrir. Dans un sac hermétique, ils se conserveront au congélateur pendant deux mois maximum.

Rendement : 2 ½ à 3 douzaines de brownies qui régaleront toute la famille.

Chapitre 14

« C'est une réussite, Hannah !

— Lisa les a appréciés, elle aussi. Mais comment savoir s'ils se rapprochent des cookies dont Iris t'a parlé ? »

Delores haussa les épaules.

« Tout ce que je peux te dire, c'est qu'ils correspondent à sa description. Mais nous ne serons sûres de rien avant qu'elle les ait goûtés. Tu es d'accord avec moi ?

— Absolument. Lisa en a emportés quelques-uns. J'attends son verdict. »

Hannah alla remplir la tasse de sa mère, qui se tenait accoudée au comptoir en inox du fournil. Dans son tailleur jaune vif orné d'une passementerie coquille d'œuf – une tenue dans laquelle Hannah, si elle avait osé la porter, aurait ressemblé à une banane –, Delores était aussi fraîche qu'une jonquille au premier jour du printemps.

« Pourquoi tu me fixes comme ça, ma chérie ?

— Désolée, mais je te trouve ravissante, ce matin.

— Merci, Hannah.

— Ce tailleur est en lin ?

— Bien sûr. Je ne supporte pas les matières synthétiques.

— Je sais, mais... »

Hannah marqua un temps d'arrêt.

« Mais quoi ?

— Avec cette moiteur, comment se fait-il qu'il ne soit pas froissé ?

— Je prends des précautions, ma chérie. Par exemple, quand je suis en voiture, je retire la veste et je la suspends sur un cintre à l'arrière.

— Et la jupe ?

— Non, je ne l'enlève pas pour conduire, si tel est le sens de ta question ! » Delores partit d'un petit rire joyeux, bientôt rejointe par sa fille. « Je fais juste attention quand je m'assois. Ma mère avait coutume de dire : *Les dames qui se tiennent comme des dames ne froissent pas leurs vêtements.* »

Hannah se contenta de hocher la tête. Elle se souvenait de sa défunte grand-mère maternelle comme d'une personne collet monté, toujours prompte à corriger les moindres manquements à ce qu'elle estimait être la décence.

« Tu voulais m'interroger sur Gus ? repartit Delores.

— Oui. As-tu trouvé une photo de lui datant de l'époque où vous sortiez ensemble ? »

Delores tira vers elle l'un des quatre annuaires du lycée Jordan empilés sur le comptoir et l'ouvrit sur une page marquée d'un post-it rose.

« Voici à quoi il ressemblait en terminale. »

Hannah examina le portrait. Marge et Patsy avaient dit vrai : leur frère avait été un jeune homme très séduisant. Rien d'étonnant à ce qu'il ait fait tourner la tête des filles.

« Quel cursus a-t-il suivi après le lycée ? J'ai oublié de poser la question à Marge. Il s'est inscrit à l'université ?

— Il aurait fallu qu'il ait de meilleures notes ! Non, il a préféré s'engager.

— Dans l'armée ?

— Non, dans le base-ball. La ligue l'a recruté et lui a payé une formation. Ne me dis pas que personne ne t'en a parlé ?

— Marge et Patsy ont évoqué sa passion pour le sport, mais...

— Gus était vraiment doué. D'ailleurs, il détient toujours le record du Minnesota pour le nombre de lancers réussis.

— Il est passé professionnel ?

— Non, Marge me l'aurait dit. » Delores prit un air pensif. « Ou peut-être qu'elle a voulu rester discrète. À ce moment-là, j'étais déjà fiancée avec ton père. Elle a peut-être estimé préférable de ne pas aborder le sujet.

— Gus jouait-il toujours quand il a regagné le foyer familial après sa formation ?

— Non. Je le sais parce qu'un jour il a débarqué dans la quincaillerie de ton père et lui a dit qu'il avait arrêté le base-ball.

— A-t-il donné la raison ?

— Il en avait soi-disant assez de passer sa vie sur les routes. Il voulait avoir un vrai boulot, une vie normale. Personnellement, je n'y ai jamais cru !

— Pourquoi ?

— Parce qu'il aurait pu faire une grande carrière si seulement il s'en était donné la peine. Mais Gus a toujours été velléitaire. C'était dans sa nature. Au lieu de s'entraîner, je parie qu'il passait son temps à courir les jupons. Non seulement cela, mais il avait une addiction au jeu. Au lycée, déjà, Gus se faisait de l'argent de poche en trichant aux cartes et en lançant des paris truqués.

— Il ne perdait jamais ? s'étonna Hannah.

— Seulement quand il tombait sur plus malin que lui. Dans ce cas, il empruntait de l'argent à ses sœurs, ou à sa petite amie du moment, et il y retournait. En plus, il buvait trop. Comme il faisait plus vieux que son âge, c'était facile pour lui de se procurer de l'alcool.

— Tu lui as prêté de l'argent à l'époque où vous sortiez ensemble ? »

Delores soupira.

« Plus souvent que je n'aurais dû. Bien sûr, il ne m'a jamais remboursée. Quand il a disparu, il me devait vingt dollars. Gus était un sale type, je ne trouve pas d'autre terme.

— Peut-être avait-il changé, dit Hannah, consciente de jouer l'avocat du diable.

— Penses-tu ! répliqua Delores en reniflant de mépris. Chassez le naturel, il revient au galop. Je mettrais ma main au feu qu'il s'était fait virer de l'équipe. Ses entraîneurs ont dû apprendre qu'il buvait et tout le reste. À moins qu'il n'ait fait pire encore avec l'une ou l'autre de ses groupies. Tu vois ce que je veux dire. »

Hannah voyait surtout que Delores nourrissait une rancune persistante contre son ex-petit ami. Mais elle préféra se mordre la langue. Après tout, c'était sa mère.

« Tu me montres les autres photos ? » lui demanda-t-elle pour faire diversion.

Delores feuilleta les trois albums restants, passant d'un marque-page à l'autre, fournissant des explications quand c'était nécessaire. Gus Klein figurait un peu partout. Hannah dénombra une vingtaine de photos de lui. C'était le genre d'élève qui collectionnait les records sportifs, mais dépassait rarement la moyenne dans les matières académiques.

« Et voilà, ma chérie, dit Delores en refermant le dernier annuaire. Tu veux savoir autre chose ?

— Oui. Par exemple, pourquoi Gus Klein a-t-il quitté Lake Eden comme un voleur au milieu de la nuit ?

— Je l'ignore, et je doute qu'il se soit confié à quelqu'un. Cela dit, je sais qu'il s'est battu avec Jack Herman juste avant de s'enfuir.

— Qui t'a dit cela ?

— Ton père. Il revenait en voiture de la quincaillerie avec l'oncle Ed. Ils ont dû s'arrêter pour les séparer.

— Pourquoi se battaient-ils ?

— Ton père a refusé de me le dire. Pareil pour l'oncle Ed.

— Donc personne ne sait pourquoi ?

— Non, à part ton père et l'oncle Ed... qui nous ont quittés tous les deux. » Delores s'interrompit pour ravaler ses larmes. « Bien sûr, il reste Jack Herman. Mais...

— Mais il y a de fortes chances pour qu'il ait oublié cet épisode, compléta Hannah.

— En effet. Pauvre Jack. D'après ton père, Gus l'avait salement amoché. Ils l'ont conduit au cabinet du Dr Knight et il en est sorti avec plusieurs points de suture. C'était avant la construction de l'hôpital. S'ils l'avaient ramené chez lui dans cet état, Emmy aurait fait une crise. Elle était enceinte de Tim, et Iris avait à peine deux ans. »

Hannah nota dans un coin de sa tête d'aller interroger le Dr Knight. Pendant qu'il se faisait recoudre, Jack lui avait peut-être dit pourquoi il s'était battu.

« Autre chose, ma chérie ? demanda Delores en fixant ostensiblement la pendule accrochée au mur. J'ai promis d'aller chercher Carrie. Nous allons au centre commercial choisir un cadeau d'anniversaire pour Jack.

— Une seconde, maman. D'après toi, quelqu'un aurait-il pu en vouloir à Gus au point de le tuer ? »

Delores écarquilla les yeux. Dans une bande dessinée, une ampoule se serait allumée au-dessus de sa tête.

« Mais oui, bien sûr ! Pourquoi n'y ai-je pas pensé tout de suite ! Tu te souviens quand je t'ai parlé de Mary Sue Erikson ? » Elle attendit confirmation avant de poursuivre. « Entre eux, ça n'a pas duré. Ils ont dû sortir ensemble une semaine, puis il s'est rabattu sur la sœur aînée de Bert Kuehn. »

Hannah était perplexe.

« Bert a une sœur ? Je ne la connais pas. Elle vit ici, à Lake Eden ?

— Elle ne vit plus nulle part, ma chérie. Elle est morte dans un terrible accident de voiture en rentrant avec Gus de leur bal de promo.

— Tu disais que Gus buvait. C'est lui qui a causé l'accident ?

— D'après le rapport de police, c'était elle qui tenait le volant. Mais son taux d'alcool était quasiment nul. »

Ces précautions oratoires titillèrent la curiosité de Hannah.

« Dois-je en déduire que Gus conduisait, ce soir-là ?

— Il subsiste un gros doute, en effet. Même si personne n'a jamais rien pu prouver. Le coach de Gus a débarqué le premier sur les lieux. Quand le Dr Knight est arrivé, il les avait déjà extraits de l'épave. Depuis lors, on raconte que c'est Gus le responsable et que son entraîneur lui a sauvé la mise.

— Pourquoi aurait-il fait cela ?

— Pour épargner son poulain et préserver sa propre réputation. Il suffit d'une seule brebis galeuse pour détruire une carrière. D'après mes souvenirs, cet homme a quitté le lycée Jordan l'année suivante pour aller entraîner une équipe universitaire quelque part dans le Michigan. J'ignore où exactement. »

Hannah attrapa son « cahier noir », autrement dit le bloc sténo où elle jetait des idées au fur et à mesure de ses recherches. Bert Kuehn, l'actuel patron de la pizzeria Bertanelli, avait toutes les raisons d'en vouloir à l'oncle Gus. Or, il était présent au bal donné le soir où Gus s'était fait tuer. Avec son épouse Ellie, ils avaient même contribué au buffet avec six de leurs grandes spécialités.

« Comment se nomme cet entraîneur, maman ? demanda-t-elle.

— Toby Hutchins. Mais je serais bien en peine de te dire où il est parti. Je sais juste qu'on lui a proposé un poste d'assistant. Sa nouvelle équipe s'appelait... Les Wel... les Wil... les Wol...

— Les Wolverines ?

— C'est ça. Ils jouent dans le Michigan ?

— Oui, à Ann Arbor. Les équipes de l'université du Michigan s'appellent toutes Wolverines, quel que soit le sport.

— Vraiment ! s'ébahit Delores. Comment sais-tu cela ?

— J'ai dû lire un article... » répondit-elle, évasive.

Elle n'avait pas l'intention d'avouer à sa mère qu'elle avait autrefois mémorisé le nom de toutes les grandes équipes universitaires pour tenter d'impressionner un garçon de sa classe.

« Je doute que tu le retrouves, après toutes ces années.

— S'il est encore en vie, je le retrouverai, répliqua Hannah avec, dans la voix, une confiance qu'elle ne ressentait pas. Qui d'autre aurait pu vouloir la mort de Gus ?

— Je ne sais pas trop. Peut-être l'une des filles qu'il a larguées quand il était au lycée.

— À qui penses-tu ? demanda Hannah en inscrivant mentalement le nom de sa mère au début de la liste, même si, à l'en croire, c'était elle qui avait rompu après l'avoir surpris avec une autre.

— Oh, ma chérie ! Comment veux-tu que je me les rappelle toutes ? Gus collectionnait les conquêtes.

— Si tu en discutais tout à l'heure avec Marge et Patsy ? Elles ont peut-être quelqu'un en tête.

— D'accord. Je ferai l'impossible pour t'aider, Hannah. Je vais emporter ces annuaires et les leur montrer. Avec un peu de chance, je tomberai sur l'une de ses anciennes camarades de lycée. Lottie Borge, par exemple. Elle a épousé un cousin Herman. Donc elle est ici. »

À cet instant, Luanne passa la tête par la porte de communication.

« Lisa vient de m'appeler. Il paraît qu'Iris a goûté tes cookies et qu'ils sont parfaits.

— Génial ! s'écria Hannah en tapant dans la main de sa mère.

— Ce n'est pas tout, reprit Luanne. Mike Kingston voudrait te parler. Je te l'envoie ? »

Hannah hocha la tête. Delores ramassa les annuaires et se dirigea vers la sortie.

« Qu'est-ce qu'il te veut ? demanda-t-elle avant de passer le seuil.

— Me soutirer des informations, s'esclaffa Hannah. Mais ne t'inquiète pas, je lui en soutirerai autant, si ce n'est plus. »

« Bonjour, Mike, dit Hannah en voyant le beau policier pousser la porte battante séparant la boutique du fournil. Désolée, je n'ai pas beaucoup de temps. Ça vous ennuie si je travaille pendant que nous discutons ?

— Nullement, tant que vous m'offrez quelque chose à grignoter », lui répondit-il avec ce sourire dont il avait le secret.

Le regard de Hannah survola les assiettes chargées de cookies en tout genre.

« Je peux vous proposer des croquants à la mélasse, à l'abricot, des cookies rouge velours et des cookies jour de fête.

— Jour de fête ? Ce sont lesquels ?

— Ceux-ci. » Hannah lui désigna les petits biscuits couleur pastel qu'elle avait réalisés plus tôt dans la matinée. « Je les ai faits pour l'anniversaire de Jack Herman, mais il y en a plus qu'il n'en faut.

— J'en voudrais bien un, s'il vous plaît. Et un rouge velours aussi. Je ne crois pas les avoir déjà goûtés.

— Vous allez adorer ! promit Hannah en ajoutant à sa commande une tasse de café noir.

— Merci, Hannah. Vous avez commencé à enquêter, je suppose ?

— Un peu, oui.

— Qu'avez-vous découvert ?

— Pas grand-chose. »

Pour se ménager un temps de réflexion, Hannah jeta quelques carrés de chocolat dans une casserole. Elle devait trouver de quoi satisfaire sa curiosité mais sans trop se dévoiler.

« Marge et Patsy sont venues me parler avant le dîner, hier soir.

— Et ?

— Elles ne sont pas sûres que Gus Klein, enfin l'homme qui est mort, soit réellement leur frère.

— Non ?! » s'écria Mike en écarquillant les yeux.

Apparemment, il ne s'y attendait pas.

« J'en conclus qu'elles ne vous ont rien dit.

— Rien, ronchonna-t-il. J'aurais dû m'y attendre. »

Hannah se tourna vers lui, sa spatule pleine de chocolat dans la main.

« Ne prenez pas la mouche. Il ne s'agit pas d'un concours, mais d'une collaboration.

— Une collaboration. Oui, bien sûr ! Craignez-vous par hasard que je me laisse aveugler par mon ego ? »

Loin de moi cette idée, répliqua intérieurement Hannah. « Pourquoi dites-vous cela ? »

D'autres carrés de chocolat atterrirent au fond d'un verre mesureur qu'elle posa sur le plateau du micro-ondes.

« Parce que j'ai du mal à admettre qu'un policier expérimenté comme moi n'ait pas su décrocher cette info avant vous. »

Hannah le regarda à la dérobée tout en réglant le minuteur.

« C'est peut-être un truc de fille.

— Ou alors je perds la main. En tout cas, bravo !

— Un coup de chance, fit Hannah, modeste. Je suis d'ici, les gens me connaissent depuis que je suis toute petite. C'est normal qu'ils se confient à moi. »

Mike réfléchit un instant.

« Vous avez raison. Ça rentre en ligne de compte. Vos cookies jour de fête sont délicieux, Hannah. Ils m'en rappellent d'autres, mais je ne vois pas lesquels.

— Les cookies au sucre tradition.

— Exactement !

— J'ai suivi la même recette mais avec un autre parfum et un glaçage coloré.

— En effet. Mais revenons à notre affaire. Pourquoi Mme Beeseman et Mme Diehl doutent-elles que la victime soit leur frère ? »

Hannah resta interdite, puis comprit que Mike parlait de Marge et de Patsy.

« Pourquoi ? Eh bien, cela faisait des années qu'elles ne l'avaient pas vu, mais quand même, elles l'ont trouvé terriblement changé. Son caractère, son comportement...

— Quoi d'étonnant à cela ? Il était très jeune quand il est parti, non ? »

Hannah fit une rapide opération de calcul mental.

« Il avait une vingtaine d'années, je crois.

— Vous n'êtes pas la même aujourd'hui qu'il y a dix ans, n'est-ce pas ?

— J'espère bien que non ! » répliqua-t-elle avant de regretter la véhémence de sa réponse.

Mais c'était vrai, elle espérait sincèrement avoir perdu la naïveté de ses vingt ans.

« Vous étiez très mignonne, j'en suis sûr ! » dit-il avec un sourire craquant.

Le rythme cardiaque de Hannah s'accéléra. Comment un être humain pouvait-il affecter ainsi son système nerveux autonome ? se demanda-t-elle en attendant vainement que Mike complète sa déclaration par une seconde phrase, au présent celle-ci.

« Et sur le plan du physique ? reprit-il sans paraître noter sa déconvenue. Ont-elles trouvé de gros changements ?

— Non, le défunt ressemblait à Gus. Mais comme elles me l'ont fait remarquer, n'importe quel homme de cinquante ans ayant à peu près la même taille et la même couleur de cheveux aurait pu se faire passer pour lui. D'après Marge, Gus n'avait pas de signe particulier. » Après une seconde d'hésitation, Hannah décida d'évoquer le tatouage. « Et pourtant si, il en avait un.

— Comment le savez-vous ? fit-il en plissant les yeux.

— Je ne révélerai pas mes sources. Disons simplement que je tiens cette information de quatre personnes différentes.

— Quel genre de signe particulier ?

— Un tatouage représentant deux battes de baseball entrecroisées avec une balle au milieu… Sur sa fesse gauche.

— Vous l'avez vu ?

— Jamais de la vie ! rétorqua Hannah en le fusillant du regard. Ces personnes m'ont affirmé qu'il l'avait déjà quand il était au lycée. À moins qu'il ne l'ait fait retirer depuis, on peut supposer que ce tatouage existe toujours.

— Une seconde ! » Mike sortit son téléphone portable. « J'appelle le Dr Knight à l'hôpital. Merci pour le tuyau, Hannah. »

Pendant que Mike attendait d'être mis en communication avec le médecin, Hannah reprit sa préparation là où elle l'avait laissée. Elle versa les sucres et le beurre dans le bol du mixeur, fit tourner, ajouta le bicarbonate de soude, le sel, l'œuf, refit tourner et termina par la crème aigre teintée de rouge. Devait-elle lui parler de la bagarre entre Jack Herman et Gus, le soir où ce dernier avait quitté la ville ? s'interrogea-t-elle en écoutant discrètement la conversation téléphonique.

« Très bien. Merci, docteur. » Mike rangea son portable. « Le tatouage que vous m'avez décrit a été identifié sur le corps de la victime.

— Non, dit Hannah en hochant la tête.

— Pardon ?

— Désolée. J'ai bien entendu ce que vous m'avez dit mais je pensais à autre chose.

— Votre "non" correspond à cette autre chose ?

— Oui, dit Hannah en bougeant la tête de droite à gauche.

— Attendez. Cette fois, vous dites "oui" avec la bouche et "non" avec la tête.

— Oui, j'ai pris une décision. Et non, je ne vous dirai pas laquelle. »

Mike termina son café et se leva.

« Merci pour les cookies. Et pour cette histoire de tatouage aussi. Je vais pouvoir annoncer à la famille que nous avons formellement identifié le défunt. Je vous laisse. Mon équipe m'attend dans vingt minutes.

— Prenez cela. » Hannah lui tendit la boîte de cookies qu'elle avait préparée pour lui. « N'oubliez pas de les partager avec vos hommes. Le chocolat leur donnera du cœur à l'ouvrage. »

Cookies jour de fête

Ne pas préchauffer le four.
La pâte doit séjourner au frigo avant la cuisson.

2 tasses de beurre fondu (4 plaquettes, 1 livre)
2 tasses de sucre glace (inutile de tamiser)
1 tasse de sucre blanc
2 œufs
2 cuillerées à thé de vanille (ou un autre parfum, au choix)
1 cuillerée à thé de bicarbonate de soude
1 cuillerée à thé de crème de tartre (essentiel !)
1 cuillerée à thé de sel
4 ¼ tasses de farine (inutile de tamiser)
Colorants alimentaires (au moins trois couleurs différentes)
¼ tasse de sucre blanc (pour plus tard)

Faire fondre le beurre. Ajouter les sucres, mélanger, laisser refroidir, puis incorporer les œufs l'un après l'autre. Verser la vanille, le bicarbonate de soude, la crème de tartre et le sel. Mélanger. Verser la farine par demi-tasse, sans cesser de tourner.

Diviser la pâte en quatre parties. Déposer chaque quart sur une feuille de papier sulfurisé. Mettre le premier dans un bol avec quelques gouttes de colorant alimentaire. Bien mélanger (noter qu'une fois cuits, les cookies seront un peu plus clairs). Remettre la pâte colorée sur son papier sulfurisé. Colorer les trois autres quarts (l'un d'entre eux peut rester neutre).

Laisser reposer une dizaine de minutes puis découper chaque quart en 16 morceaux. Étaler une feuille de film alimentaire sur le comptoir. Confectionner 16 rouleaux de pâte de 30 cm de long (comme des gressins).

Pour l'assemblage, déposer les rouleaux de pâte, un de chaque couleur, deux au fond, deux au-dessus, tout au bord du film alimentaire. Les écraser légèrement et repousser les extrémités pour qu'ils soient de taille égale. Rabattre le film plastique en les comprimant. Tordre les deux extrémités et mettre au frigo. À l'arrivée, on obtient quatre rouleaux de pâte, chacun composé de quatre couleurs. Mettre au frigo.

Laisser refroidir pendant au moins une heure (toute la nuit c'est encore mieux). Avant de cuire, préchauffer le four à 165 °C, la grille en position médiane.

Mettre un quart de tasse de sucre blanc (semoule) dans un petit bol. Poser ce dernier près des plaques à pâtisserie préalablement graissées.

Sortir un rouleau de pâte, le déballer et le trancher en rondelles d'un bon centimètre d'épaisseur. (Chaque rouleau de pâte donne environ 24 cookies.) Poser chaque rondelle dans le bol de sucre, d'un côté puis de l'autre, avant de les mettre sur la plaque de cuisson. Douze pour une plaque standard. Remettre la pâte au frigo jusqu'à la fournée suivante.

Cuire à 165 °C pendant 12 à 15 minutes, jusqu'à ce que les cookies commencent à dorer sur les bords. Laisser reposer une minute ou deux, puis les transférer sur une grille jusqu'à complet refroidissement. Ces cookies se congèlent bien, à condition de les enrouler dans une feuille de papier aluminium puis de les glisser dans un sac congélation. On peut aussi congeler les rouleaux de pâte multicolores. Il suffit de les mettre non déballés dans un sac congélation.

Rendement : environ 8 douzaines.

Chapitre 15

Les aiguilles de la pendule marquaient midi, et Hannah venait de terminer le glaçage des cookies rouge velours. Elle s'apprêtait à inviter Norman à la dégustation qu'elle lui avait promise quand Luanne franchit la porte de communication.

« Norman vient d'appeler. Il s'excuse mais il ne pourra pas venir. Il a une urgence au cabinet.

— Merci, Luanne. Les cookies se vendent bien ?

— Pas mal. Pour l'instant, je n'ai vu passer que des habitués. Mme Surma nous a pris deux douzaines de croustillants à l'orange, le révérend Knudson une douzaine de vikings pour sa grand-mère – elle adore en croquer après l'office –, et M. Purvis cinq douzaines de cookies aux raisins et aux flocons d'avoine. Pour ses professeurs, m'a-t-il dit.

— Pourtant, ils sont toujours en vacances !

— Moi aussi, ça m'a étonnée. Il paraît qu'il les convoque une semaine avant la rentrée pour qu'ils puissent faire tout ce qu'ils n'ont pas le temps de faire dans l'année. »

Quoi, par exemple ? Hannah imagina Mlle Gladke, son institutrice de CE1, perchée sur une échelle en train de repeindre les murs de sa classe vêtue d'une salopette blanche et d'une casquette assortie.

Quelle drôle d'idée ! se dit-elle. Les enseignants avaient certainement mieux à faire durant leur semaine de préparation. Mlle Gladke devait plutôt consacrer ces quelques jours à revoir ses plans de cours ou à choisir les livres de classe.

« Tu peux y aller, renchérit Luanne. Je m'occupe de tout. Je fermerai à l'heure habituelle, et demain matin j'arriverai à 9 heures pour l'ouverture. »

Luanne était vraiment formidable. La boutique d'antiquités étant fermée pour quelques jours, elle aurait pu profiter de son temps libre pour rester avec sa fille de quatre ans. Au lieu de cela, elle avait gentiment accepté de remplacer Hannah et Lisa au Cookie Jar.

« À mon avis, tu ne verras pas grand monde cet après-midi. Tu devrais dire à ta mère et à Nettie de te rejoindre ici avec Suzy. J'ai des sandwichs glacés à la noix de pécan au congélateur. Avec cette chaleur, ça leur fera du bien. »

Luanne faillit sauter de joie.

« Merci, Hannah. Je vais les appeler. Suzy adore passer du temps au Cookie Jar avec ses deux grands-mères. Elle veut être pâtissière quand elle sera grande.

— Tant mieux ! Comme ça, elle prendra ma suite quand je partirai à la retraite... À moins qu'elle ne change d'avis d'ici là et préfère devenir neurochirurgienne ou ingénieure en physique nucléaire. »

Moins de cinq minutes plus tard, Hannah, au volant de son break, émergeait à toute vitesse de la ruelle derrière sa boutique, prenait la 3e Rue, puis s'engageait sur Main Street. Par chance, elle trouva une place de stationnement devant la clinique dentaire Rhodes. Elle coupa le moteur, prit la boîte rose posée sur le siège passager, descendit et marcha jusqu'à la porte d'entrée protégée du soleil, de la pluie ou de la neige, selon la saison, par un auvent métallique vert et blanc.

Lorsqu'elle entra, un coup de sonnette retentit quelque part à l'intérieur du local. Le comptoir d'accueil était fermé par un panneau en verre dépoli. En été, c'était Norman qui recevait ses patients, alors que durant l'année scolaire, il confiait cette tâche à un lycéen du programme « job-études ».

« Bonjour ! Installez-vous dans la salle d'attente, lança-t-il depuis son cabinet. Je suis à vous dans deux minutes. »

Hannah sourit. Norman ne savait pas qui venait d'entrer. Elle allait lui faire une surprise. Pour ne pas se trahir, elle répondit par un vague « OK » et alla prendre un magazine sur le présentoir. Heureusement, Norman veillait à les renouveler chaque mois, pour éviter à ses patients de relire éternellement le même article illustré par des photos montrant des couples de stars ayant divorcé l'année précédente.

Elle feuilletait une revue gastronomique quand des voix retentirent derrière la porte du cabinet. Elle ne voulait pas être indiscrète, mais il n'y avait aucun bruit dans cette salle d'attente, à part la musique d'ambiance qui passait en sourdine. Alors, comment faire pour ne pas entendre ?

« Che mangeais une pomme et ch'est parti.

— Ça arrive, parfois. De quand date ce bridge ?

— Dix-chept ans. Ch'est le Dr Bennett qui me l'a plaché.

— Il a fait du bon travail. La plupart des bridges ne tiennent pas plus de dix ou quinze ans, surtout s'ils ne sont pas en alliage moderne. Je vais juste le nettoyer et le refixer. Ça ne prendra que deux minutes.

— Tant mieux ! On m'attend en challe d'opérachion à 2 heures. »

Hannah retint son souffle. Quelle chance ! Cette voix chuintante appartenait à l'homme auquel elle avait justement besoin de parler.

Les portes coulissantes s'ouvrirent, Norman passa la tête et parut à la fois enchanté et surpris de la voir.

« Bonjour, Hannah. J'ignorais que c'était vous. Vous venez pour une urgence dentaire ?

— Non, une urgence pâtissière. » Hannah fit deux pas dans sa direction et lui présenta la boîte rose. « C'est bien le Dr Knight qui est avec vous ?

— En perchonne, répondit le médecin depuis son fauteuil. Quel chenre de cookies vous chavez là ?

— Des cookies rouge velours. Une nouvelle création. Vous en voulez un, docteur ?

— Pas question ! intervint Norman en s'emparant de la boîte. Pas avant que j'aie rattaché ce bridge.

— Désolée, docteur, bredouilla Hannah.

— Pas autant que moi. »

Hannah se tourna vers Norman.

« Ça vous ennuie si je tiens compagnie au Dr Knight pendant que vous nettoyez son bridge ? J'ai quelques questions à lui poser.

— Oui, ça m'ennuie. Il s'agit de mon patient. Tant qu'il est dans mon cabinet, j'ai le devoir de préserver sa vie privée.

— Mais je voulais juste lui dire deux mots.

— Je suis navré, c'est impossible. La confidentialité entre patient et dentiste est une chose sacrée.

— Ne dites pas de bêtiches, mon vieux ! De toute fachon, elle ne me lâchera pas, et che préfère lui parler ichi que tout à l'heure à l'hôpital. »

Norman haussa les épaules. « Vous l'avez entendu. Il renonce à ses droits. Attendez une seconde, je vous ouvre. »

Hannah sourit en franchissant le seuil du sanctuaire. Elle aimait bien le Dr Knight, lequel n'avait jamais rechigné à l'aider dans ses enquêtes.

« Bonjour, docteur, dit-elle en s'asseyant sur une chaise posée contre le mur.

— Bonchour, Hannah. » Le praticien l'accueillit avec un grand sourire édenté. « Pour moi, en che moment, Hannah ch'est mieux que Chylvie ou Cholanche.

Hannah éclata de rire.

« J'ai des questions à vous poser au sujet de Gus Klein et de Mary Jo Kuehn.

— Che sais chuste qu'ils chortaient enchemble.

— Et l'accident qui a coûté la vie à Mary Jo ? La nuit du bal de promo ?

— Ch'étais à Bochton pour une confenchion médicale. Le coroner qui ch'en est occupé est mort depuis fingt ans. »

Hannah ravala un gros mot.

« Et la bagarre entre Jack Herman et Gus Klein ? Peu avant que Gus disparaisse dans la nature ?

— Là, chy étais. Pochez-moi vos quechtions, Hannah. De toute fachon, che chuis coinché ichi.

— Ma mère dit que papa et l'oncle Ed sont intervenus pour les séparer et qu'ils ont conduit Jack à votre cabinet.

— Oui, il n'était pas très beau à foir. Comme il ne foulait pas faire peur à Emmy, ch'ai fait en chorte de le rendre plus préchentable. Emmy a accouché le choir même.

— Du frère de Lisa, Tim, n'est-ce pas ?

— Oui. Un beau bébé. Emmy était arrivée à chon terme. Chack n'y était pour rien. En pluch, il n'avait fait que défendre cha... » Le Dr Knight s'interrompit. « Che n'ai rien dit.

— Chi ! Ou plutôt *si* ! Vous avez dit que Jack s'était battu pour défendre quelqu'un. Emmy ?

— Che n'ai rien dit », répéta le docteur.

Hannah se hâta de rassembler ces quelques bribes d'information et de les confronter à la discussion dont elle avait été témoin le soir du bal. Jack avait ouvert les hostilités en évoquant Mary Jo Kuehn. Pour contre-attaquer, Gus avait parlé d'Emmy. N'ayant pas apprécié que Gus emploie ce diminutif pour désigner sa défunte épouse, Jack avait répondu en utilisant son prénom entier, Emily. À la suite de quoi, Gus avait fait allusion à la sœur de Jack, Heather. Mais au même moment, Marge était intervenue pour tenter de calmer le jeu.

« Savez-vous si Gus est sorti avec Emmy avant que celle-ci n'épouse Jack ? rembraya-t-elle.

— Oui. »

Pourquoi avoir formulé sa question de la sorte ? Hannah se serait donné des gifles.

« Oui, vous le savez ? Ou oui, il sortait avec elle ?

— Oui, je le chais. Et vous n'obtiendrez rien de pluch. »

Norman frappa un coup et entra.

« Je vais remettre ce bridge et ensuite vous pourrez manger un cookie. Je vous demande seulement de mâcher de l'autre côté. » Il se tourna vers Hannah. « Y a-t-il des noix dans vos cookies rouge velours ?

— Non. J'ai mis des pépites de chocolat, mais elles ont fondu à la cuisson. Ces cookies ne contiennent rien de collant, si c'est ce que vous voulez savoir.

— Vous m'avez compris. » Norman posa son plateau métallique sur la petite étagère fixée près de l'accoudoir gauche. « Excusez-nous deux minutes, Hannah. »

Norman inclina le fauteuil, fit ce qu'il avait à faire dans la bouche du Dr Knight, puis se redressa, retira ses gants et recula d'un pas.

« Et voilà. Vous êtes comme neuf. Je vais chercher les cookies. »

Hannah attendit que Norman sorte de la salle de soins pour rapprocher sa chaise.

« Cette bagarre avait-elle un rapport avec le fait que Emmy et Gus étaient sortis ensemble par le passé ?

— Évidemment. »

Ayant récupéré sa dentition, le médecin s'exprimait plus clairement. Hannah, qui s'était habituée à son chuintement, en fut quelque peu déconcertée.

« S'agissait-il d'une relation à trois ? reprit-elle.

— Dans l'esprit de Gus uniquement. Emmy aimait Jack, et Jack aimait Emmy. C'était un couple solide. Quant à Gus, il adorait semer la zizanie. Un fauteur de troubles, c'est ainsi qu'on appelle ce genre de personnage. Pour tout vous dire, quand il s'est enfui, j'ai été soulagé. Même si je plaignais ses parents de tout mon cœur. Un enfant qui part comme un voleur et ne donne plus jamais de nouvelles, ce doit être terrible. Mais ça vaut peut-être mieux que...

— Que quoi ?

— Que d'abriter chez soi un mauvais plaisant qui vous fera mourir de honte et de chagrin. »

Hannah prit le temps de jauger les deux pans de l'alternative. C'était horrible, énoncé ainsi, mais le Dr Knight avait toujours eu son franc-parler. Et il se trompait rarement.

« Vous disiez que Gus adorait semer la zizanie, reprit-elle. J'en conclus qu'il n'avait pas que des amis.

— Bel euphémisme.

— Parmi les gens qui le détestaient, certains vivaient à Lake Eden, je suppose ?

— Oui. Il y en avait plusieurs. Il faut que vous compreniez que Gus ne s'intéressait aux autres que dans la mesure où ils pouvaient lui être utiles. Sinon, il les jetait comme de vieilles chaussettes. Vous voyez le genre ?

— Parfaitement, dit Hannah en songeant au professeur assistant dont elle avait été amoureuse, quelques années auparavant. Poursuivez, je vous prie.

— C'était un drôle d'oiseau, selon l'expression qu'affectionnait le patron du service de psychiatrie, à l'époque où je faisais mon internat. Gus, je l'ai vu grandir. Quand il est entré à l'école élémentaire, j'étais en seconde au lycée Jordan. Comme vous le savez, le lycée, le collège et l'école communiquent. Il m'arrivait de le croiser dans les couloirs, mais surtout, j'entendais beaucoup parler de lui. Pas en bien, inutile de le préciser. On disait qu'il menait son monde à la baguette, que ce soit ses camarades, ses professeurs ou ses parents.

— Marge et Patsy estiment qu'il a été trop gâté.

— Je les trouve bien indulgentes. Un enfant gâté sait quand même faire la différence entre le bien et le mal. Enfin, la plupart du temps. Et il a conscience qu'on le traite autrement que ses congénères.

— Vous pensez que Gus n'en avait pas conscience ?

— Je n'affirme rien, mais j'en suis quasiment sûr. Gus obtenait tout ce qu'il voulait. Du coup, il est devenu totalement amoral.

— Amoral ? »

Hannah connaissait ce mot, mais ne l'avait jamais rencontré ailleurs que dans les livres.

« Oui, amoral. Gus n'avait aucune limite. Si quelque chose ou quelqu'un pouvait lui servir, il l'accaparait. Si quelque chose ou quelqu'un l'ennuyait, il s'en débarrassait. Ce gamin était totalement dépourvu d'empathie. À ce niveau, c'était presque une infirmité. J'imagine qu'il a blessé des quantités de gens au cours de son existence. Mais je doute qu'il s'en soit jamais aperçu.

— Si je comprends bien, sa fin tragique ne vous surprend pas.

— Pas du tout. » Le Dr Knight haussa les épaules. « Ce qui m'étonne c'est qu'il soit resté en vie aussi longtemps ! »

Chapitre 16

« Holà ! s'écria Hannah lorsque Michelle fit irruption dans le bungalow familial. Que se passe-t-il ? Il y a le feu quelque part ?

— Je voulais profiter du fait qu'Andrea discute avec Bertie Straub sur le chemin pour te parler en tête à tête. »

Hannah donna quelques tours de moulin à poivre au-dessus du plat à gratin.

« De quoi ?

— Cela fait plusieurs fois que j'essaie, mais tu étais tout le temps occupée. Ce que j'ai à te dire doit rester entre nous.

— Et Andrea ?

— Non, Andrea ne doit rien savoir ! »

Hannah reposa le moulin à poivre d'un geste nerveux.

« Pourquoi ?

— Parce qu'elle est trop... prude, parfois.

— Et moi, je ne suis pas prude ?

— Tu l'es un peu aussi, mais ce n'est rien à côté d'elle. C'est peut-être parce qu'elle est mariée. »

Hannah s'accorda un temps de réflexion.

« Donc, d'après toi, une femme mariée serait plus prude qu'une femme célibataire. Ce n'est pas légèrement contradictoire ?

— Pas forcément. Une fois mariée, une femme ne sort plus autant, ne fait plus de trucs déraisonnables…

— Je vois. » Hannah remit un peu de poivre. « Et comme moi je suis célibataire, tu en conclus que je fais des trucs déraisonnables.

— Eh bien… je n'en sais trop rien, mais… tu pourrais en faire si tu le voulais.

— Mouais. » Hannah décida de revenir au sujet. « Que voulais-tu me dire ? À moins que tu n'aies changé d'avis. »

Michelle alla s'asseoir sur un tabouret, près de sa sœur.

« C'est à propos de ce qui s'est passé dimanche soir. Je crois que j'ai vu l'assassin.

— Quoi ?! »

Heureusement, Hannah n'avait pas encore ouvert le flacon de cumin, sinon elle l'aurait vidé dans le plat.

« Euh… je n'en suis pas sûre à cent pour cent mais… la nuit était calme et il n'y avait personne d'autre dans les parages. Il est donc plausible que l'individu que j'ai vu traverser la route et se diriger vers l'entrée de la salle des fêtes soit le meurtrier. »

Hannah réprima un cri d'angoisse.

« Et lui, il t'a vue ?

— Non. Il ne pouvait pas savoir que j'étais là. D'ailleurs, je dis “il”, mais ça pourrait tout aussi bien être une femme avec un pantalon et une veste. Il faisait sombre, et à cette distance, je n'ai aperçu qu'une silhouette. »

Hannah leva les yeux. L'entrée de la salle des fêtes s'encadrait au centre de la fenêtre au-dessus de l'évier.

« Tu te tenais ici à 2 heures du matin ?

— Non, pas exactement.

— Que veux-tu dire ?

— Que je n'étais pas exactement ici.

— OK, soupira Hannah, lasse de devoir lui tirer les vers du nez. Si tu me disais où tu étais à ce moment-là, ça m'aiderait beaucoup.

— J'étais sur le ponton avec Lonnie. On se reposait après avoir nagé dans le lac. »

À 2 heures du matin !? grommela Hannah en son for intérieur. Comme elle n'était pas prude, elle renonça à lui demander s'ils portaient un maillot de bain.

« Donc, tu as vu cette personne passer sur la route à 2 heures du matin, dit-elle à la place.

— Oui, à peu près. J'ai retrouvé Lonnie sur le ponton à 1 h 30. Delores et Carrie dormaient. Quand nous sommes sortis de l'eau, il devait être environ 2 heures.

— Mais tu n'en es pas sûre, parce que tu avais enlevé ta...

— Exact. Ma montre n'est pas étanche. De toute façon, je ne portais rien à part...

— Donc, tu as vu quelqu'un traverser la route. Ce quelqu'un était-il venu en voiture ?

— Non, pas en voiture. J'aurais entendu le moteur. Or, il n'y avait aucun bruit, excepté le chant des grillons, le coassement des grenouilles, le bourdonnement des moustiques et le clapotis de l'eau contre le ponton. Ah, j'oubliais le cri des huards, sur l'autre rive, et...

— Cette personne, pourrais-tu m'en donner au moins une vague description ? l'interrompit Hannah, que cette énumération zoologique commençait à lasser. Tu disais que ça pouvait aussi bien être une femme.

— Je n'ai vu qu'une silhouette en partie cachée par les arbres. Il, ou elle, est entré dans la salle des fêtes et n'en est pas ressorti. Du moins, pas pendant que nous étions sur le ponton.

— Ce qui représente…

— Oh, une demi-heure environ. Je me suis couchée à 2 h 30 et j'ai regardé la pendule avant d'éteindre. Tu crois que je devrais en parler à Mike ? »

Hannah haussa les épaules.

« Inutile. Lonnie l'a sûrement déjà fait.

— Lonnie n'a rien vu. Il était assis dos à la route, et moi en face de lui. Je ne parlerai à Mike que si tu l'estimes nécessaire. Sinon, j'aimerais autant que ça ne s'ébruite pas. Si Delores apprend que j'ai passé une partie de la nuit avec Lonnie…

— Bon, récapitulons », la coupa Hannah en cherchant son bloc au fond de son sac. Elle s'en voulait de cuisiner ainsi sa petite sœur, mais c'était pour une affaire de meurtre. « Dis-moi exactement ce que tu as vu et quand tu l'as vu.

— J'ai vu une personne traverser la route, contourner le bâtiment et entrer par la porte principale.

— Tu es sûre qu'elle est entrée ? »

Michelle confirma d'un signe de tête.

« Quand elle a ouvert la porte, le perron s'est éclairé, et deux secondes plus tard, il est redevenu sombre. J'en ai conclu que la porte s'était refermée.

— Logique. Donc, tu étais trop loin pour déterminer s'il s'agissait d'un homme ou d'une femme ?

— Exact.

— Mais tu affirmes qu'il était environ 2 heures du matin quand cette personne est entrée ?

— Oui.

— Si elle était ressortie pendant que vous étiez encore sur le ponton, aurais-tu pu la voir ?

— Oui. Si elle était ressortie, il y aurait encore eu de la lumière.

— Donc elle était toujours dans la salle des fêtes à 2 h 30, quand tu as regagné le bungalow de Delores ?

— Il n'était pas encore 2 h 30. Je te l'ai déjà dit, 2 h 30, c'est l'heure à laquelle je me suis couchée. La salle des fêtes était encore éclairée, à ce moment-là.

— Comment le sais-tu ? s'étonna Hannah qui se souvenait d'avoir trouvé les lumières éteintes en entrant le lendemain.

— Parce que, en passant devant la fenêtre de la cuisine pour rejoindre ma chambre, j'ai remarqué des rais de lumière entre les lattes des volets.

— Parfait. » Hannah referma son calepin d'un coup sec. « J'ai tout ce qu'il me faut.

— Je devrais en parler à Mike, d'après toi ?

— Non. Laisse tomber. Que pourrais-tu lui dire qu'il ne sache déjà ? Que tu as aperçu une silhouette entrer dans la salle des fêtes et que tu ne l'as pas vue ressortir ? Pour commettre son forfait, il a bien fallu que le meurtrier s'introduise dans les locaux.

— Merci, Hannah ! fit Michelle, soulagée. Vraiment, je redoutais que Delores apprenne que je suis allée nager avec Lonnie. Elle ne m'aurait pas punie, je suis trop vieille pour ça, mais j'aurais eu droit à des regards.

— Des regards ?

— Tu sais bien. Des regards outragés ! Et elle m'aurait balancé quelque chose comme : *Oh, Michelle ! Tu me déçois énormément !* Le genre de réflexion qui te donne envie de te mettre à genoux pour implorer son pardon.

— Oui, elle est très douée pour nous culpabiliser », répondit Hannah qui avait vécu ce type d'expérience à plusieurs reprises.

La porte moustiquaire s'ouvrit. Andrea entra en coup de vent, chargée d'un gâteau à la gelée. Elle fonça sur le frigo, l'ouvrit et trouva une place sur l'étagère du haut.

« J'espère qu'il n'a pas pris un coup de chaud en venant !

— Qu'as-tu mis dedans ? voulut savoir Hannah.

— De la gelée, de la crème pâtissière au citron, de la purée d'ananas et de la chantilly en bombe.

— En bombe ! Pas de la vraie ?

— Non.

— Dans ce cas, ça ira. La crème chantilly en bombe retombe moins vite que la vraie. Mais tu as bien fait de mettre ton gâteau au frigo. Il sera bien ferme ce soir, pour le dîner.

— Tu m'aideras à le démouler ? J'ai peur de rater mon coup.

— Compte sur moi, promit Hannah. Tu discutais avec Bertie Straub, m'a dit Michelle ?

— Oui. Elle m'a donné un rendez-vous samedi pour un tissage brésilien. J'ai envie d'un quatre couleurs. D'habitude j'en fais trois, mais j'aimerais essayer avec des mèches blond vénitien. Elle me fera une coupe dégradée pour donner du volume.

— Un tissage brésilien à quatre couleurs risque de te prendre toute la matinée, dit Michelle.

— Oui, surtout qu'en plus, j'ai réservé une manucure, une pédicure et un maquillage complet. En sortant de chez Bertie, j'irai essayer des robes de plage au Beau Monde. Claire en a reçu de très sexy, paraît-il. La prochaine fois que vous me verrez, je serai une femme nouvelle.

— J'aime bien l'ancienne, rétorqua Michelle.

— Moi aussi, renchérit Hannah. Je te trouve parfaite. Pourquoi voudrais-tu être quelqu'un d'autre alors que... ? » La réponse lui vint avant qu'elle n'ait terminé sa question. « C'est à cause de Ronni Ward.

— Bien sûr que non ! J'ai juste envie d'être irrésistible. Quand un couple est marié depuis aussi longtemps que nous le sommes, Bill et moi, il faut tout tenter pour raviver la flamme. Sinon... » Andrea soupira et se rendit. « Tu as raison. C'est à cause de Ronni Ward. Quand il est rentré hier soir, Bill m'a dit qu'elle était revenue. Et toi, comment l'as-tu appris ?

— Par Mike, quand il m'a appelée ce matin pour me donner le numéro de la chaîne animalière.

— A-t-il précisé que Ronni avait loué l'appartement en face du sien ?

— Oui.

— Tu es jalouse ? demanda Michelle.

— Mike et moi n'avons pas ce genre de rapport. Je sors avec lui, c'est vrai, mais je sors aussi avec Norman. Je n'ai donc pas le droit d'être jalouse.

— Ton raisonnement se tient, répondit Andrea en hochant doctement la tête. Mais tu n'as pas répondu à la question de Michelle. Es-tu jalouse ?

— À ton avis ? répliqua Hannah.

— Tu es jalouse, déclara Andrea. Et tu ne sais pas comment gérer le problème. »

Chapitre 17

On aurait pu entendre un moustique voler dans la cuisine du bungalow. Les trois sœurs s'affairaient autour de la *Wanmansita casserole* que Hannah avait promis de préparer en quantité industrielle pour l'anniversaire de Jack. Les tâches avaient été réparties en fonction des compétences de chacune. Andrea ouvrait les boîtes de conserve, Michelle émincait les oignons, Hannah faisait revenir la viande hachée. Ce fut Andrea qui brisa le silence.

« À dire vrai, moi aussi, j'ai du mal à gérer le retour de Ronni Ward. Ce relooking m'aide seulement à surmonter mon malaise. En réalité, c'est moi qui suis jalouse. Pas toi.

— Non, tu as raison, je suis jalouse. Sinon pourquoi je rêverais de mettre mes deux mains autour du joli cou de Ronni Ward et de serrer très fort ? »

Andrea et Michelle éclatèrent de rire. Hannah les imita. C'était bien agréable d'oublier pendant quelques secondes les événements dramatiques des derniers jours.

« Tu devrais peut-être essayer un relooking, toi aussi. Qu'en penses-tu, Hannah ? attaqua Andrea quand elles eurent retrouvé leur sérieux. Je te l'offre !

— Merci, mais ce serait inutile. »

Hannah attrapa le premier des quatre plats en grès et l'enfourna.

« Dans ce cas, accompagne-moi chez Olympe Fitness. Tu veux bien ?

— Olympe Fitness ? Qu'est-ce que c'est ? demanda Michelle.

— Un club qui vient d'ouvrir au centre commercial. *Nous vous garantissons un corps de déesse.* C'est leur slogan. D'où l'Olympe... Tu saisis ? »

Michelle resta coite puis se tourna vers Hannah et la fixa d'un air effaré. Cette dernière répondit à sa place.

« Je crois qu'elle a compris. Tu sais ce que je pense des clubs de fitness ? Je n'ai rien contre, mais avec mes horaires de travail il faudrait qu'ils ouvrent à 3 heures du matin. Et le soir, je suis tellement crevée que je n'ai plus envie de faire des efforts. Alors à quoi bon s'inscrire ?

— Ce club n'est pas comme les autres. On te donne une clé, et comme ça tu peux y aller à n'importe quelle heure, de jour comme de nuit, sept jours sur sept.

— Il y a du personnel sur place vingt-quatre heures sur vingt-quatre ? s'étonna Michelle.

— Non, mais ils ont passé un accord avec la société de surveillance du centre commercial. Leurs vigiles font une ronde toutes les heures.

— C'est un peu léger, en matière de sécurité, non ? fit Hannah. Je n'aimerais pas me retrouver toute seule là-bas à 3 heures du matin, en sachant que des douzaines de clés traînent dans la nature et que n'importe qui peut entrer et m'attaquer.

— Pareil pour moi, l'appuya Michelle. En plus, faire de la gym en pleine nuit, ce doit être angoissant. »

Andrea haussa les épaules.

« Hannah pourrait y aller pendant sa pause déjeuner. Je suis sûre que Lisa serait trop heureuse de tenir la boutique pendant qu'elle prend soin de sa silhouette.

— C'est là qu'intervient le deuxième problème. » Hannah prit un autre plat et l'enfourna. « Je n'ai jamais pu m'astreindre à faire de l'exercice de manière régulière. Au début, je suis bourrée de bonnes intentions, je me donne à fond. Au bout de deux semaines, je commence à me chercher des excuses pour ne pas y aller. Et un beau jour, je m'aperçois que des mois ont passé sans que j'aie remis les pieds sur un tapis de course ou les fesses sur le siège d'un rameur. Sans parler de l'argent que ça coûte et... » Hannah s'interrompit, le temps d'enfourner les deux derniers plats, puis revint sur ses pas et s'effondra sur un tabouret. « Écoute, Andrea... ce club a peut-être un joli nom et un slogan accrocheur, mais voyons la réalité en face. Je n'aurai jamais un corps de déesse.

— Je suis désolée, mais pour moi, tu as toujours été une déesse, répliqua Andrea d'un air empreint de gravité.

— Pour moi aussi, abonda Michelle.

— Merci, les filles. »

Même si elle ne portait pas sur son aspect physique, cette déclaration d'amour sororal lui fit chaud au cœur.

« Bon, si on arrêtait de causer relooking, club de fitness et Ronni Ward ? proposa Andrea en sortant une enveloppe de la mallette qu'elle avait apportée. Ça finit par être un peu déprimant. Parlons plutôt du meurtre. »

Après une seconde de battement, ses deux sœurs éclatèrent de rire.

« Aurais-je fait de l'humour sans le vouloir ? sourit Andrea en tendant l'enveloppe à Hannah. Tiens, c'est pour toi.

— Qu'est-ce que c'est ?

— Des photos de la scène de crime. Bill est revenu avec, hier soir. J'ai attendu qu'il monte se coucher pour les scanner sur mon ordinateur. Et ce matin, quand il est parti travailler, je les ai imprimées.

— C'est génial ! Merci beaucoup, dit Hannah sans préciser que Mike, la dernière fois qu'ils s'étaient vus, lui avait proposé de lui remettre certaines de ces photos. Tu les as regardées ?

— Non. Ce genre de spectacle me révulse, tu le sais. Mais si tu estimes qu'il y en a de supportables, je veux bien jeter un œil.

— Attends un peu, dit Michelle en fronçant les sourcils. Comment fais-tu pour scanner et imprimer des photos sans les regarder ?

— Pour les scanner, c'est facile puisqu'elles sont posées contre la vitre. Ensuite, quand elles s'affichent à l'écran, je clique sur imprimer en détournant les yeux.

— Donc, tu n'as pas pu vérifier si elles étaient dans le bon sens ? intervint Hannah, sans comprendre pourquoi ses sœurs la fixaient d'un air médusé. J'ai dit une bêtise ?

— Tu utilises ton ordinateur, de temps en temps ? demanda Andrea.

— Bien sûr ! Norman me donne même des cours. Je n'ai pas envie de me laisser devancer par Delores !

— C'est donc une question de fierté ?

— De nécessité, plutôt. Comme ça, désormais, je pourrai faire mes recherches sur Internet sans déranger Norman.

— Eh bien, je suis ravie que tu t'y mettes enfin, répondit Andrea, indulgente. Au fait, ça commence à sentir bon. Comment s'appelle ce plat, déjà ?

— *Wanmansita casserole*. J'ai suivi la recette de Gary Hayes. Tu te souviens de Gary et de Sally ? Ils vivaient en face de chez nous.

— Sally et sa collection de tabliers ! s'écria Michelle. Je n'ai pas oublié. Quand tu m'emmenais chez eux, elle me montrait ses tabliers pour que je me tienne sage pendant que vous échangiez des recettes.

— C'est vrai.

— Attends un peu, marmonna Andrea. Ça n'a pas de sens.

— Mais si. Souviens-toi, je rentrais du lycée plus tôt que toi parce que j'avais toujours une heure de permanence en fin de journée. Et je passais chez Sally avec Michelle...

— Je ne te parle pas de ça. Ce qui m'étonne c'est que Gary employait le mot "*casserole*" pour désigner son plat alors que Sally et lui vivaient à Lake Eden depuis des dizaines d'années.

— Alors qu'il aurait dû dire "*hotdish*" ? C'est cela ?

— Oui. Par ici, tout le monde dit "*hotdish*". Mais au fait, quelle est la différence ?

— À mon avis, il n'y en a aucune. Je pense que ça dépend de la région. La famille de Gary était originaire d'Oklahoma.

— Tu as sans doute raison, dit Andrea avec un sourire triomphal. D'où "*Wanmansita*" qui est un terme indien, si je ne m'abuse. Il y a beaucoup d'Amérindiens en Oklahoma. Je poserai la question à Jon Walker.

— Jon est un Chippewa. Sa tribu n'a pas poussé aussi loin vers l'ouest.

— Lesquels, alors ?

— Tout dépend de l'époque à laquelle cette recette a été créée, s'immisça Michelle. Et on a le choix, car il y a énormément de tribus indiennes en Oklahoma. Les Delawares, les Arapahos, les Miamis, les Iowas, les Shawnees, les Caws, les Creeks, les Chickasaws, les Cheyennes, les Cherokees, les Witchitas, les Patawatomis, les Peorias, les Osages... J'en ai oublié deux ou trois, désolée.

— Comment sais-tu tout cela ? fit Andrea, impressionnée.

— L'année dernière, j'ai suivi un cours d'études indiennes donné par un enseignant invité par l'association des étudiants natifs. Il nous a indiqué une formule mnémotechnique : *Demande À Mamie Irene Si Ces Wapitis Parlent Ougandais*.

— Le compte n'y est pas !

— C'est exact. On doit juste garder en tête qu'il y a cinq noms en C et deux en P.

— Très pratique, dit Hannah. C'est comme *Mon Vaisseau Te Mènera Jusque Sur Une Nouvelle Planète*, pour mémoriser l'ordre des planètes du système solaire.

— Sauf qu'aujourd'hui, le P n'a plus lieu d'être.

— C'est vrai ! J'avais complètement oublié ce qui était arrivé à Pluton.

— Qu'est-il arrivé à Pluton ? demanda Andrea.

— Elle a été rétrogradée au rang de planète naine.

— Non ! fit Andrea, horrifiée.

— On dirait que tu viens de perdre ta meilleure amie, pouffa Hannah.

— C'est à cause de Tracey. Je lui ai appris les planètes avec cette méthode ! Vous savez qu'elle rêve d'entrer chez les jeannettes. Que se passera-t-il si elle fournit une mauvaise réponse à l'examen ?

— Tu n'auras qu'à le lui rappeler juste avant, proposa Hannah pour la rassurer. Ta fille est assez maligne pour s'en souvenir. Où se déroule l'examen ?

— Dans l'auditorium du lycée. Tracey est la plus jeune de la section "petite aile". J'espère qu'elle ne sera pas recalée à cause de moi.

— Je croyais que Tracey intégrait les "petits lutins", s'étonna Michelle.

— Bonnie Surma lui a obtenu une dérogation. Vous vous rendez compte, cette année les badges seront remis par les membres du comité national ! Ces dames se déplacent tout spécialement pour l'occasion.

— Ne t'inquiète pas, Tracey réussira haut la main. » Hannah prit l'enveloppe et sortit les photos. « Regardons cela ensemble.

— Détourne les yeux, conseilla Andrea à Michelle.

— Pourquoi ? Je ne suis plus une enfant. Tu n'as pas à me protéger de la face obscure de l'existence.

— Que sais-tu de la face obscure de l'existence ? La chose la plus affreuse que tu aies jamais vue c'est la tête d'ours empaillée qui était accrochée dans le salon de nos grands-parents Swensen !

— Je la trouvais très mignonne cette tête, avec ses poils tout hérissés comme dans un dessin animé ! Mais pour revenir à ce que tu disais, je parie que j'en sais plus long que toi sur la face obscure de...

— Cessez immédiatement, les filles ! intervint Hannah en usant de son droit d'aînesse. Sinon, vous ne goûterez pas mes nouveaux cookies. »

Le silence stupéfait qui accueillit ses paroles la conforta dans l'idée qu'elle jouissait toujours d'une forte autorité auprès de ses sœurs.

« Tu as créé de nouveaux cookies ? articula Michelle.

— Oui, pour la fête d'anniversaire de Jack Herman, ce soir. Plus exactement, j'ai tenté de reconstituer la recette de sa défunte épouse. Emmy en faisait souvent et Jack les adorait.

— Ils contiennent du chocolat ? s'enquit Andrea. Parce que si je dois regarder des images atroces, je vais avoir besoin d'un remontant.

— Oui, ils en contiennent, et en grande quantité. Ils sont également recouverts d'un glaçage à base de fromage à la crème. »

Michelle glapit de joie.

« Le glaçage au fromage à la crème est mon préféré. Il m'arrive d'en mettre sur des biscuits apéritifs.

— Et c'est bon ? fit Andrea, dubitative.

— Mieux que ça. Tu prends ton biscuit, tu le poses dans une assiette, le côté salé en dessous, et tu étales ton glaçage. Il peut aussi se déguster en sandwich, entre deux petits-beurre, ou deux sablés, ou deux gaufrettes au chocolat. »

La gourmandise ayant triomphé des chamailleries, Hannah se hâta d'ouvrir la boîte de cookies rouge velours et profita du calme retrouvé, ses sœurs ayant la bouche pleine, pour effectuer un rapide visionnage des photos. Ne voyant rien de particulièrement sanglant, elle les remit en pile. En d'autres circonstances, elle aurait déclaré : *Maintenant, vous pouvez regarder*, comme faisait leur père, le matin de Noël, quand elles s'asseyaient en tailleur devant l'arbre, frémissantes d'impatience.

« C'est bon ! Vous êtes prêtes ? dit-elle plus simplement.

— J'adore tes nouveaux cookies, Hannah ! » Andrea prit une serviette en papier, s'essuya les doigts, attrapa les photos, regarda celle du dessus, puis la tendit à Michelle.

« Beurk ! fit cette dernière.

— Tu n'aimes pas mes cookies ? s'étonna Hannah.

— Tes cookies sont absolument fantastiques. Comme le gâteau rouge velours, mais en mieux. Non, c'est ce cliché. Gus est mort poignardé, n'est-ce pas ? »

Hannah confirma d'un signe de tête.

« Concentrez-vous bien. Essayez de voir si je n'ai pas raté quelque chose. Un détail qui vous semblerait incongru.

— Comment aurais-tu pu rater quelque chose ? répliqua Michelle. Tu étais sur les lieux. C'est toi qui l'as trouvé.

— Trouver un cadavre n'a rien d'amusant, lui fit remarquer Andrea. Je dirais même que c'est un peu traumatisant. Hannah était sans doute sous le choc.

— Oui, tu as raison. »

Michelle prit la photo suivante.

Chose inhabituelle lorsqu'elles étaient ensemble, les sœurs Swensen gardèrent le silence pendant cinq minutes d'affilée. Quand les deux plus jeunes eurent examiné tous les clichés sous l'œil attentif de la plus âgée, Andrea poussa un grand soupir et dit :

« Je n'ai rien vu de bizarre. À mon avis, rien n'a bougé entre le moment où je suis partie, après le bal, et celui où tu l'as…

— Je pense comme toi, dit Michelle. Désolée, Hannah, j'aurais tellement voulu t'aider.

— Vous m'avez aidée.

— Comment ? s'écrièrent les deux en même temps.

— Ces images ne montrent rien de plus que ce que j'ai vu de mes propres yeux ce soir-là. Alors, de deux choses l'une. Soit l'état de choc ne perturbe en rien ma mémoire, soit j'ai pris l'habitude de trouver des cadavres et cela ne m'affecte plus autant qu'au début ! »

Chapitre 18

En glissant les clichés dans l'enveloppe, Hannah s'aperçut qu'il y en avait d'autres au fond.

« Des doubles ? demanda-t-elle à Andrea.

— Non. Celles-ci ont été prises dans le cabanon de Gus avant la perquisition. C'est la procédure habituelle, m'a dit Bill.

— Excellente chose, sourit Hannah. J'ai déjà vu le résultat d'une perquisition. Une tornade ferait moins de dégâts.

— Oui, mais pas cette fois, intervint Michelle.

— Pourquoi ?

— Parce qu'ils ont emporté presque tout ce qu'il y avait sur place. D'après Lonnie, n'importe quel objet pourrait être un indice.

— Il n'y avait presque rien à lui dans ce bungalow, à part une valise de vêtements et quelques produits d'hygiène dans la salle de bains, rétorqua Hannah en essayant de se remémorer les lieux comme elle les avait découverts, le lundi après-midi, quand elle cherchait Gus désespérément.

« Tu as regardé dans le placard ? demanda Michelle.

— La porte du cabanon n'était pas fermée à clé, fit Hannah en réfléchissant. Je suis entrée. D'abord, j'ai vu la valise sur le lit. Ouverte. Je me suis tournée vers le placard, et là, sur une étagère, j'ai aperçu une petite grenouille. Une verte, vous savez, comme on en trouve près du lac. Elle a sauté et... Non, il n'y avait rien dans ce placard, juste une grenouille et des cintres.

— Il n'avait sans doute pas encore déballé ses affaires, proposa Michelle.

— Pourtant, il me semble qu'il s'était changé au moins une fois depuis son arrivée, dit Hannah en prenant Andrea à témoin. Sauf erreur...

— Tu as raison. Quand je l'ai vu devant l'église, il portait un costume en lin coquille d'œuf avec une chemise en coton égyptien et...

— En coton égyptien ? l'interrompit Hannah. Comment peux-tu le savoir sans avoir lu l'étiquette ?

— Le coton égyptien se reconnaît à l'œil nu. C'était une chemise bleu ardoise. Tu vois ce que je veux dire ? Entre le bleu et le gris, avec des reflets. Une vraie merveille ! Le bleu ardoise rehausse admirablement les chevelures blondes ou poivre et sel. Comme il avait dégrafé le bouton du haut, j'ai aperçu sa chaîne en or et...

— Il était vêtu autrement, pendant le bal, la coupa Michelle. Donc il s'était changé entre-temps.

— En effet. Ce soir-là, il portait un autre costume, une autre chemise et aussi une très jolie cravate qu'il n'avait pas quand je l'ai vu dans sa Jaguar devant l'église. La cravate qu'on aperçoit sur les photos. »

Hannah avait de la chance que la tenue de Gus, au matin de son arrivée, n'ait pas échappé à ses sœurs. Elle-même aurait été incapable de la décrire aussi précisément.

« Il y a quand même un truc qui me gêne, reprit-elle. Ce costume en lin...

— Oui ?

— Un costume en lin se froisse facilement. Or, il le portait encore pendant le brunch. C'est Delores qui me l'a dit. Normalement, en rentrant chez lui pour se doucher et s'habiller avant le bal, il aurait dû le mettre sur un cintre pour qu'il se défripe. Un costume à cinq cents dollars minimum ! Surtout qu'il disposait d'une grande penderie. Pourquoi ne l'a-t-il pas suspendu ?

— Il ne l'a pas fait ? Tu en es sûre ? demanda Michelle.

— Oui. » Hannah passa en revue les photos prises par la police dans le bungalow, trouva celle qu'elle cherchait et la tendit à Michelle. « Regarde si tu ne me crois pas. Ce placard est vide.

— Il a peut-être taché son beau costume en lin pendant le brunch et l'a porté au nettoyage, proposa Michelle.

— Sauf qu'on était dimanche et que les pressings n'ouvrent que le lundi matin, remarqua Andrea. Or le lundi matin, Gus était mort.

— Que fait-on d'un costume qui doit aller au nettoyage ? demanda Hannah.

— On le jette en boule au fond de la penderie et on attend que sa femme s'en occupe. Je parle d'expérience. J'ai eu beau lui expliquer, Bill n'a toujours pas compris à quoi sert un panier à linge sale.

— Comme il n'y avait rien au fond de la penderie, on peut supposer qu'il l'a mis dans sa valise, dit Michelle.

— Par-dessus ses autres vêtements ? Il n'y a qu'à vérifier. » Andrea trouva une photo montrant la valise ouverte. « Et non ! Pas de costume coquille d'œuf en vue ! De toute façon, un homme élégant ne poserait pas un costume sale sur des affaires propres. »

Une idée traversa l'esprit de Hannah et disparut aussitôt. Bien résolue à la récupérer, elle ferma les yeux quelques secondes.

« Je me souviens que, avant d'entrer dans le cabanon, j'ai vu sa voiture dans l'allée. Et je suis quasiment sûre qu'une veste était pendue à l'arrière.

— La veste de son costume en lin ? voulut savoir Andrea.

— Je n'ai pas fait assez attention. La Jaguar est toujours garée au même endroit ?

— Hélas, non, répondit Michelle. Mike a demandé qu'on la remorque jusqu'à la fourrière. Elle y restera le temps qu'on sache si Gus avait laissé un testament et s'il avait une famille à Atlantic City.

— Je me demande si la veste est toujours dedans, marmonna Hannah. Et si c'est bien celle du costume en lin.

— Pourquoi Gus l'aurait-il accrochée dans sa voiture, alors qu'il y avait des tas de cintres dans la penderie ? embraya Andrea.

— Pour la porter au pressing le lundi matin ? suggéra Michelle.

— Dans ce cas de figure, il se serait contenté de la jeter sur la banquette arrière ou dans le coffre. Pourquoi suspendre un vêtement sale ?

— Attendez ! dit Hannah en souriant. Je sais pourquoi.

— Pourquoi ? firent ses deux sœurs à l'unisson.

— Pour éviter qu'il se froisse, pardi ! Ce matin, Delores m'a expliqué qu'elle retirait toujours sa veste en lin pour conduire. Et qu'elle la suspendait à l'arrière.

— Pigé, s'écria Michelle, surexcitée. En regagnant sa voiture après le brunch, Gus a retiré sa veste et l'a accrochée à l'arrière pour qu'elle se défroisse pendant le trajet entre l'auberge de Lake Eden et son cabanon.

— Et en arrivant, il l'a oubliée dans sa Jaguar, compléta Andrea.

— Et le pantalon, alors ? rebondit Michelle avant de se tourner vers Hannah. Doit-on se mettre en quête du pantalon manquant ? »

Hannah haussa les épaules.

« Je n'en sais fichtrement rien. Mais il ne faut négliger aucun détail.

— Il n'y a personne, actuellement, dans ce bungalow, dit Andrea. Rien ne t'empêche d'y retourner. Avec un peu de chance, tu tomberas sur un indice oublié par les enquêteurs. »

Hannah sourit. Combien de fois, sur d'autres scènes de crime, n'avait-elle pas relevé des indices négligés par la police, qui s'étaient ensuite révélés de première importance...

« Tu dis qu'il est inoccupé ?

— Lisa l'a proposé à plusieurs personnes, mais aucune n'a souhaité s'y installer.

— Bizarre. Pourtant, il est confortable. Et ce n'est pas comme si Gus était mort à l'intérieur.

— Non, mais il y a passé du temps, expliqua Andrea.

— Deux heures ! Il n'a même pas défait ses bagages !

— C'est peut-être suffisant pour certains, tenta Michelle. On n'imagine pas à quel point les gens sont superstitieux.

— Mouais », fit Hannah avant de retourner à ses activités pâtissières.

Que les proches de Lisa et de Herb boudent ce bungalow l'arrangeait bien. Hannah se promit d'y refaire un tour dans la soirée. Mais pas pour chercher des indices. Elle s'inquiétait davantage pour la petite grenouille qu'elle avait laissée sur place. La pauvre avait-elle réussi à s'échapper ? C'était peut-être stupide de sa part, mais elle ne voulait pas avoir sa mort sur la conscience.

Wanmansita casserole

Préchauffer le four à 165 °C,
la grille en position médiane.

1 kg de viande hachée maigre
2 oignons moyens émincés
3 tiges de céleri coupées en petits morceaux (1 tasse environ)
1 poivron vert épépiné et tranché finement
1 kg de pâtes (des *mafaldine*, si possible)
800 g de tomates concassées, avec leur jus
1 boîte de 140 g de châtaignes d'eau en morceaux
1 boîte de 120 g de champignons en morceaux
2 cuillerées à thé de cumin
2 cuillerées à thé de poudre de chili
2 cuillerées à thé de sel
1 cuillerée à thé de poivre (fraîchement moulu, c'est mieux)
2 tasses de cheddar râpé

Graisser un plat en grès ou un moule de 22 cm sur 33.
Faire bouillir 6 litres d'eau dans un faitout.

Dans une grande poêle, faire dorer la viande hachée en la détachant au moyen d'une spatule.

Au bout de 15 à 20 minutes de cuisson, verser la viande dans une passoire sous laquelle on aura disposé un grand bol pour récolter la graisse où cuiront les oignons (⅓ tasse).

Étaler la viande dans le plat en grès.

Remettre la graisse issue de la cuisson dans la poêle à frire.

Peler les oignons, les trancher grossièrement, les poser dans la poêle, mais ne pas allumer le feu.

Émincer le céleri. L'ajouter aux oignons dans la poêle.

Couper le poivron vert, retirer les graines et les membranes blanches. Le trancher grossièrement et mettre les morceaux dans la poêle.

Cuire les trois légumes ensemble à feu moyen jusqu'à ce qu'on puisse les piquer facilement au bout d'une fourchette.

Les faire égoutter dans la passoire, puis les étaler au-dessus de la viande hachée.

Saler l'eau du faitout. Mettre les pâtes, remuer, et quand l'eau recommence à bouillir, baisser le feu pour éviter les débordements. Régler le minuteur en fonction de la durée de cuisson indiquée sur le paquet.

Verser les pâtes cuites dans la passoire, laisser égoutter, verser dans le plat en grès et mélanger délicatement.

Ajouter les tomates en morceaux, avec leur jus.

Ouvrir les boîtes de châtaignes d'eau et de champignons, les mettre à égoutter, puis les verser sur les tomates.

Assaisonner avec du cumin en poudre, de la poudre de chili, du sel et du poivre moulu.

Mélanger le tout. Si le plat est trop rempli, ne pas hésiter à utiliser ses mains (après les avoir soigneusement lavées, bien entendu). Quand c'est fait, se relaver les mains, puis recouvrir le plat avec une feuille d'aluminium.

Cuire à 160 °C pendant 60 minutes ou jusqu'à ce que la préparation commence à bouillonner.

Sortir le plat du four. Retirer la feuille d'aluminium en prenant garde de ne pas se brûler avec la vapeur. La poser sur le comptoir (elle resservira bientôt).

Saupoudrer de cheddar râpé et remettre au four. Cuire à découvert pendant encore 10 minutes jusqu'à ce que le fromage soit fondu.

Remettre la feuille d'aluminium sur le plat et laisser reposer pendant au moins 10 minutes avant de servir.

Première note de Hannah : pour 25 personnes, Sally conseille de préparer quatre plats. Il en restera sans doute, mais la *Wanmansita casserole* peut se manger réchauffée.

Deuxième note de Hannah : Gary précise que personne n'en a repris.

Rendement : à en juger d'après les notes ci-dessus, on peut estimer qu'un plat suffit à rassasier 8 à 10 convives. Surtout si l'on propose du pain beurré et de la salade verte en accompagnement.

Chapitre 19

Hannah était garée au pied du grillage entourant la casse automobile de Cyril Murphy, près de la zone où celui-ci stockait les véhicules saisis par la police des autoroutes ou celle du comté. Sa sœur Michelle s'étant engagée à surveiller la cuisson des *Wanmansita casseroles*, puis à les porter jusqu'au lac, elle était partie tout de suite après avoir démoulé et remis au frais le gâteau à la gelée d'Andrea.

Juché sur le toit du break rouge cerise, Norman, qui avait accepté de l'assister dans ses recherches, tentait de repérer la Jaguar de Gus Klein parmi les centaines de voitures agglutinées. Hannah regarda sa montre. Il leur restait exactement une heure avant le dîner. Une heure pour trouver la voiture, vérifier si la veste était à l'intérieur et rejoindre les autres au bord du lac pour fêter l'anniversaire de Jack Herman.

« Pour moi, il s'agit ni plus ni moins d'une entrée par effraction, soupira Norman en escaladant la barrière grillagée.

— Une entrée, oui, mais où voyez-vous l'effraction ? Continuez, Norman. Vous m'avez dit que vous en étiez capable.

— J'en suis capable, mais je n'en ai pas forcément envie. Vous êtes sûre qu'il n'y a pas de chiens ?

— Sûre et certaine. » Hannah se protégea les yeux du soleil pour voir Norman atteindre le sommet de la barrière et l'enjamber. « Quand il a créé son activité, Cyril a acheté deux molosses, mais il a dû s'en débarrasser.

— OK. Maintenant, que dois-je faire ?

— Sauter de l'autre côté et aller ouvrir le portail. Le temps presse. »

Norman hocha la tête et s'exécuta avec une souplesse dont elle n'aurait sans doute pas fait montre à sa place. Il courait drôlement vite ! Hannah s'avoua impressionnée. Elle ne le savait pas si sportif.

« Et voilà, dit-il en tirant sur le battant.

— Vous avez fait vite pour crocheter le cadenas.

— Parce qu'il n'y en avait pas.

— Oups, désolée. » Hannah entra et le regarda fermer derrière elle. « J'aurais dû vérifier avant que vous ne grimpiez. En parlant de grimper, vous faites du sport ?

— Vous avez remarqué ! se rengorgea Norman. J'ai pris un abonnement dans un club qui vient d'ouvrir. Ils ont même un couloir de nage. Vous devriez m'accompagner, à l'occasion. Les membres ont le droit d'inviter quelqu'un.

— Ce club ne s'appellerait pas Olympe Fitness, par hasard ? »

Hannah était à deux doigts d'accepter sa proposition, puis elle se rappela que son vieux maillot n'était plus mettable, qu'elle allait devoir en acheter un neuf et que le simple fait d'enfiler un maillot dans une cabine d'essayage lui sapait le moral.

« Vous préférez qu'on cherche ensemble ou chacun de notre côté ?

— Ensemble *et* chacun de notre côté, répondit Hannah, facétieuse. Vous savez, comme lorsque la police organise une battue.

— Donc, on longe deux allées parallèles, on se retrouve au bout et on passe aux deux allées suivantes.

— Exactement. De cette façon, nous resterons à portée de voix. Fixons le point de départ et allons-y. »

Ils n'eurent pas à arpenter la vingtaine d'allées que comptait la fourrière. Norman était au milieu de la troisième quand la chance lui sourit. Il appela Hannah, celle-ci se précipita et le trouva, souriant triomphalement, près de la fameuse Jaguar bleue.

« Je pense que c'est la bonne. Il ne peut pas y en avoir cinquante sur ce parking.

— Oui, c'est bien elle, confirma Hannah. Et voici la veste.

— La veste en lin, précisa Norman. Celle qu'il portait en arrivant devant l'église.

— D'après ma mère, il la portait encore pendant le brunch à l'auberge de Lake Eden. Je suppose qu'ensuite, quand il est parti pour le lac, il l'a suspendue dans sa voiture afin qu'elle se défroisse le temps du trajet. »

Norman se pencha, colla son nez à la vitre, fit un pas en arrière et répondit :

« Non, je ne crois pas.

— Pourquoi ?

— Parce que son pantalon et sa chemise sont là, eux aussi. Je doute qu'il ait roulé jusqu'au lac en sous-vêtements. »

Hannah et Norman restèrent un bon moment à fixer le costume en lin. On n'entendait plus que le bourdonnement des insectes et le moteur des voitures qui passaient au loin.

« Je n'y comprends rien, dit enfin Hannah. Gus s'est changé dans le cabanon, j'ai vu sa valise ouverte sur le lit. Pourquoi a-t-il éprouvé le besoin d'accrocher ce fichu costume dans sa voiture alors qu'il avait une penderie à portée de main ? »

Norman et Hannah étaient installés de part et d'autre d'une table de pique-nique au bord du lac. La fête battait son plein.

« Norman, c'est vraiment adorable d'avoir accepté de préparer le *hotdish* mexicain de Clara et de Marguerite, dit Hannah dans un grand sourire.

— Vous changerez peut-être d'avis après l'avoir goûté. J'ai un peu forcé sur les épices. D'après Marguerite, ça n'en sera que meilleur, mais je crois qu'elle a dit cela pour me faire plaisir. Elle était tellement désolée de ne pouvoir assister à l'anniversaire de Jack.

— En tout cas, c'est un beau geste !

— Ce plat est relativement facile à réaliser. Mais allez-y, dites-moi ce que vous en pensez. »

Hannah prit une bouchée, mastiqua et sourit.

« Délicieux. Mais en effet, il est nettement plus épicé que la fois où j'en ai mangé chez elles.

— C'est que ce jour-là vous avez dû goûter celui de Clara, qui ne met qu'un seul sachet de mélange mexicain, alors que Marguerite en met deux.

— La crème aigre servie à part est une bonne idée.

— Une idée que j'ai rapportée de mon voyage au Mexique avec Bev, répondit Norman. Nous avions dîné dans un petit restaurant de Puerto Vallarta, réputé pour ses tacos au poisson. Comme Bev trouvait les siens trop pimentés, la serveuse lui a apporté de la crème aigre dans un petit ramequin.

— Merci pour l'info, dit Hannah, qui s'intéressait plus aux vertus apaisantes de la crème aigre qu'au périple tropical de Norman et de son ex-fiancée, Beverly Thorndike.

— J'aimerais vous faire découvrir le Mexique. Ce pays vous plairait, j'en suis sûr. Nous prendrions un hôtel à La Jolla de Mismaloya.

— Là où John Huston a tourné *La Nuit de l'iguane* ?

— Exactement. Tout a été rénové, mais ils ont gardé l'ambiance.

— Tant mieux, murmura Hannah, que les aventures mexicaines de Norman et de Beverly commençaient à agacer.

— Ils diffusaient ce film en boucle dans le bar de l'hôtel. Le soir de notre arrivée, nous l'avons vu deux fois.

— Vraiment !

— Oh, Hannah, vous adoreriez cette station balnéaire. Un vrai havre de paix. Là-bas, on passe ses journées en maillot de bain. »

Norman était-il obsédé par les maillots de bain ? Cela faisait deux fois en moins d'une heure qu'il évoquait le sujet.

« Super ! » fit-elle pour éviter de répondre que si un jour elle consentait à voyager avec lui, ce qui ne faisait pas partie de ses priorités, elle préférerait visiter un coin où il n'avait pas séjourné avec son ex.

Par chance, Norman changea brusquement de sujet. « Lisa fait une drôle de tête, vous ne trouvez pas ? »

En effet, lorsque Hannah la vit se diriger vers eux en fendant la foule des invités, sa jeune amie et associée lui parut fort préoccupée.

« Je me demande bien ce qui se passe. »

Hannah balaya du regard l'espace autour d'elle et aperçut Jack attablé avec Marge et une joyeuse bande de cousins. Lisa ne s'inquiétait donc pas pour son père. Alors quoi ?

« Oh, Hannah ! Il faut que je te parle ! gémit la jeune femme dès qu'elle fut à portée de voix.

— OK. Je t'écoute.

— Pas ici ! Mac et Herb nous attendent sur le ponton. On sera plus tranquilles là-bas. Vous pouvez venir, Norman. »

Avant de se lever, Hannah et Norman échangèrent un regard. Celui de Hannah disait : *J'ai l'impression que c'est grave !* Celui de Norman : *Moi aussi !*

Le soleil couchant formait une boule incandescente sur l'horizon. Ses derniers rayons projetaient sur la surface du lac une gamme de couleurs allant du carmin au magenta en passant par l'orangé et le jaune. Seuls les berges et leurs sombres conifères semblaient épargnés par cette débauche digne d'un tableau impressionniste. Bientôt, ils aperçurent le ponton, comme une protubérance noire posée sur l'eau. Tout au bout, deux silhouettes immobiles les regardaient approcher. Malgré la pénombre, Hannah nota la tension qui émanait d'elles.

« Bonsoir, Norman, dit Herb. Vous connaissez mon oncle Mac ?

— Oui, répondit Norman avant de serrer la main des deux hommes.

— Merci d'être venue, Hannah. Tu connais mon oncle ?

— Oui, nous avons un peu discuté le soir du bal, dit Hannah avant de se tourner vers Mac. Contente de vous revoir. »

Un long silence gêné suivit cet échange de politesses. Comme s'ils s'étaient tous transformés en pièces d'échecs attendant qu'un joueur venu d'on ne sait où décide du coup suivant.

« Il y a un problème ? s'impatienta Hannah.

— C'est papa, répondit Lisa, au bord des larmes. Nous pensons qu'il a tué l'oncle Gus ! »

Hotdish mexicain de Marguerite et Clara Hollenbeck

Préchauffer le four à 175 °C,
la grille en position médiane.

1 boîte de 120 g de piments verts en morceaux (avec leur jus)
2 tasses de mimolette coupée en morceaux (environ 250 g)
2 boîtes (de 400 g chacune) de tomates concassées (avec leur jus)
1 oignon moyen
70 g d'olives noires (avec leur jus)
1 gros poivron vert
2 tasses de riz blanc
2 sachets (de 30 g chacun environ) d'épices pour tacos
3 tasses de blancs de poulet coupés en cubes
1 boîte (400 g environ) de bouillon de poulet
½ tasse de beurre (1 plaquette, ¼ livre)
2 tasses de chips au maïs
2 tasses (environ 220 g) de cheddar vieux coupé en morceaux

Verser un peu d'huile au fond d'un grand plat à gratin.

Première note de Hannah : préparer ce *hotdish* est un jeu d'enfant. Une fois qu'on a coupé les blancs de poulet, les olives, l'oignon, les fromages et le poivron, il suffit d'ouvrir des boîtes de conserve et le tour est joué.

Dans la cocotte, mélanger les piments verts, les bouts de mimolette, les tomates concassées, l'oignon émincé, les olives noires coupées en morceaux, le poivron vert coupé en tranches et le riz blanc. (Marguerite dit qu'elle mélange tout cela avec les doigts, mais seulement si elle est seule dans sa cuisine.)

Saupoudrer avec les épices pour tacos, ajouter les morceaux de poulet et mélanger de nouveau.

Verser le bouillon de poulet. Remuer avec une cuillère en bois.

Couper le beurre en huit et poser les morceaux par-dessus.

Couvrir le plat avec une feuille épaisse d'aluminium en rabattant les bords sur le pourtour.

Cuire pendant 1 h 30 à 175 °C.

Retirer le plat du four sans éteindre. Enlever délicatement la feuille d'aluminium. Prendre garde à la vapeur qui peut s'échapper.

Recouvrir de chips de maïs de manière uniforme.

Saupoudrer de cheddar râpé de manière uniforme.

Ne pas couvrir. Remettre le plat au four pendant encore 10 minutes, jusqu'à ce que le fromage soit fondu.

Laisser reposer pendant au moins 10 minutes. Ainsi, le gratin sera plus facile à servir.

Deuxième note de Hannah : quand j'ai goûté ce *hotdish* pour la première fois chez Clara et Marguerite, il était accompagné de margaritas au vin blanc. Ceux qui ne boivent pas d'alcool peuvent remplacer les margaritas par une limonade bien fraîche.

Troisième note de Hannah : le *hotdish* de Norman était accompagné d'une crème aigre servie à part. C'est une excellente idée. On peut même aller plus loin et proposer du guacamole dans des petits ramequins.

Chapitre 20

Mac sortit un mouchoir et s'essuya le front. « Il était un peu plus de 1 h 30. Patsy dormait à poings fermés. Pas moi. J'avais tellement dansé, tellement discuté avec les uns et les autres que je n'avais pas du tout sommeil. Alors, au lieu de tourner dans le lit, je me suis levé pour prendre deux comprimés d'aspirine. Vous savez, ceux qui contiennent une petite dose de sédatif. »

Des médicaments que les pharmaciens délivraient sans ordonnance, songea Hannah avant de demander :

« C'est à ce moment-là que vous avez vu Jack ?

— Oui, je remplissais un verre d'eau au robinet de la cuisine. J'ai regardé par la fenêtre et je l'ai aperçu sur le chemin. Il a marché jusqu'à la salle des fêtes, il a tourné au coin et il est entré. Enfin, c'est ce que je suppose, parce qu'on ne voit pas la porte du bâtiment depuis notre cuisine. » Mac suspendit son récit le temps de s'éclaircir la gorge. « Je me suis dit : je me rhabille, je sors et je le raccompagne chez lui. C'est là que j'ai vu de la lumière dans la salle. L'un des volets était mal fermé, j'imagine. Donc, il y avait quelqu'un sur place. J'ai pensé : tant mieux, Jack n'est pas seul, au besoin, cette personne prendra soin de lui. J'ai avalé mes comprimés et je me suis remis au lit. » Il soupira. « J'aurais dû suivre ma première impulsion. À présent, je le regrette. Mais à quoi servent les regrets ? Ce qui est fait est fait. »

Hannah regarda Lisa du coin de l'œil. Son amie semblait prête à fondre en larmes. Elle aurait aimé pouvoir la rassurer, lui dire que son père n'avait pas pu tuer Gus, mais hélas, le témoignage de Mac était accablant. En outre, il recoupait celui de Michelle, à cela près que, depuis le ponton où elle se trouvait, celle-ci n'avait aperçu qu'une silhouette.

« En avez-vous parlé à la police ? demanda Hannah en se disant que si par chance Mike était déjà au courant, elle n'aurait pas à prendre sur elle de lui transmettre l'info ou pas.

— Bien sûr que non ! s'indigna Mac. Personne ne le sait sauf vous quatre. Même à Patsy j'ai préféré ne rien dire. Après tout, je n'ai pas vu Jack entrer dans la salle. Il aurait très bien pu continuer son chemin. Le plus triste, c'est qu'il ne se souvient peut-être même pas d'avoir quitté son bungalow en pleine nuit. »

Lisa se mordit la lèvre.

« Tu as sans doute raison, oncle Mac.

— Ne te mets pas la rate au court-bouillon, ma petite. Je connais Jack depuis des années. On était comme les deux doigts de la main. C'est un type trop gentil, trop sensible pour... Il est incapable de la moindre violence. »

Hannah garda le silence mais n'en pensait pas moins. La bagarre dont Delores lui avait parlé, celle qui avait opposé Jack et Gus de nombreuses années auparavant, prouvait le contraire. Jack était parfaitement capable de violence. Le Dr Knight pouvait en témoigner.

« Prévenir la police ne ferait que rajouter de la confusion, conclut Mac en prenant la main de Lisa. Dans une famille, on doit savoir se tenir les coudes. »

Lisa plantait les bougies sur le gâteau d'anniversaire tandis que, derrière elle, Herb se tenait prêt à les allumer.

« Je trouve qu'elle a un sacré courage, fit remarquer Norman.

— Oui, c'est vrai. Surtout, elle aime Jack de tout son cœur. »

Hannah repensa à la décision que Lisa avait prise, deux ans auparavant, d'interrompre ses études de médecine pour rester auprès de son père touché par la maladie d'Alzheimer. Non seulement elle n'avait jamais exprimé le moindre regret d'avoir renoncé à une carrière prometteuse, mais elle semblait totalement satisfaite de la vie qu'elle menait depuis lors.

« À quoi pensez-vous ? demanda Norman, surpris par l'expression qui venait de se peindre sur le visage de sa compagne.

— Je vais sortir Jack de ce mauvais pas. Pour Lisa !

— Et moi, je vous aiderai de mon mieux. Mais qu'allez-vous dire à Mike ?

— J'ai promis de partager mes informations.

— Tel n'était pas le sens de ma question, s'esclaffa-t-il. Donc, je la reformule… Allez-vous en parler à Mike ? »

Hannah éclata de rire à son tour.

« Je n'ai pas encore pris ma décision.

— Et vous ne la prendrez qu'après avoir innocenté Jack, je suppose.

— C'est probable. J'espère juste que ma conscience n'en souffrira pas trop. »

Lisa s'avançait vers la table de Jack en tenant devant elle le gâteau illuminé. Quand elle le posa, toute l'assistance entonna le chant d'anniversaire universellement connu.

Lisa se pencha pour embrasser son père. « Fais un vœu avant de souffler les bougies, papa. Tu te rappelles, quand j'étais petite, tu me disais : si toutes les bougies s'éteignent d'un coup, ton vœu se réalisera. »

Jack sourit, se pencha, respira à fond et fit si bien qu'il eut droit à une véritable ovation.

« Marge dit tout le temps que je brasse de l'air, lança-t-il d'un air modeste, ce qui suscita l'hilarité générale.

— Bravo, Jack, dit Herb. Votre souhait va pouvoir se réaliser.

— Il l'est déjà. J'ai souhaité que chacun reçoive une part de gâteau au beurre de cacahuète et au chocolat. Or, je constate que Marge et Patsy sont en train de garnir les assiettes de façon qu'il y en ait pour tout le monde. »

« Que faisons-nous ici ? demanda Norman en suivant Hannah dans le cabanon que Gus Klein avait brièvement occupé.

— Je m'inquiète pour ma grenouille.

— Quelle grenouille ?

— Celle que j'ai vue hier pendant que je cherchais Gus. J'espère que les agents de la police scientifique ne l'ont pas écrasée en relevant les indices.

— Si je comprends bien, vous venez prendre de ses nouvelles ?

— Oui. Mais ne vous en faites pas, je n'en ai que pour une minute. Ensuite, on ira manger le gâteau.

— Je ne m'en fais pas. Mais je pensais que vous aviez besoin de moi pour votre enquête...

— Désolée.

— Ne le soyez pas. Vous êtes un cœur tendre, c'est tout. Voulez-vous que je regarde dans la chambre ?

— Oui, merci. Je m'occupe de la cuisine. C'est là que je l'ai vue la dernière fois. »

Ils se séparèrent. Pendant que Norman fouillait de son côté, Hannah inspecta les placards, le plan de travail, l'évier... Pas de petite grenouille verte.

« Hannah ? »

Norman la rejoignit en tenant quelque chose entre ses mains jointes.

« Vous l'avez attrapée ? supposa-t-elle.

— Elle était sous le lit.

— Elle va bien ?

— Apparemment. Où dois-je la mettre ?

— Sur le comptoir. Je vais faire couler un peu d'eau. »

Norman attendit que Hannah ferme le robinet pour déposer le batracien près de l'évier.

« Autre chose ?

— Oui. Pourriez-vous entrouvrir une fenêtre au cas où elle voudrait sortir ?

— C'est déjà fait.

— Bon, dans ce cas, on peut y aller. »

Après avoir éteint derrière eux, ils reprirent le chemin qu'ils avaient emprunté à l'aller. Si l'on en jugeait d'après la rumeur des conversations entrecoupées d'éclats de rire, la fête battait toujours son plein. Norman marchait en tenant sa lampe torche d'un côté, la main de Hannah de l'autre.

« Avez-vous pu reconstituer les faits et gestes de Gus entre son arrivée à Lake Eden et sa mort ? demanda-t-il.

— Oui, je crois. En rentrant chez lui, après l'office, Herb est tombé sur son oncle Gus, qui venait d'arriver. Bien sûr, ce dernier ignorait que la maison de son enfance appartenait désormais à Lisa et à Herb, après avoir été occupée par sa sœur Marge, son mari et leur fils.

— La maison familiale était un point de repère pour lui. C'est normal qu'il y soit allé en premier.

— Certes. Herb est monté dans sa Jaguar et l'a guidé jusqu'au centre-ville. Gus a salué ses proches rassemblés devant l'église, puis les a tous invités à manger. D'après ma mère, le brunch s'est terminé vers 14 heures. Le temps que Gus règle l'addition et s'en aille, il devait être 14 h 30. Après quoi, il a regagné son ancienne maison pour inspecter le contenu du coffre où ses parents avaient rangé ses effets personnels. Mettons que cela lui ait pris deux heures. Comme il faut trente minutes pour atteindre le lac, on peut estimer qu'il a pris possession de son cabanon vers 17 heures. Il s'est changé, puis il a rejoint la troupe dans la salle des fêtes pour le buffet dînatoire.

— Lequel a démarré à 18 heures. J'étais sur place. On m'avait demandé de faire des photos. Ce qui veut dire qu'il a passé une heure dans son cabanon.

— Oui, à quelques minutes près. »

Ils étaient presque arrivés. Hannah se sentait tellement bien qu'elle regrettait presque d'avoir marché si vite.

« J'aurais dû vous prévenir qu'il s'agissait juste d'une grenouille. Désolée, Norman.

— Vous aviez d'autres choses en tête.

— Ah oui ? Lesquelles ?

— Un meurtre à élucider, par exemple. Encore que le bien-être d'une grenouille ne soit pas dénué d'importance. »

Peu avant 21 heures, les convives commencèrent à se disperser. Ils voulaient se coucher tôt pour pouvoir profiter pleinement de la journée du lendemain, consacrée aux « divertissements pour petits et grands », selon l'expression choisie par Lisa et Herb. En plus des traditionnels matchs de kickball et de softball, courses en sac ou à trois jambes, randonnées cyclistes et autres balades en triporteur, il était prévu divers jeux aquatiques : plongée, natation, water-polo, compétitions de canoë ou d'aviron, et même une démonstration de natation synchronisée offerte par trois filles de quinze ans désireuses d'intégrer la section sport-études du lycée Jordan. Quant à ceux qui ne se sentaient pas l'âme sportive, ou n'avaient pas les capacités requises, ils participeraient en arbitrant les épreuves ou en encourageant les concurrents depuis leur transat.

Hannah regarda sa montre et se tourna vers Norman.

« Je vais donner un coup de main pour le ménage, puis je regagnerai mes pénates. Je vous aurais bien proposé de passer chez moi, mais j'ai besoin de repos. Ça fait au moins une semaine que je dors moins de six heures par nuit.

— Pourquoi ne pas me l'avoir dit ce matin, quand je vous ai appelée ?

— Qu'aurais-je dû vous dire ?

— Que Moshe avait encore fait des siennes. Je pensais que l'arbre à chat avait joué son rôle.

— Il l'a joué, je vous assure. Ma dernière insomnie n'a rien à voir avec le comportement de Moshe. C'est à cause de ma mère.

— Delores vous a appelée en pleine nuit ?

— Non. Elle m'a donné pour mission de retrouver la recette des cookies rouge velours et d'en préparer une bonne quantité pour l'anniversaire de Jack. Je m'y suis mise hier soir en rentrant à la maison, mais j'ai dû m'y reprendre à trois fois avant d'obtenir un résultat satisfaisant. Il était plus de minuit quand je me suis écroulée sur mon lit. J'ai dormi d'une traite jusqu'à 4 heures du matin, heure à laquelle Moshe a commencé à jouer avec sa souris en caoutchouc. De toute façon, mon réveil était sur le point de sonner.

— Il a renoncé à déchirer vos coussins et à faire le fou dans la baignoire ?

— Oui. Je pense que vous aviez raison, Norman. Il s'ennuyait, voilà tout. »

Dès que Norman fut parti, Hannah se mit en devoir de rassembler les assiettes en carton éparpillées sur les tables. Quinze minutes plus tard, les vestiges du pique-nique avaient disparu, soit au fond de la benne à ordures, soit dans les lave-vaisselle. Pourtant, il lui restait quelque chose à faire.

Après l'avoir cherchée un peu partout, Hannah trouva Lisa assise sur un banc au pied d'un mélèze. Son associée avait sans doute voulu s'isoler pour pouvoir réfléchir à ce qu'elle venait d'apprendre de la bouche même de son oncle

Mac. Sachant d'expérience qu'il valait mieux réfléchir à deux, surtout quand le sujet était grave, Hannah n'hésita pas une seconde.

« Lisa ?

— Oui, qu'y a-t-il ? » fit Lisa d'une voix rauque, comme si elle avait pleuré.

Hannah s'abstint de toute remarque.

« Il faut que je parle à ton père. Juste une minute. Tu connais un endroit tranquille ?

— Oui, son bungalow. Herb l'a raccompagné. Ils avaient envie de regarder la rencontre entre les Twins et les Angels. Heureusement, Herb a pensé à l'enregistrer.

— Jack m'en voudra si je l'interromps ?

— Je ne crois pas. De toute façon, le match est sans doute fini à l'heure qu'il est. » Lisa se leva et ouvrit la marche. « Tu vas lui demander ce qu'il a fait la nuit du meurtre ?

— Oui. J'ai besoin d'en savoir le plus possible. Mais ne t'inquiète pas, Lisa. Je ferai en sorte de ne pas le perturber.

— J'ai confiance en toi. Tu as toujours su le prendre. Et il t'aime beaucoup. »

Lisa ouvrit la porte moustiquaire du petit cabanon où Jack et Marge avaient élu domicile pendant la durée de la fête.

« Coucou, papa, murmura-t-elle en se baissant pour embrasser son père sur la joue avant de déposer un baiser sur les lèvres de son mari. Qui a gagné ?

— Personne, répondit Herb. Ça s'est terminé par un match nul.

— Ah bon. » Lisa s'assit près de son père. « Hannah a deux ou trois questions à te poser. Herb et moi allons vous laisser seuls quelques minutes. Tu connais Hannah, papa. C'est une très bonne amie. Tu peux tout lui dire, d'accord ?

— D'accord. » Jack hocha la tête en regardant sa fille et son gendre passer dans l'autre pièce. « C'est une brave petite, dit-il à Hannah.

— Je suis du même avis. Vous avez de la chance de l'avoir, et elle a de la chance de vous avoir. » Hannah se pencha vers lui pour mieux capter son attention. « Dimanche dernier, après le bal, auriez-vous fait une petite promenade au bord de l'eau... ou ailleurs ?

— Oui, c'est possible. Je n'ai pas l'habitude de dormir dans ce lit. Et c'était ma première nuit...

— Vous aviez du mal à trouver le sommeil. Donc, vous êtes sorti marcher un peu.

— Oui, c'est possible... répéta Jack. Hannah, c'est bien cela ?

— Absolument ! Vous vous en êtes souvenu ! »

Jack haussa les épaules. « Ça va, ça vient. Il faut juste que j'évite de... Quel est le contraire de rester tranquille, Harriet ? »

Hannah se garda de le corriger.

« S'agiter ? S'énerver ?

— Les deux. Quand je suis calme, la mémoire me revient plus facilement. Dis-moi, Helen... Gus est mort comment ? On lui a tiré dessus ?

— Non. On l'a poignardé avec un pic à glace.

— Dommage. S'il avait reçu une balle, je serais tranquille.

— Vraiment ? s'écria Hannah.

— Oui. Emmy ne voulait pas d'arme à la maison. Elle craignait que les enfants la trouvent et se blessent avec.

Et voilà qu'aujourd'hui, ma petite Lisa participe à des concours de tir avec Herb. Elle a même remporté plusieurs trophées. La vie est pleine d'iro... d'iro... comment dit-on ?

— D'ironie ?

— Oui. La vie est pleine d'ironie. Merci, Hazel.

— Je m'appelle Hannah, répliqua-t-elle spontanément.

— Je sais. Je voulais juste savoir combien de temps tu allais supporter que je me trompe de prénom. Bravo pour ta patience ! »

Hannah le considéra d'un air éberlué puis éclata de rire.

« Vous êtes comme le type qui faisait croire à sa famille qu'il était sourd alors qu'il portait une aide auditive.

— Tu parles du type qui a changé son testament une douzaine de fois ! C'est incroyable, tu sais, la façon dont fonctionne ma mémoire. Je me rappelle certains détails parfaitement futiles, et les choses essentielles m'échappent. Ça n'a ni queue ni... attends, c'est un mot qui commence par T. Bref, parfois, il suffit d'une odeur, d'un objet, d'une image dans un film, et un souvenir ressurgit du passé.

— C'est un phénomène dont vous m'avez déjà parlé, dit Hannah. Justement, j'espérais que ces cookies rouge velours vous rappelleraient le soir où vous vous êtes battu avec Gus. Celui où il a quitté Lake Eden pour de bon. J'ai tout lieu de penser que cet événement est la clé de l'énigme. Quelle était la raison de votre dispute ?

— J'aimerais bien le savoir, moi aussi.

— Laissez-vous aller, pensez à autre chose. À ces cookies, par exemple. Votre fille Iris prétend que sa mère en faisait souvent.

— Leur goût m'est familier, je l'avoue. C'est sûrement pour ça que je les ai trouvés si bons. Vous savez, elle me manque beaucoup.

— Vous voulez parler d'Emmy, votre épouse ?

— C'est ce qu'il y a de plus terrible quand on vieillit. Les gens qu'on aime meurent les uns après les autres.

— En effet, ce doit être terriblement déprimant, abonda Hannah, dont le moral baissait à vue d'œil.

— Oui, mais il y a quand même un aspect positif.

— Lequel ?

— C'est bien agréable de pouvoir survivre à ses ennemis... sauf si on a leur mort sur la conscience, bien sûr. »

Gâteau au beurre de cacahuète et au chocolat

Préchauffer le four à 175 °C,
la grille en position médiane.

ATTENTION : avant de servir ce gâteau, assurez-vous que personne n'est allergique aux arachides !!!

Première note de Hannah : Lisa a eu l'idée de ce gâteau en regardant Marge préparer son fondant au chocolat.

Chemiser un moule de 22 cm sur 33 en le badigeonnant de beurre puis en saupoudrant un peu de farine par-dessus.

2 tasses de sucre blanc (semoule)
2 tasses de farine (inutile de tamiser)

---

1 tasse de beurre (2 plaquettes, ½ livre)
1 tasse de beurre de cacahuète
1 tasse d'eau

½ tasse de crème liquide
1 cuillerée à thé d'extrait de vanille
1 cuillerée à thé de bicarbonate de soude
2 œufs battus (à la fourchette dans un verre)

Deuxième note de Hannah : pour réaliser ce gâteau, Lisa a utilisé le mixeur du Cookie Jar. Mais on peut aussi se servir d'un fouet.

Mélanger le sucre et la farine en réglant le mixeur sur la plus petite vitesse.

Mettre le beurre, le beurre de cacahuète et l'eau dans une casserole sur feu moyen. Ne pas faire bouillir. (Éteindre dès que de la vapeur se dégage et que des bulles se forment sur le pourtour de la casserole.)

Verser sur le sucre et la farine. Mixer.

Rincer un peu la casserole sans la laver. Elle servira pour le glaçage.

Dans un petit récipient, mélanger la crème liquide, l'extrait de vanille, le bicarbonate de soude et les œufs battus. Verser dans le bol du mixeur, mais très lentement, sinon les œufs se transformeront en omelette au contact du beurre de cacahuète encore brûlant !

Mixer à vitesse moyenne puis sortir le bol et finir de mélanger en raclant les parois avec une spatule en caoutchouc.

Verser la pâte dans le moule.

Cuire à 175 °C pendant 30 à 35 minutes. Quand le gâteau commence à se décoller du moule, vérifier la cuisson en plantant une fine lame de couteau au centre.

Troisième note de Hannah : pour ce gâteau, Lisa utilise ma recette du glaçage au chocolat inratable. Je l'ai déjà donnée après celle du fondant au chocolat de Marge, mais je la reproduis ci-dessous.

Glaçage au chocolat inratable

½ tasse de beurre salé (1 plaquette, ¼ de livre)
1 tasse de sucre blanc (semoule)
⅓ tasse de crème
½ tasse de pépites de chocolat
1 cuillerée à thé d'extrait de vanille
½ tasse de noix de pécan hachées (en option)

Mélanger le beurre, le sucre et la crème dans une casserole de taille moyenne (celle qui a servi lors de l'étape précédente). Porter à ébullition sans cesser de remuer. Baisser le feu et laisser cuire encore 2 minutes.

Ajouter les pépites de chocolat, bien mélanger, puis retirer la casserole du feu.

Verser la vanille et les noix de pécan hachées (en option).

Verser le glaçage sur le gâteau encore chaud et, sans attendre, l'étaler avec une spatule. Si le gâteau a trop refroidi, oublier la spatule. Faire couler le glaçage sur toute la surface en répartissant de manière uniforme.

Pour que le glaçage se fige rapidement, mettre le gâteau au frigo une demi-heure environ sans le couvrir.

Quatrième note de Hannah : Lisa me dit de vous dire que ce gâteau est absolument savoureux si on le sert légèrement tiède. Il est aussi délicieux à température ambiante. Si vous le mettez au frigo, le sortir 45 minutes avant la dégustation.

Chapitre 21

Quand Hannah mit sa clé dans la serrure, une idée complètement absurde lui vint en tête. Si elle habitait près du palais de Westminster, elle aurait pu entendre Big Ben sonner dix coups. Nonobstant le décalage horaire, bien sûr.

Son absence avait duré si longtemps qu'elle avait presque oublié ce qui l'attendait chaque soir en rentrant. Aussi faillit-elle perdre l'équilibre quand une boule de poils orange et blanc la percuta de plein fouet.

« Bonsoir, Moshe ! » dit-elle avant d'enfouir son nez dans l'épaisse fourrure couvrant la nuque du gros matou.

Heureuse de constater que son chat avait repris ses bonnes habitudes, elle le porta jusqu'au salon et le déposa sur le dossier du canapé, son perchoir préféré.

Mais quand elle voulut le gratouiller derrière les oreilles, comme elle le faisait souvent, l'ingrat fila vers son nouvel appartement et s'y engouffra pour réapparaître au dernier étage, sur le toit-terrasse.

« C'est bon, j'ai compris. Tu as changé de perchoir préféré », dit-elle en le rejoignant pour exécuter le cérémonial à base de caresses et autres papouilles qui faisait partie de leur quotidien.

Ils restèrent un bon moment ainsi, elle à le câliner, lui à ronronner de bonheur, puis soudain, la sonnerie du téléphone retentit. Hannah sursauta et courut décrocher.

« Allô ?

— À votre voix, je devine que Moshe s'est bien tenu en votre absence. »

Elle reconnut Norman.

« Oui, grâce à vous. La souris en caoutchouc a encore disparu, mais elle ne doit pas être bien loin.

— C'est pour cela que je vous appelle. La vendeuse de l'animalerie m'ayant prévenu qu'ils avaient été livrés, je suis passé au centre commercial pour en acheter quelques-unes d'avance. Si vous n'êtes pas trop fatiguée, je peux vous les apporter maintenant. Sinon, je les garde pour une prochaine fois. »

Norman était d'une prévenance à toute épreuve, songea Hannah, que la bonne humeur retrouvée de Moshe avait ragaillardie.

« Venez, répondit-elle. J'ai repris du poil de la bête. »

Hannah alluma la cafetière, remplit la gamelle de Moshe, versa de l'eau dans son bol et alla inspecter le contenu du garde-manger pour trouver de quoi servir avec le café. Pas de café sans une petite douceur, c'était une tradition dans le Minnesota. Et tant pis s'ils avaient mangé une grosse part de gâteau chacun moins de deux heures avant.

Son inventaire lui prit environ trente secondes au terme desquelles ses yeux se posèrent sur un sachet d'amandes effilées. La petite douceur du jour serait donc un cake scandinave aux amandes. Ce gâteau était facile à faire, facile à servir et elle l'enfournerait à temps pour que l'odeur se diffuse dans l'appartement avant l'arrivée de Norman.

Dix minutes plus tard, Hannah le mettait au four et réglait le minuteur. Elle se versait une tasse de café quand on frappa à la porte.

« Déjà ? » s'écria Hannah en regardant Moshe dont la tête avait émergé de sa gamelle pour se tourner vers la porte. Elle vérifia l'heure et fit un rapide calcul. « Non, ça ne peut pas être Norman. À moins qu'il ait roulé pied au plancher ! »

Toujours prudente, surtout quand elle enquêtait sur un meurtre, Hannah n'ouvrit pas immédiatement. Son judas déformait à ce point les visages qu'elle n'aurait pas reconnu sa propre mère, mais par réflexe, elle y colla quand même son œil droit. Ce qu'elle vit la fit reculer d'effroi. Justement, c'était sa mère. Du moins la visiteuse en avait-elle l'apparence.

« Oups ! »

Delores ne venait jamais chez elle. Elle y avait renoncé depuis que Moshe lui avait déchiré une dixième paire de collants. Pour qu'elle débarque à presque 11 heures du soir, il devait s'être passé quelque chose de grave. Mais après tout, la femme brune sur le palier n'était peut-être pas Delores. Comment savoir ? Poser la question, peut-être ?

« Qui est-ce ?

— Comment ça ! Tu ne reconnais pas ta propre mère ? gronda Delores. Ouvre-nous, Hannah ! On crève de chaud sur ce palier ! Et je ne te parle pas des moustiques ! »

Hannah obéit et, dans la foulée, comprit pourquoi Delores avait dit « Ouvre-*nous* ». Michelle et Andrea l'accompagnaient.

« Je croyais que tu devais rentrer chez toi après la fête pour coucher les enfants ? dit Hannah à sa sœur cadette.

— Je suis rentrée, mais mamie McCann avait déjà pris les choses en main. Après quoi, Bill m'a appelée pour m'avertir qu'il rentrerait très tard, et enfin, notre mère a téléphoné pour me demander de... Alors me voilà.

— Pareil pour moi, renchérit Michelle. J'allais me coucher quand maman m'a conviée à un “conseil de famille”.

— Eh bien, ce sera un conseil de famille étendu, annonça Hannah en les précédant dans le salon. Norman ne devrait pas tarder à nous rejoindre.

— Tant mieux, dit Delores. Il est un peu comme mon fils, de toute façon... N'est-ce pas, ma chérie ? »

Hannah commençait à bredouiller une réponse quand une boule de fourrure traversa le salon, la tirant de ce mauvais pas. Moshe s'engouffra dans son triplex et, comme une heure auparavant, émergea sur le toit-terrasse, d'où il entreprit de fixer méchamment la femme qu'il détestait le plus au monde.

« Oh, comme il est mignon ! roucoula Delores, sans mesurer le degré d'animosité qui sourdait du félin, dont le poil avait pourtant doublé de volume. Ma chérie, quelle bonne idée de lui avoir acheté un arbre à chat ! Mais dis-moi, toutes tes économies ont dû y passer !

— Pas vraiment. En fait, il ne m'a rien coûté. Norman avait prévu d'en prendre un pour Caresse, et comme ils étaient en promotion, il a eu le second pour un dollar seulement. »

Un profond silence s'abattit sur la pièce. Dix secondes plus tard, Delores le brisa en toussotant.

« C'est Norman qui t'a raconté cela, ma chérie ? »

Hannah plissa les yeux.

« Oui. Ne me dis pas que l'animalerie du centre commercial ne fait pas de promotion en ce moment ?

— Eh bien... je n'y suis pas allée depuis un certain temps, mais...

— Maman ! l'interrompit Hannah. Je dois savoir. L'animalerie a-t-elle mis ces articles en promotion ou pas ?

— En fait... à vrai dire... je n'affirme rien, mais...

— Réponds-moi franchement. Je t'assure, je m'en remettrai. »

Delores poussa un grand soupir.

« Non, ma chérie. Norman a peut-être négocié une remise, mais...

— Il m'a donc menti, la coupa Hannah, balayant par avance les excuses que Delores ne manquerait pas d'inventer pour justifier l'attitude de l'homme qu'elle espérait avoir pour gendre.

— Oui, je le crains, ma chérie. Mais reconnais tout de même que c'est adorable de sa part.

— Adorable peut-être, mais il n'en demeure pas moins qu'il m'a menti.

— Ce n'est pas faux. Que comptes-tu faire ? »

Hannah la fixa d'un air interdit.

« Je... je vais le rembourser. Voilà. Je vais me renseigner sur le prix, puis j'économiserai et...

— Si tu fais cela, tu le mettras dans une position très désagréable, intervint Michelle. Alors qu'il voulait juste offrir un joli cadeau à Moshe. Tu es vraiment sûre de vouloir blesser ce pauvre Norman ?

— Non, bien sûr que non ! rétorqua Hannah, choquée qu'on puisse lui supposer une telle intention. Mais je refuse qu'on me fasse la charité. Mon commerce marche bien. Je peux me payer ce dont j'ai envie sans l'aide de personne.

— Norman est tout content d'avoir trouvé un cadeau qui te plaise et qui plaise aussi à Moshe, attaqua à son tour Andrea. Et toi tu gâcherais son bonheur, juste parce qu'il n'a pas osé t'avouer la vérité ?

— Tu le punirais d'avoir cherché à te faire plaisir ? insista Michelle.

— Non, mais... »

Hannah prit le temps de la réflexion. Sa mère et ses sœurs avaient peut-être raison. Peut-être devrait-elle passer l'éponge, laisser Norman croire que son geste l'avait touchée et se réjouir du fait que cet homme lui ait si généreusement prouvé son affection, même au prix d'un mensonge.

« Alors ? fit Delores, impatiente.

— D'accord, vous avez gagné. Je ne dirai rien.

— Tu as pris la bonne décision ! dit Michelle.

— Tu es la sagesse incarnée, confirma Andrea.

— C'est très judicieux de ta part, ma chérie, déclara Delores, qui, satisfaite d'avoir eu gain de cause, prit enfin place sur le canapé. D'où vient ce parfum délectable ?

— Des amandes. J'ai préparé un cake scandinave aux amandes.

— La recette que Joyce m'a transmise de la part de son amie Nancy ?

— Tout à fait. Sauf que j'ai remplacé la margarine par du beurre clarifié.

— Quand sera-t-il cuit ? » s'enquit Andrea.

Hannah regarda la pendulette posée sur la table d'appoint.

« Dans cinq minutes. Mais il se mange tiède. Donc il faudra le laisser refroidir un peu.

— Épatant ! fit Delores, avant de clore le sujet. Tu dois te demander ce que nous faisons chez toi, j'imagine.

— J'avoue que cette question m'a effleurée.

— C'est à propos de Gus, évidemment. Cet après-midi, Marge et moi avons dressé la liste des filles qu'il a larguées quand il vivait ici. Nous les avons jointes au téléphone. Elles ont des alibis.

— Toutes ?

— Toutes. Mais attends, j'ai autre chose à t'apprendre. Après la fête, ce soir, je suis passée à L'Épicerie du Lac. Ava m'a dit qu'elle avait appelé la société de crédit dans la journée. Eh bien, figure-toi que la carte avec laquelle Gus a payé son essence n'est pas valide.

— Oups ! » déglutit Hannah.

Une nouvelle pièce trouva place dans son puzzle. Une fausse Rolex, une chevalière en toc et maintenant une carte de crédit non valide. Si Gus était effectivement un escroc jouant à l'homme riche pour servir ses pratiques malhonnêtes, il fallait s'attendre à ce qu'il ait laissé des dizaines de factures impayées entre Atlantic City et Lake Eden, Minnesota.

« Quand a-t-il fait le plein chez elle ? » demanda-t-elle.

Ce détail n'avait peut-être pas grand intérêt en soi, mais Hannah savait que nombre d'affaires avaient été résolues grâce à des informations d'apparence anodine.

« Quand il a regagné son cabanon après le brunch à l'auberge. Comme c'était un dimanche, Ava n'a pas pu l'encaisser immédiatement. Elle n'a mesuré le problème qu'aujourd'hui.

— C'était une carte volée ? demanda Hannah.

— Non, elle lui appartenait, mais la banque l'avait bloquée à la suite d'un impayé.

— Tout cela ne me dit rien qui vaille, marmonna Hannah. Maman, pourrais-tu faire un saut à l'auberge demain et demander à Sally si la somme correspondant au brunch offert par Gus lui a bien été créditée ?

— Avec plaisir.

— Parfait. Michelle, j'aimerais que tu interroges Lonnie. Depuis que ses collègues de la criminelle lui ont dit que la chevalière de Gus était en toc, Mike soupçonne que la Rolex le soit aussi. Je voudrais savoir ce qu'il en est réellement.

— Je le fais tout de suite, dit Michelle en dégainant son portable avant de passer dans la cuisine.

— Qu'y a-t-il, Hannah ? s'étonna Andrea. Tu as résolu l'affaire ?

— Pas encore, dit Hannah, qui aurait bien aimé pouvoir répondre oui. Pour l'instant, je sais seulement que Gus n'était pas celui qu'il prétendait être.

— Elle est fausse, lança Michelle depuis la cuisine. Le bijoutier a appelé Lonnie aujourd'hui dans la matinée. Je vous rejoins dans une minute.

— Hannah, tu crois que Gus aurait osé escroquer sa famille et ses anciens amis ? s'écria Delores.

— Tu es mieux placée que moi pour le dire. »

Delores réfléchit longuement puis soupira. « J'ai du mal à y croire, mais ce n'est pas impossible. »

Cake scandinave aux amandes

Préchauffer le four à 175 °C,
la grille en position médiane.

Avant toute chose, badigeonner de matière grasse un moule à cake de 10 cm sur 20.

Découper une bande de papier sulfurisé de 20 cm de large sur 40 de long. La graisser avec deux gouttes d'huile puis l'étaler au fond du moule de telle manière qu'elle déborde des deux grands côtés (ce qui facilitera le démoulage).

½ tasse de beurre salé (1 plaquette, ¼ livre)
1 ¼ tasse de sucre blanc (semoule)
1 gros œuf (ou 2 petits)
½ cuillerée à thé de levure chimique
1 ½ cuillerée à thé d'extrait d'amande
⅔ tasse de crème liquide
1 ¼ tasse de farine
¼ tasse d'amandes effilées (en option, pour décorer)

Si on décide d'utiliser des amandes, en mettre une poignée au fond du moule, sur le papier sulfurisé (comme le gâteau à l'ananas, ce cake se présente à l'envers).

Première note de Hannah : la prochaine étape peut en rebuter certains, mais en réalité elle est extrêmement facile à réaliser et empêchera le cake de trop brunir sur les bords.

Mettre la plaquette de beurre dans un bol mesureur en pyrex ou un autre petit récipient allant au micro-ondes. Laisser fondre 40 secondes à 900 W. (On obtient le même résultat avec une petite casserole sur feu moyen.) Verser le beurre fondu dans une passoire fine (ou une plus large mais doublée d'une étamine) au-dessus d'un bol. Bien égoutter. Jeter les résidus et conserver le beurre clarifié.

Pendant que le beurre refroidit, mélanger le sucre blanc et l'œuf (ou les œufs) dans un bol de taille moyenne (le mixeur est utile mais pas indispensable) jusqu'à obtenir une matière légère et aérée.

Incorporer la levure chimique et l'extrait d'amande.

Si le beurre est tiède, le verser dans le bol puis mélanger.

Ajouter la moitié de la crème (approximativement). Mélanger.

Ajouter la moitié de la farine. Mélanger.

Ajouter le reste de la crème. Mélanger.

Ajouter le reste de la farine. Mélanger longuement.

Verser la pâte dans le moule à cake préparé comme indiqué plus haut. Aplatir avec une spatule.

Cuire à 175 °C pendant 50 à 60 minutes. Vérifier la cuisson en plongeant une fine lame de couteau au centre.

Laisser reposer 15 minutes sur une grille ou sur une plaque de cuisson froide. Avec une spatule en métal, détacher le cake sur les petits côtés (là où il n'y a pas de papier).

Renverser sur un joli plat. Décoller le papier sulfurisé. Laisser refroidir puis saupoudrer de sucre glace (en option).

Troisième note de Hannah : les amies de ma mère, Joyce et Nancy, utilisent des moules à fond arrondi, spécialement conçus pour cette recette. Comme celui de Joyce est en métal classique, le temps de cuisson ne change pas. En revanche, celui de Nancy possède un revêtement antiadhésif. Il est donc plus lourd que celui de Joyce et sa surface noire accélère la cuisson. Nancy le fait cuire 35 à 40 minutes, pas davantage.

Chapitre 22

« Bravo pour ton gâteau, ma chérie, dit Delores entre deux bouchées. Et tu avais raison. Il est meilleur tiède...

— Merci, maman.

— J'envie l'homme qui t'épousera. Tu cuisines tellement bien.

— C'est mon métier, maman.

— En plus, tu sais tenir ton intérieur.

— Merci, maman, répéta Hannah, en se demandant à quel moment ce torrent de louanges laisserait place à l'imparable discours sur les bienfaits du mariage et l'urgence de fonder une famille quand on a atteint l'âge canonique de trente ans.

— Tu ferais bien de songer à t'établir. Contrairement à ce que tu crois, il te reste peu de temps pour... »

Un coup frappé à la porte interrompit l'habituel couplet sur son horloge biologique. Hannah se leva d'un bond en adressant une rapide action de grâces à l'homme qui tombait à pic, alias Norman Rhodes.

« Désolée, maman, nous reprendrons cette discussion plus tard. Tu veux bien ? »

Son envahissante génitrice momentanément réduite au silence, Hannah courut vers la porte et, par précaution, demanda :

« Qui est-ce ?

— Le livreur de souris », répondit Norman. Puis, quand elle lui ouvrit : « Si vous êtes trop fatiguée, je les dépose et je m'en vais.

— Entrez donc. Plus on est de fous... s'esclaffa Hannah avant de lui désigner la famille Swensen au grand complet.

— Heureusement que vous avez repris du poil de la bête », murmura-t-il avant de lancer à la cantonade : « Vous êtes là pour aider Hannah à remettre des souris sur la terrasse de Moshe ?

— Pas exactement, pouffa Michelle. Nous parlons assassinat tout en mangeant du gâteau.

— Excellent programme. Quel genre de gâteau ?

— Un cake scandinave aux amandes, répondit Hannah. Asseyez-vous. Je vous en apporte une tranche. »

« Vous entendez ça ? Moshe ronronne de nouveau, dit Norman après le départ des trois visiteuses.

— Parce que ma mère n'est plus ici. Quand il l'a vue arriver, le pauvre a dû croire qu'il avait fait une bêtise et que je le punissais.

— À moins qu'il ne soit juste content que vous lui ayez pardonné ses incartades. Vous lui avez pardonné, n'est-ce pas ?

— Oui, ça fait déjà un petit bout de temps. En tout cas, je ne saurais trop vous remercier. Grâce à vous, j'ai un problème en moins. Maintenant, je peux me consacrer entièrement à mon enquête. »

Norman reprit une gorgée de café.

« Elle avance ?

— Plus ou moins. Gus n'était vraiment pas quelqu'un de recommandable. Des tas de gens avaient de bonnes raisons de lui en vouloir. Ce ne sont donc pas les mobiles qui manquent. En revanche, question suspects, c'est le désert. Tous ceux qui auraient pu le tuer ont été mis hors de cause.

— Qui, par exemple ? »

Hannah ouvrit le bloc-notes dont elle se séparait rarement.

« Commençons par le commencement. Quand il était au lycée, Gus avait la mauvaise habitude de passer d'une fille à l'autre. Il prenait, il jetait. Ma mère et Marge ont dressé la liste de ses conquêtes. Malheureusement, elles disposent toutes d'un alibi.

— Ensuite ?

— Bert Kuehn, le frère de Mary Jo. Vous vous souvenez, la jeune fille qui est morte dans un accident de voiture ? D'après la rumeur, c'était Gus qui conduisait, pas elle. Le coach de Gus aurait débarqué sur les lieux avant la police et l'aurait aidé à déplacer le corps.

— Vous avez pu contacter ce monsieur ?

— Non. Aujourd'hui, il travaille pour l'équipe de baseball de l'université du Michigan. Je n'ai même pas encore eu le temps de chercher ses coordonnées.

— Je vous aiderai. Qui d'autre ?

— Mon premier suspect mystère. Je me demande parfois si Gus n'aurait pas été tué pour son argent. À force de parader et de sortir son portefeuille à tout bout de champ...

— Pourtant, vous disiez qu'il l'avait encore sur lui quand vous l'avez trouvé.

— Le voleur aurait pu paniquer et s'enfuir sans l'emporter. C'est ce que pense Mike.

— Je vois que cette hypothèse vous laisse dubitative.

— Qu'il ait laissé le portefeuille, passe encore, mais la Rolex ! Il ne pouvait pas savoir qu'elle était fausse.

— Elle est fausse ? Vous en êtes sûre ?

— Certaine. Michelle a appelé Lonnie peu avant que vous n'arriviez. Le bijoutier a rendu son verdict. Donc, la Rolex de Gus est une contrefaçon et sa chevalière est en toc... D'après Mike, il n'est pas rare que les gens riches conservent leurs bijoux dans un coffre et se baladent avec des copies. Gus aurait été dans ce cas.

— Mais vous n'êtes pas de cet avis.

— Non. Surtout après ce qu'Ava, l'épicière, m'a raconté. Gus est passé faire le plein de sa Jaguar chez elle et l'a payée avec une carte invalide. J'espère qu'il n'a pas joué le même tour à Sally, dimanche dernier, pour le brunch. J'ai chargé ma mère d'aller vérifier sur place.

— Mike est au courant ?

— Non.

— Vous allez l'informer ?

— J'hésite. S'il apprend que Gus était fauché, je crains qu'il renonce à demander un mandat de perquisition pour l'appartement d'Atlantic City. Déjà que ce n'était pas une priorité pour lui... Cela dit, moi-même, j'imagine mal que son assassin l'ait suivi jusqu'ici depuis le New Jersey.

— En effet, c'est peu probable, répondit Norman sur un ton qui contredisait ses paroles. Cela dit, un tueur à gages aurait facilement pu se cacher parmi les invités, attendre que Gus soit seul et passer à l'acte.

— Impossible.

— Pourquoi ? Il y avait au moins cent cinquante personnes au bord du lac.

— Cent cinquante personnes qui se connaissaient toutes. J'ai pu le constater pendant que je faisais le service. Un étranger aurait été repéré dans la minute.

— Vous avez raison. Il est plus simple de s'introduire en douce dans une convention de chirurgiens-dentistes que dans une réunion de famille.

— Revenons à notre liste, dit Hannah en tournant une page de son calepin. Je passe Jack... vous en savez autant que moi sur la question... et j'arrive à mon deuxième suspect mystère. Dans sa jeunesse, Gus était un joueur invétéré et pas forcément honnête. Supposons qu'il ait triché une fois de trop et que son partenaire de jeu lui en ait gardé rancune. Ça fait plus de trente ans, mais vous savez ce qu'on dit de la vengeance... Autre éventualité : Gus aurait pu emprunter de l'argent à quelqu'un et disparaître sans le rembourser. Ma mère dit qu'il était coutumier du fait. Elle n'a jamais revu la couleur des vingt dollars qu'elle lui avait prêtés avant qu'il s'en aille.

— Quel grossier personnage ! Je me félicite de ne l'avoir croisé qu'une seule fois, commenta Norman.

— Même un grossier personnage ne mérite pas de mourir ainsi.

— Je vous l'accorde. Quel est le suivant sur la liste ?

— C'est une femme. Ava.

— Ava Schultz, l'épicière ? réagit Norman.

— Elle-même.

— Elle l'aurait tué parce qu'il n'avait pas payé son essence ?

— Non. Dimanche, Ava ne le savait pas encore. Elle ne s'en est aperçue que ce matin, en appelant la société de crédit.

— Je ne vois pas quel autre mobile...

— Elle aurait pu le tuer parce qu'il a refusé de passer la nuit avec elle.

— Ava voulait passer la nuit avec lui ? balbutia Norman.

— Je n'affirme rien. Mais quand je l'ai interrogée, elle a bien insisté sur le fait que Gus voulait juste lui acheter des victuailles. Comme si elle craignait que je m'imagine autre chose.

— À mon avis, il n'y a rien à imaginer. En plus, Ava est incapable de tuer qui que ce soit.

— Je suis de votre avis mais j'ai quand même tenu à l'inscrire sur ma liste. Le dépit amoureux est un mobile parfait.

— Donc vous la soupçonnez ?

— Non, plus maintenant. J'ai compris que je faisais fausse route en voyant les photos de la scène de crime. Gus mesurait environ un mètre quatre-vingts, alors qu'Ava est plus petite que moi d'au moins trente centimètres. Et elle doit peser quarante-cinq kilos toute mouillée.

— Oui, à peine, confirma Norman.

— Si elle avait voulu planter un pic à glace dans la poitrine de Gus assez profondément pour le tuer, il aurait fallu qu'elle grimpe sur un escabeau.

— Il y avait un escabeau dans la salle des fêtes ?

— Non. Je le sais parce que Patsy en cherchait un pour remplacer l'ampoule qui avait grillé au-dessus de la porte du fond, et qu'elle n'en a pas trouvé.

— Ava aurait pu attaquer Gus par surprise, le faire tomber sur le dos, sauter sur lui et le poignarder...

— Par quel miracle ? Il faisait deux fois son poids.

— Au temps pour moi. D'autres suspects ?

— Un seul. Et plus j'y pense, plus je me dis qu'il s'agit du coupable.

— Qui est-ce ?

— L'inconnu qui a agi pour une raison inconnue. Je sais, ça fait beaucoup de suspects mystères.

— Vous résoudrez cette énigme, Hannah, comme vous l'avez fait pour les précédentes. À un moment, il se produira quelque chose, et hop, toutes les pièces du puzzle trouveront leur place.

— Merci pour votre confiance.

— Pas de quoi. Cet entraîneur de base-ball détient peut-être l'une des clés. Allumez votre ordinateur et voyons ce qu'Internet nous propose. » Quand il fut assis devant l'écran, à la place du conducteur, comme disait Hannah, Norman posa une première question. « Comment se nomme-t-il ?

— Toby Hutchins.

— *Toby*, pour Tobias ?

— Je n'en sais rien. Delores non plus.

— Bon, essayons avec *Toby*. Je vais voir ce qu'on peut trouver sur le site de l'université du Michigan. »

Hannah le regarda faire.

« Il y a un onglet marqué “sports”, dit-elle en pointant le haut de l'écran.

— Essayons cela. »

Norman attendit que s'affiche la page consacrée aux activités sportives, puis cliqua sur un lien qui le mena aux informations liées à l'équipe de base-ball. Il tomba ensuite sur l'historique du club et, enfin, trouva la liste des entraîneurs. « On y est presque. »

Norman la parcourut rapidement. Parvenu au dernier nom, il grommela un juron.

« Un problème ? s'inquiéta Hannah.

— Ils ne donnent que les entraîneurs principaux et les années qu'ils ont passées à la tête des Wolverines. Vous disiez que Toby Hutchins était assistant ?

— Si j'en crois ma mère.

— Dans ce cas, c'est mort, dit Norman en revenant à l'écran d'accueil. Au moins nous savons qu'il a passé un certain temps à Ann Arbor. Peut-être trouverons-nous sa trace dans les journaux du coin. » Il fit une pause avant de proposer : « On essaie lequel ? *Ann Arbor News* ? Ou *Michigan Daily*, la gazette universitaire ?

— Va pour le *Michigan Daily*. »

Norman afficha le site et tapa le nom de l'ancien coach du lycée Jordan dans la barre de recherche. On parlait de lui dans plusieurs chroniques sportives, mais pas seulement.

« Oups », murmura Hannah en voyant s'afficher une notice nécrologique. Toby Hutchins était décédé trois ans plus tôt, dans un accident de pêche, et n'avait laissé aucune famille derrière lui. « Comme vous disiez, c'est mort. Mais au sens littéral, cette fois.

— Tentons l'annuaire d'Atlantic City.

— Je doute que feu Toby Hutchins y figure.

— Non, je pensais plutôt au night-club de Gus, l'Indigo Mood. J'aimerais bien savoir s'il existe vraiment. » Norman obtint les coordonnées du club en moins de temps qu'il n'en fallait pour le dire. « Trop tard pour appeler, fit-il en consultant sa montre. Ils ont deux heures de décalage avec nous.

— Vous cherchez autre chose ? demanda Hannah, étonnée de voir que Norman se remettait à pianoter.

— Non, je réserve un billet d'avion. Je parie que quelqu'un là-bas sait pourquoi Gus est revenu à Lake Eden.

— Vous allez à... Atlantic City ?

— Oui. Ça tombe bien, je ne travaille pas demain. Si je pars tout de suite, je pourrai attraper le dernier vol et arriver vers midi.

— Vous n'aurez même pas le temps de passer chez vous prendre des affaires !

— Je me procurerai le nécessaire à l'aéroport.

— Et vos vêtements ?

— Heureusement, j'ai toujours un costume propre dans ma voiture. J'achèterai peut-être une chemise sur place. Si ce night-club est aussi sélect que Gus le prétendait, ils ont sûrement un code vestimentaire. »

Hannah le regarda fixement tout en digérant ses paroles. Puis, poussée par l'espoir qu'elle sentait renaître, elle le prit dans ses bras et, pour lui prouver sa reconnaissance, l'embrassa passionnément.

« Waouh ! dit Norman en reprenant son souffle. Si j'avais su, j'aurais réservé ce vol bien avant !

— Rien à voir, répliqua Hannah, les joues rouges.

— Pourquoi ce baiser, alors ? Non pas que je me plaigne, bien sûr.

— Vous vous souvenez de la valise de Gus ? Celle que j'ai trouvée ouverte sur son lit ? Et de sa penderie vide ?

— Oui, parfaitement.

— Et du costume en lin accroché dans sa Jaguar ?

— Bien sûr que je m'en souviens. Je ne m'introduis pas dans une fourrière par effraction tous les jours. Mais quel rapport ?

— Si Gus n'a pas jugé bon de déballer ses affaires, c'est parce qu'il comptait repartir dans la nuit. Même chose pour le costume en lin qu'il a pris soin de suspendre dans sa voiture après s'être changé pour le bal.

— D'où sortez-vous tout cela ?

— C'est pourtant évident. La première chose que Gus a faite, avant même de savoir où il logerait, a été de remplir le réservoir de sa voiture. Ce qui prouve qu'il prévoyait de repartir avant l'ouverture de l'épicerie, le lendemain matin.

— Je vous suis. Continuez.

— La gélule. Celle qu'il a avalée devant moi pendant le bal, soi-disant pour soigner ses maux d'estomac. Je l'ai décrite à Jon Walker. Pour lui, il s'agit d'amphétamines. Gus voulait rester éveillé pour pouvoir conduire d'une traite jusqu'à Atlantic City. D'où les barres chocolatées et les biscuits qu'il a achetés chez Ava pour son petit déjeuner. La glacière portative, elle, devait servir à entreposer les sandwichs qu'il était en train de se préparer dans la salle des fêtes au moment où il a été tué. »

Norman réfléchit intensément avant de répondre.

« Votre raisonnement se tient. Mais pourquoi repartir si vite alors que la réunion de famille durait jusqu'au samedi suivant ?

— Parce que Gus n'était pas ici pour assister à cette réunion. Je pense même qu'il n'en avait pas connaissance avant d'arriver à Lake Eden. Il a dû voir les affichettes que Lisa et Herb avaient collées sur Main Street et il s'est dit que ce raout arrangeait bien ses affaires.

— Donc, il n'a pas fait le voyage dans le but de se rabibocher avec sa famille ?

— S'il avait voulu se rabibocher, comme vous dites, il serait resté jusqu'au samedi. Non, Gus était venu dans un but bien précis. Et si j'en crois cette gélule d'amphétamines et la présence du costume dans la Jaguar, je pense pouvoir affirmer qu'il l'avait atteint.

— Très bien », dit Norman en se levant pour partir. Il gratta Moshe derrière les oreilles et prit Hannah dans ses bras. « Je découvrirai ce que Gus est venu faire à Lake Eden. Et par la même occasion, j'irai chez lui vérifier s'il possédait ou pas un coffre rempli de montres et de bijoux.

— Promettez-moi d'être prudent, murmura Hannah.

— Je vous le promets. Où est votre téléphone portable ? »

Hannah trouva l'appareil au fond de son sac. « Le voici. »

Quand Norman l'alluma, il eut droit à une série de tonalités plus ou moins mélodieuses.

« Attention, il est presque déchargé.

— Moshe adore ces petits bruits, gloussa Hannah en constatant la réaction de son chat. Il doit les prendre pour un chœur de souris. »

Norman éclata de rire.

« Mettez-le à charger, et demain, n'oubliez pas de l'emporter avec vous. Je vous appellerai dès que j'arriverai à Atlantic City. Au fait, pour qu'il sonne, il faut l'allumer.

— Merci de me le rappeler. Je vais le brancher, c'est promis. Ensuite, je le remettrai dans mon sac pour l'avoir auprès de moi toute la journée.

— Très bien. Prenez soin de vous, Hannah.

— Oui, oui.

— Juré ? »

Comme Norman semblait vraiment inquiet pour elle, Hannah se fendit d'un sourire rassurant.

« Juré, craché.

— Si vous trouvez l'assassin avant mon retour, surtout ne prenez aucun risque. Et quoi qu'il se passe, ne restez pas seule avec lui. Appelez Mike et attendez qu'il arrive.

— D'accord.

— Vous me le promettez, Hannah ? »

Cette promesse-là serait plus difficile à respecter, mais, comme Norman avait l'air d'y tenir, elle promit quand même.

Chapitre 23

La cafetière était programmée, Moshe avait de quoi se sustenter, les targettes que Bill avait placées sur chacune de ses fenêtres étaient fermées. Ne lui restait plus qu'à se laver la figure, les dents, enfiler le tee-shirt XXL qui lui servait de nuisette en été et se glisser entre les draps.

« Allez, viens, Moshe. » Elle attrapa le matou qui faisait mine de dormir sur la terrasse de son triplex et l'emporta dans la chambre. « Tu as vu l'heure ? Il faut vraiment que j'aille... »

À cet instant, quelqu'un toqua à la porte. Trois petits coups secs, dont le rythme lui parut familier. Trois secondes plus tard, même chose.

« ... voir qui c'est, compléta-t-elle avant de reposer Moshe là où elle l'avait pris. Qui est-ce ? demanda-t-elle pour la forme, car elle connaissait la réponse.

— Mike. J'ai besoin de vous parler. Vous n'êtes pas couchée ? Si ? »

Je dors à poings fermés ! fut-elle tentée de répliquer.

« Non, pas encore. Attendez, je vous ouvre.

— Merci, Hannah. » Mike passa tout de suite dans le salon. « Je me doutais que vous ne dormiez pas. J'ai croisé Norman qui sortait du parking.

— Vous lui avez parlé ? »

Hannah grimaça intérieurement. Norman étant un citoyen exemplaire, il n'aurait pas osé mentir à un représentant de la loi si celui-ci lui avait demandé où il se rendait.

« Non, on s'est juste salués de loin. J'avais hâte de vous voir.

— Du nouveau ? fit-elle, grandement soulagée.

— Non. » Mike s'interrompit en voyant l'arbre à chat posé près de la table supportant l'ordinateur. « Qu'est-ce que c'est ?

— Le nouvel appartement de Moshe. Équipé d'une salle de jeux, comme il se doit. Norman me l'a apporté hier. » Sentant que Mike s'en voulait de n'avoir pas pensé le premier à ce cadeau si pratique, Hannah tenta de rattraper le coup. « Moshe est beaucoup plus sage depuis que, grâce à vous, il peut de nouveau regarder ses programmes préférés à la télévision.

— Génial ! À ce propos, j'ai un petit quelque chose pour lui dans ma voiture. J'irai le chercher tout à l'heure avant de repartir. En fait, j'étais venu vous demander où vous en étiez de vos recherches.

— Eh bien… fit Hannah en l'invitant d'un geste à prendre place sur le canapé. J'ai une info pour vous. » Et comme elle n'oubliait jamais ses devoirs d'hôtesse : « Du café ?

— Merci, mais non. J'en ai déjà trop bu au bureau. C'est du jus de chaussette, mais quand même. En revanche, je veux bien un truc sucré, si jamais vous en avez…

— Ça tombe bien. J'ai fait un gâteau aux amandes. Je vous en sers une tranche avec un verre de lait ?

— Oui, s'il vous plaît.

— Mettez-vous à l'aise », dit Hannah en se précipitant dans la cuisine. Quand elle revint, Mike était vautré dans le canapé, Moshe sur les genoux. « Voilà pour vous, dit-elle avant de poser la collation sur la table basse, devant lui. Vous me direz ce que vous pensez de ce gâteau. »

Mike prit une bouchée, mastiqua puis hocha la tête.

« Excellent. Il me rappelle ce vieux film... vous savez ? *Arsenic et vieilles dentelles*.

— Je l'ai vu quand j'étais petite. Mes amandes sont trop amères ? s'inquiéta Hannah qui avait entendu dire que l'arsenic avait un goût d'amande amère. Au fait, comment sait-on cela ?

— Quoi ? Que l'arsenic a un goût d'amande amère ?

— Oui. Il aurait fallu interroger une personne morte d'en avoir pris. »

Mike partit d'un grand rire.

« Très bonne remarque ! Je suppose que quelqu'un a eu le temps de donner son avis avant de passer de vie à trépas.

— C'est glauque, non ? À propos de poison, le Dr Knight a-t-il pratiqué une analyse toxicologique sur Gus Klein ?

— Oui. C'est la procédure standard.

— A-t-il trouvé des traces d'amphétamines ?

— Pourquoi cette question ? »

Hannah soupira : Mike n'était pas très coopératif.

« Pendant le bal, j'ai vu Gus prendre une gélule vert et blanc. Quand je lui ai fait remarquer qu'alcool et médicaments ne faisaient pas bon ménage, il m'a répondu que ce n'était qu'un remède contre les maux d'estomac.

— Vous ne l'avez pas cru ?

— Si, sur l'instant, je l'ai cru. Mais ensuite j'ai commencé à douter. Alors, je suis allée voir Jon Walker et je lui ai décrit la gélule en question.

— Donc, c'est lui qui vous a parlé d'amphétamines ?

— Oui.

— Jon a raison. C'était bien des amphétamines. L'analyse toxicologique l'a prouvé. »

Hannah sentit quelque chose la chatouiller désagréablement.

« Vous le savez depuis quand ?

— Depuis mardi en début de matinée. Le Dr Knight fait toujours ses analyses en même temps que l'autopsie elle-même.

— Donc, quand vous êtes passé me voir au Cookie Jar mardi avant la pause déjeuner, vous aviez déjà les résultats. Pourquoi ne m'avoir rien dit ?

— Parce qu'il s'agit d'une information à caractère confidentiel. Il nous est interdit de communiquer ce genre d'élément aux simples civils.

— Si je comprends bien, vous ne cessez de me cacher des choses, articula-t-elle, piquée au vif.

— Non, juste les plus importantes. De toute façon, Gus n'est pas mort d'une overdose d'amphétamines. On l'a poignardé avec un pic à glace ou un objet similaire. »

Le léger soupçon qui l'avait saisie alors qu'elle discutait avec ses sœurs de l'accord de collaboration passé avec Mike se mit à grossir démesurément. Quelle sotte elle avait été de lui faire confiance ! Cela dit, Mike ne l'avait peut-être pas trahie volontairement, pondéra-t-elle, prête à lui accorder le bénéfice du doute.

« Avez-vous trouvé d'autres gélules dans la valise ouverte sur le lit ? renchérit-elle pour le tester.

— Voyons, Hannah ! répliqua Mike, excédé. Vous devriez savoir que cette valise est une pièce à conviction.

— À laquelle les simples civils comme moi ne peuvent avoir accès.

— Tout à fait. Imaginez qu'elle soit classée comme un élément à charge lors du procès.

— Quel procès ? Vous n'avez encore arrêté personne.

— Non, mais ça viendra. Je ne supporterais pas que l'assassin s'en tire à cause d'un vice de procédure.

— Je comprends. »

Même si Mike n'en parlait pas souvent, Hannah savait par Bill que le voyou responsable du décès de son épouse, abattue en pleine rue alors qu'elle attendait leur premier enfant, avait échappé à la prison à cause d'une irrégularité commise dans le déroulement de l'enquête. D'où le soin maniaque que Mike mettait à suivre le manuel.

« Je peux vous communiquer certaines informations, mais rien d'essentiel. Je n'ai pas les coudées franches, vous le savez bien.

— Je vois. »

Elle voyait surtout que Mike se comportait avec elle comme avec n'importe qui d'autre, alors qu'elle aurait aimé jouir d'un statut particulier.

« Un problème ? » demanda Mike.

Oui, et un gros, mais ce genre de chose vous passe au-dessus de la tête, faillit-elle rétorquer. Hannah savait que prendre la mouche ne la mènerait à rien. Cet accord avait toujours été à sens unique, elle aurait dû le comprendre avant.

« Qu'y a-t-il ? insista Mike.

— Un coup de fatigue.

— Je vous laisse. Mais d'abord, je descends chercher le cadeau de Moshe. Fermez à clé derrière moi. Je frapperai. »

Hannah guetta son retour en regardant par l'œilleton. Mais au lieu de l'image déformée d'un policier en uniforme, ce fut une grosse tache rose bonbon qui apparut sur le palier.

« C'est moi, Hannah. Ouvrez. »

Comme la grosse tache rose bonbon avait la voix de Mike, Hannah s'empressa d'obéir. Ce qu'elle découvrit derrière la porte lui arracha un grand éclat de rire.

« Vous m'avez bien dit que Moshe aimait les flamants roses ? fit Mike.

— Oui, c'est possible. Du moins il aime les voir à la télé. Mais j'ignorais qu'il existait des flamants en peluche grandeur nature.

— Celui-ci est plus grand que nature ! Il me dépasse de quelques centimètres. Et il s'appelle Fred. Où voulez-vous que je le pose ?

— Essayons là-bas, dit Hannah après un bref tour d'horizon. Près du canapé. Il aura assez de place, vous croyez ?

— Largement. À condition de lui plier une aile. » Mike joignit le geste à la parole. « Dommage qu'il n'ait pas de bec préhenseur, on aurait pu lui faire tenir un plateau et ça vous aurait fait une table d'appoint. »

Une table d'appoint en peluche rose de presque deux mètres de haut. J'en rêvais ! Hannah jugea préférable de ravaler ses sarcasmes. Fred aurait aisément pu remporter la palme du mauvais goût, mais il était la preuve que Mike s'était creusé la cervelle pour faire plaisir à Moshe.

« Merci, Mike », répondit-elle faute d'inspiration. Puis, jugeant qu'un tel cadeau méritait un effort supplémentaire, elle ajouta : « Où l'avez-vous trouvé ?

— Oh. Eh bien... à vrai dire, c'est une seconde main. J'espère que Moshe ne m'en tiendra pas rigueur.

— Il vous a déjà pardonné, gloussa Hannah en voyant son chat renifler les pattes de l'oiseau. Vous l'avez confisqué pendant une perquisition ?

— Non. Il était chez moi. Ronni l'a acheté lors de son séjour en Floride. Vous savez, quand elle a assisté à cette convention sur la culture physique dans la police avec Bill. Comme elle n'avait pas de place chez elle, j'ai proposé de le garder. Ensuite, lorsqu'elle s'est installée dans l'appartement en face du mien, j'ai cru qu'elle le récupérerait, mais il ne va pas avec sa nouvelle déco, paraît-il...

— Je vois, fit Hannah, qui se serait bien passée de tous ces détails.

— Bon, il faut que j'y aille. Je suis bien content que Moshe ait adopté Fred. Dans mon salon, il prenait vraiment trop de place. Surtout depuis que j'ai acheté ma télé à écran géant. »

Hannah le raccompagna, lui renouvela ses remerciements, lui posa un petit baiser sur les lèvres et le regarda partir. Après quoi, elle mit le verrou et, le dos collé à la porte, prit le temps de contempler le *Phoenicopterus roseus* qui venait d'envahir son espace vital.

« Je comprends que tu le trouves sympathique, lança-t-elle à Moshe, qui n'en finissait pas de se frotter aux pattes de l'intrus nommé Fred. Mais sais-tu ce qu'il mange ? »

Moshe la regarda fixement, comme impatient d'en savoir davantage sur le régime alimentaire de son nouvel ami.

« Fred mange des crevettes, Moshe. Des centaines, des milliers de crevettes. Chaque jour. À mon avis, tu ferais mieux de le réduire en pièces immédiatement. Sinon, la prochaine fois que je t'en achèterai, tu seras obligé de les partager avec lui.

— Rowwww ! répondit Moshe d'un air énigmatique.

— On est d'accord. Tu t'occupes du flamant et moi de celle qui l'a rapporté de Floride. »

Chapitre 24

« Au revoir, Moshe. » Hannah jeta quelques croquettes goût saumon sur la moquette. « Essaie de bien te tenir, aujourd'hui. Je reviendrai de bonne heure pour te redonner à manger. »

Elle était sur le point de sortir quand la sonnerie du téléphone retentit. Hannah marmonna un chapelet de jurons et fonça dans la cuisine. Comme Moshe n'avait pas doublé de volume, l'appelant ne devait pas être Delores.

« Allô ?

— Bonjour, Hannah.

— Norman ! s'écria-t-elle, ravie de vous entendre. Où êtes-vous ?

— À l'aéroport d'Atlantic City. Nous avons atterri il y a environ vingt minutes. Je vais louer une voiture équipée d'un GPS. Dès que je l'aurai, je partirai à la recherche du Mood Indigo. »

Hannah jeta un coup d'œil à la pendule. 5 h 45 à Lake Eden signifiait 7 h 45 à Atlantic City.

« Il n'est pas un peu tôt pour se rendre dans un night-club ?

— Je vais juste repérer les lieux. Ensuite, j'irai manger un morceau quelque part.

— Quand rentrez-vous ? »

C'était une question un peu stupide puisque Norman venait juste de partir, mais son absence lui pesait déjà.

« Si tout se déroule comme je l'espère, je serai de retour demain matin. Au plus tard.

— Passez me voir aussitôt, quelle que soit l'heure, se hâta de répondre Hannah. Ne me faites pas languir. »

Hannah venait de sortir les deux dernières plaques de croquants à la cerise quand la porte de la ruelle s'ouvrit sur son associée.

« Lisa ! Que fais-tu ici ? Je te croyais en train d'empiler des pancakes pour le petit déjeuner de tes invités ?

— C'est ce que j'avais prévu de faire, mais j'ai changé mes plans. Heureusement, Delores et Carrie sont arrivées en renfort.

— Oups ! grimaça Hannah. Pour Carrie je ne sais pas, mais en ce qui concerne Delores, je peux t'assurer qu'elle n'a jamais fait de pancakes. C'était papa qui s'occupait du petit déjeuner, à la maison.

— Ne t'inquiète pas. Elles sont juste chargées de dresser les tables et de presser les oranges pendant que Marge et Patsy sont aux fourneaux.

— Tant mieux ! soupira Hannah. Mais tout cela ne me dit pas ce que tu fabriques ici. Je n'ai pas besoin de ton aide !

— Détrompe-toi. Mon père t'attend. Il se souvient de quelque chose mais refuse d'en parler à quiconque sauf à toi. Luanne m'aidera à tenir la boutique.

— Cette chose est en rapport avec le meurtre de Gus ?

— Je l'ignore. Herb lui tient compagnie. Pauvre papa ! J'espère qu'il n'a pas... Ce serait tellement horrible si...

— Du calme, l'interrompit Hannah. Je suis sûre qu'il n'a rien à se reprocher. »

Moins de vingt minutes plus tard, Hannah frappait à la porte du bungalow de Marge et de Jack. Elle avait battu des records de vitesse sur la grand-route et malmené ses amortisseurs en parcourant à fond de train le sentier creusé d'ornières qui descendait vers le lac.

« Hannah ! s'écria Herb en la faisant entrer. Je ne t'attendais pas si tôt !

— Lisa a dit que c'était important. »

À le voir froncer les sourcils, Hannah comprit qu'il venait de se lancer dans un savant calcul. Depuis qu'il exerçait le beau métier d'agent de la circulation, Herb avait dressé tellement de contraventions pour excès de vitesse qu'il avait acquis un sixième sens.

« J'espère que tu as respecté les panneaux, marmonna-t-il.

— Scrupuleusement. Sauf peut-être sur le dernier kilomètre. Mais le chemin du lac était totalement désert.

— Tu roulais à combien ?

— Assez vite pour me cogner la tête au plafond. Désolée, je n'ai pas pensé à regarder le compteur.

— Ce n'est pas très sérieux, gronda Herb. Tu as de la chance que je sois en dehors de ma juridiction.

— Mais... Lisa disait que c'était important, répéta-t-elle.

— Oui. Enfin, c'est ce que Jack prétend. Va le rejoindre, Hannah. Il est dans la cuisine. Pendant que vous discuterez, j'irai donner un coup de main à la salle des fêtes. Comme ça vous serez tranquilles. »

Jack était assis devant une tasse de café et les cookies que Hannah lui avait offerts pour son anniversaire.

« Elle est arrivée, annonça Herb.

— Bonjour, Hannah, sourit Jack avant de se tourner vers son gendre. Merci d'être resté avec moi, fiston. Je vous rejoindrai pour le petit déjeuner dès que nous aurons fini. Hannah m'accompagnera. Tu veux bien, Hannah ?

— Sans problème. »

Lorsque Herb fut parti, Jack désigna la cafetière d'un geste d'invite.

« Tu en veux une tasse ? Marge vient de le faire.

— Volontiers. Je vais me servir. » Hannah remplit la tasse qui séchait sur l'égouttoir, puis s'approcha de la table avec la verseuse. « Vous en reprendrez ?

— Oui, merci. Tes cookies ont fait des miracles, ma fille ! Il m'a suffi d'en manger un ce matin pour me souvenir de l'époque où Emmy m'en préparait. Je sais maintenant pourquoi je me suis battu avec Gus, ce soir-là. Je vais te le dire, mais tu dois d'abord me promettre de n'en parler à personne, pas même à Lisa.

— Je vous le promets. »

Hannah ne se faisait pas trop d'illusions. Ce que Jack avait à lui dire pouvait être utile ou pas du tout. Il était en effet très improbable qu'un événement vieux de trente ans ait un lien direct avec ce qui s'était produit le dimanche précédent, après le bal.

« La nuit où Gus a quitté Lake Eden pour ne plus revenir, il m'a demandé de lui prêter de l'argent, reprit Jack. Nous étions amis. Si j'en avais eu, je lui en aurais donné. Seulement voilà, nous avions déjà du mal à joindre les deux bouts. Comme Emmy était sur le point d'accoucher, elle ne pouvait plus travailler, et mon salaire suffisait à peine. »

Hannah hocha la tête. Rien d'étonnant à ce qu'un jeune couple avec un enfant en bas âge et un autre à naître ait du mal à régler ses factures.

« Je lui ai dit que j'étais désolé mais que je ne pouvais pas l'aider. Il m'a répondu qu'il avait absolument besoin de cet argent, qu'il avait contracté une dette de jeu et que s'il ne la remboursait pas très vite, il aurait de gros ennuis. Je me sentais vraiment mal, mais j'ai tenu bon. Je ne pouvais quand même pas lui donner les quelques sous que nous avions mis de côté pour payer l'accouchement !

— Je comprends.

— Gus, lui, n'a pas compris. Comme il insistait lourdement, je lui ai conseillé de s'adresser à sa sœur Patsy. Elle avait un bon boulot, à l'époque.

— C'est ce qu'il a fait ? »

Hannah se souvenait d'avoir entendu Patsy parler d'un prêt qu'elle avait autrefois consenti à son jeune frère. Un prêt que Mac, son mari, avait tenté de se faire rembourser.

« Non. Il lui avait déjà emprunté une belle somme. Et à Marge aussi. Quant à ses parents, il n'osait plus leur en demander. La dernière fois, ils l'avaient envoyé sur les roses en lui disant qu'il était temps de grandir et d'assumer les conséquences de ses actes.

— Gus n'a pas accepté votre refus, il est monté sur ses grands chevaux et vous en êtes venus aux mains.

— En quelque sorte. Mais c'est un peu plus compliqué que ça. Il faut d'abord que je t'explique deux ou trois petites choses.

— J'écoute, dit Hannah en prenant une gorgée de café.

— Eh bien... bredouilla Jack. Tu n'en parleras à personne, c'est sûr ?

— J'ai juré.

— Bon, d'accord. Au lycée, j'étais plutôt timide avec les filles. Contrairement à Gus. Emmy me plaisait beaucoup, mais je n'osais pas l'aborder. Comme nous étions amis, j'ai demandé conseil à Gus. Mais lui, au lieu de m'aider, n'a rien trouvé de mieux que sortir avec elle.

— Le salaud ! grommela Hannah.

— Tout compte fait, il a eu ce qu'il méritait. Emmy lui a vite fait comprendre qu'il ne l'intéressait pas. Quand j'ai demandé à Gus pourquoi il m'avait joué ce sale tour, il a osé me répondre qu'il avait voulu tâter le terrain avant que je m'y installe. Et que le terrain était plutôt aride.

— Quelle ordure ! fit Hannah, hors d'elle.

— C'est un mot qui le définissait assez justement, reconnut Jack. Je l'ai laissé parler, bien sûr. Et le lendemain, Emmy, qui était plus courageuse que moi, a fait le premier pas sans attendre que je me décide.

— Magnifique ! applaudit Hannah. Vous êtes tombés amoureux et vous vous êtes mariés !

— Oui. Pas tout de suite, évidemment. Nous avons attendu d'avoir le bac. Emmy était une excellente cuisinière. Mes filles tiennent d'elle. L'une de ses spécialités s'appelait...

— Les cookies rouge velours.

— C'est cela. Les cookies rouge velours. Les gens en étaient dingues. Certains lui proposaient même de l'argent pour leur en faire. La mère de Marge avait pris l'habitude de lui en commander pour son cercle de couture. Que fait-on dans un cercle de couture, déjà ? »

Hannah cligna les paupières ; l'histoire de Jack était si passionnante que sa question la prit au dépourvu.

« Je ne sais pas trop. La même chose que dans le club de patchwork de Lake Eden, je suppose.

— C'est-à-dire ?

— Ces dames s'y retrouvent pour fabriquer des couvre-lits tout en papotant. À la fin de la séance, elles prennent un café avec des petits gâteaux et elles disent du mal des absentes. »

Entendre Jack éclater de rire lui fit chaud au cœur. Cela faisait des jours que Hannah ne l'avait pas vu aussi joyeux.

« Mais je vous ai interrompu, lui dit-elle. Reprenez, Jack.

— Oui, d'accord... » Il se rembrunit subitement. « Je suis désolé, ma chère. Je ne sais plus ce que je voulais dire. »

Par Lisa, Hannah savait que Jack donnait du *ma chère* aux femmes dont il ne se rappelait plus le prénom.

« Ce n'est pas grave », dit-elle avec un sourire encourageant, même si elle pensait exactement le contraire. Sachant qu'à la moindre contrariété il risquait de se bloquer davantage, elle tenta de le remettre sur les rails sans le brusquer.

« Emmy faisait très bien la cuisine, les gens la payaient pour ses gâteaux, la mère de Marge lui en commandait pour son cercle de couture...

— Oui, oui. Où avais-je la tête ! Bref, Emmy fabriquait des cookies rouge... machin...

— Des cookies rouge velours.

— Oui. Elle les fabriquait pour le cercle de couture. Un matin, elle m'a conduit au travail en voiture. Nous n'en avions qu'une pour deux. Au retour, elle devait livrer ses cookies. Sa mère passait quelques jours chez nous. Elle gardait...

— Iris ? proposa Hannah.

— Oui, Iris. Notre fille, Iris. » Il y avait tant d'amour dans la voix de Jack que Hannah sentit sa gorge se nouer. « En entrant chez la mère de Marge, Emmy est tombée sur Gus. Tout le monde pensait qu'il était parti chez les scouts la veille au soir. En fait, il avait raté son bus et attendait le suivant. »

Hannah croisa son regard perdu.

« Qu'avez-vous ?

— Je raconte des bêtises. Gus n'allait pas chez les scouts. Il était trop vieux pour cela. Nous avions le même âge et j'étais déjà marié. T'ai-je dit que nous nous sommes mariés juste après le lycée, Emmy et moi ?

— Oui, répondit-elle avant qu'il s'égare. Ce n'était peut-être pas un camp de scouts. Plutôt un camp sportif, puisque Gus jouait au base-ball. Dites-moi, Jack, est-ce que Gus était censé rejoindre son camp d'entraînement ce jour-là ? »

Un grand sourire éclaira le visage du vieil homme.

« Oui ! Gus aurait dû partir la veille au soir, mais il avait raté son bus. Je parie qu'il avait joué au poker toute la journée et qu'il n'avait pas vu le temps passer. Ça lui arrivait souvent. Le problème c'est qu'à chaque retard, les coachs le mettaient à l'amende et donc... » Jack s'interrompit. « Où en étais-je ?

— Emmy livrait des cookies chez la mère de Marge quand elle est tombée sur Gus.

— Oui, c'est cela. Comment le sais-tu ? Tu n'y étais pas.

— Pas moi, mais Emmy y était. Et Gus aussi. Que se sont-ils dit ?

— Emmy les a salués poliment, lui et sa mère, elle a posé la boîte de cookies dans la cuisine et elle est partie. Mais quand elle a voulu démarrer la voiture, le moteur ne marchait plus. Alors, la mère de Marge a demandé à Gus de la raccompagner. »

Hannah étouffa un gémissement. Ayant entendu parler du comportement de Gus avec les femmes, elle s'attendait au pire.

Jack reprit une gorgée de café. Visiblement, il n'avait pas très envie de continuer. Or, non seulement Hannah avait besoin de connaître toute l'histoire, mais elle devinait que Jack avait besoin de la lui confier, ne serait-ce que pour s'en libérer.

« Vous disiez que Gus avait ramené Emmy chez vous...

— Il ne l'a pas ramenée. »

Les sourcils de Jack se joignirent en une barre de colère.

« Ça restera entre nous, Jack. Vous pouvez me faire confiance.

— Je sais, ma chère. Tu es quelqu'un de bien. Je n'étais au courant de rien. Emmy ne m'a rien dit jusqu'à ce que je me batte avec Gus, le soir où il est parti pour de bon. »

Hannah prit la main de Jack et la serra.

« Que vous a-t-elle dit, ce soir-là ?

— Que Gus avait cherché à l'embrasser dans la voiture, qu'elle lui avait flanqué une gifle et qu'elle était rentrée à pied. Six kilomètres ! Et tu sais pourquoi elle n'a rien dit ?

— Pour ne pas vous inquiéter ?

— Non, pour m'éviter de commettre un meurtre et de passer le restant de mes jours en prison. Elle ne voulait pas me perdre, et comme il ne s'était presque rien passé, elle a estimé préférable de se taire. » Jack s'interrompit, le temps d'essuyer une larme. « Tu crois que j'ai fini par le faire ?

— Quoi donc ?

— Tu crois que je l'ai tué ? Je suis sorti du bungalow, la nuit du meurtre. Mac m'a aperçu par la fenêtre de sa cuisine. »

Hannah écarquilla les yeux.

« Qui vous a dit cela ?

— C'est lui. Il n'en a pas parlé à la police, mais il voulait quand même que je le sache. »

Hannah n'en revenait pas. Pourquoi Mac ne les avait-il pas informés de son initiative ? Mais pour l'instant, elle avait une question plus importante.

« Vous souvenez-vous d'être sorti cette nuit-là ? »

Jack secoua la tête.

« Marge avait pris un somnifère, comme elle le fait toujours. On est allés se coucher, mais quand je ne suis pas dans mon lit, j'ai du mal à m'endormir. Il se peut que je sois sorti faire un tour. Ça m'arrive quand j'ai des insomnies.

— Vous ne vous rappelez vraiment rien ? »

Jack ferma les yeux, baissa la tête comme s'il priait, puis, au bout d'un moment, la releva et regarda intensément Hannah.

« Non, rien. Mais si Mac m'a vu dehors en pleine nuit, il y a de fortes chances pour que ce soit moi, le meurtrier. Tu crois qu'ils vont me mettre en prison ?

— Vous n'avez tué personne, Jack, répliqua Hannah avant d'ajouter : Je sais que ce n'est pas vous.

— J'espère que tu as raison, ma chère, fit-il, reconnaissant mais dubitatif. En tout cas, j'ignorais tout de ses affaires louches jusqu'à ce qu'il menace de salir la réputation d'Emmy. »

Hannah faillit sursauter. Ces derniers mots lui rappelaient une scène à laquelle elle avait assisté récemment. Elle se revit assise sur la banquette en fer à cheval, Gus à côté d'elle, Jack en bout de table.

« Il a dit que si je ne lui donnais pas nos économies, poursuivit Jack, il raconterait partout qu'Emmy avait... qu'elle avait...

— ... couché avec lui dans la voiture, ce jour-là ? compléta Hannah, tandis que lui revenait en tête la conversation entre Gus et Jack, le soir du bal.

— Oui ! Mais ce n'est pas tout. Le pire c'est qu'il... Désolé, je ne sais plus... »

Hannah retint une exclamation. Elle se souvenait à présent de ce qu'ils s'étaient dit. Gus avait lancé à la cantonade : *Aujourd'hui j'ai rencontré une autre jolie femme, la fille aînée de Jack, Iris.* Puis il s'était tourné vers Jack pour ajouter : *Elle ressemble beaucoup à sa mère, mais à toi, pas du tout.*

« Qu'y a-t-il ? demanda Jack en la voyant abîmée dans ses pensées.

— Je crois que j'ai compris.

— Qu'est-ce que tu as compris ?

— Pourquoi vous vous êtes battus, il y a trente ans. C'est parce que Gus s'est vanté d'être le père d'Iris. »

Jack écarquilla les yeux, serra les poings.

« Oui ! C'est exactement cela ! Je savais que c'était faux, mais quand je lui ai demandé de retirer ses paroles, il s'est mis à rire et il a dit que si je ne lui donnais pas nos économies, toute la ville serait bientôt au courant que...

— Et vous l'avez frappé ?

— Je ne me suis pas gêné ! Il avait insulté Emmy. Ma femme ! Je lui ai balancé plusieurs coups de poing. Je ne sais pas combien de temps ça a duré. Tout ce que je peux dire c'est qu'en me réveillant dans le cabinet du Dr Knight, j'étais bien amoché. Il a dû me recoudre avant de me renvoyer chez moi. Il craignait qu'Emmy ait peur en me voyant.

— Et Tim est arrivé quelques heures plus tard, dit Hannah pour lui mettre un peu de baume au cœur.

— C'est vrai, reconnut Jack en souriant. J'y étais. J'ai tenu la main d'Emmy jusqu'à ce que la sage-femme me demande de sortir. J'ai fait les cent pas dans le couloir et soudain la porte s'est ouverte. Mon fils Timmy était né ! »

Pour le protéger des vieux traumatismes revenus le hanter, son esprit l'entraînait vers des moments heureux, mais remontant à trois décennies. Hannah allait devoir le ramener dans le présent.

« Tim est ici, vous savez ?

— Timmy est... ici ? balbutia Jack avant de se reprendre. Oui, c'est vrai. Je l'ai vu. Il est venu avec sa femme et mes trois petites-filles. Ils logent dans ce grand machin avec des roues... Comment ça s'appelle, déjà ?

— Un camping-car ?

— Oui. Ils sont dans ce grand camping-car garé près de l'aire de pique-nique. Ils ont fait Chicago-Lake Eden d'une seule traite, il paraît.

— Oui, c'est exact... Et ce matin, ils ont quitté leur camping-car pour prendre leur petit déjeuner avec les autres. Je crois que Patsy et Marge ont préparé des pancakes pour tout le monde. Lisa va bientôt arriver. Voulez-vous les rejoindre ? Je peux vous accompagner, si vous le souhaitez.

— Un petit déjeuner ! Quelle bonne idée ! J'espère que je n'ai pas trop mangé de cookies. Comment dis-tu qu'ils s'appellent ?

— Cookies rouge velours.

— Oui, comme ceux que faisait Emmy, autrefois. »

Hannah se leva et repoussa sa chaise. Ce qu'elle craignait depuis le début venait de se confirmer. Jack risquait de gros ennuis. La seule façon de lui éviter la prison consistait à coincer le vrai coupable. Quand elle lui prit le bras, le vieil homme lui demanda :

« Au fait... C'est Emmy qui t'a donné la recette ? »

Hannah sourit. « Oui. »

Dans un sens, ce n'était pas faux.

Chapitre 25

« Bravo pour vos pancakes ! dit Hannah, la bouche pleine. Vous me donnerez la recette, Patsy ?

— Elle n'a rien de particulier, je vous assure.

— Pourtant, je sens une différence.

— C'est parce que nous préparons la pâte à l'avance, intervint Marge, et que nous la laissons au frigo toute la nuit, à couvert, de telle sorte que les saveurs se mélangent.

— Regarde celui que j'ai fait, tante Hannah », dit la petite Tracey en désignant le pancake posé près de son assiette sur une feuille de papier sulfurisé. « Tante Patsy m'a aidée. »

Patsy se tourna vers Andrea.

« Je lui ai permis de m'appeler "tante Patsy". Ça ne vous ennuie pas, j'espère ?

— Nullement. Tracey a beaucoup d'oncles et de tantes, dont la plupart ne sont pas de la famille.

— C'est comme s'ils l'étaient, rétorqua l'enfant. Les deux sœurs de maman sont mes vraies tantes. Je n'ai pas encore de vrais oncles, mais j'en ai trois faux : oncle Norman, oncle Mike et oncle Herb. »

Comme Patsy semblait perdue, Hannah décida d'intervenir.

« Dis-moi, Tracey, ton pancake est-il aussi bon qu'il en a l'air ?

— Oui, je crois. Il est comme les autres, sauf pour la forme.

— Et celui que tu viens de manger, comment l'as-tu trouvé ? renchérit Andrea.

— Excellent. D'ailleurs, j'en prendrais bien un autre. Mais pas le mien.

— Pourquoi pas le tien ? Tu ne le mangeras donc pas ? » s'étonna Michelle.

Tracey secoua la tête avec une telle vigueur que sa queue-de-cheval lui gifla les oreilles.

« Je le garde. C'est mon premier.

— Mais tu sais que la nourriture se gâte au bout d'un certain temps, lui rappela Hannah. Tu ne pourras pas le garder toute ta vie.

— Bien sûr que si. Tante Lisa va faire sécher mon pancake dans un... » Tracey s'interrompit et chercha du regard Lisa, assise au bout de la table. « Comment s'appelle ta machine, tante Lisa ?

— Un déshydrateur. C'est un appareil qui permet de conserver les fruits et les légumes en les privant de leur humidité.

— Si je comprends bien, tu vas assécher le pancake de Tracey ? gloussa Michelle.

— Je vais essayer, s'esclaffa Lisa. Quand il sera déshydraté, je lui appliquerai une couche de laque pour éviter qu'il se désagrège. »

Herb fit une moue dubitative.

« Tu crois que ton truc va marcher ?

— Il a marché avec les mini-cookies décoratifs que j'ai réalisés il y a deux ans pour Noël. N'est-ce pas, Hannah ?

— Je confirme. Nous les avons ressortis en décembre dernier. Ils étaient comme neufs ! » Hannah lança un clin d'œil à son associée. « Le seul problème c'est que certains clients ont dû aller consulter Norman en urgence. Ces mini-cookies font tellement vrai qu'ils avaient tenté de les croquer. »

Tracey écarquilla les yeux.

« Non !

— Je plaisante, mais ça pourrait arriver. Sous la couche de laque, il y a de vrais cookies.

Et mon pancake est un vrai pancake, déclara Tracey. Tante Lisa n'a jamais desséché de pancake. Pour elle aussi, ce sera une première fois.

— Ma fille peut accomplir des miracles, dit Jack en se penchant pour embrasser Tracey. Que feras tu de ton pancake, ensuite ?

— Je l'accrocherai dans ma chambre pour me rappeler chaque matin combien je me suis amusée aujourd'hui.

— Bonne idée. Mais au cas où, as-tu prévu un plan B ?

— C'est quoi un plan B, oncle Jack ?

— Je suis un peu vieux pour être ton oncle. Que dirais-tu de m'appeler "papy Jack" ?

— D'accord. C'est quoi un plan B, papy Jack ?

— Une deuxième solution quand la première n'a pas fonctionné. Où est ce dentiste photographe ? Je ne le vois pas.

— Norman a dû s'absenter, s'empressa de répondre Hannah. Il rentrera demain matin.

— Dommage. Il aurait pu nous être utile. Quelqu'un d'autre possède un appareil photo ? »

Lisa désigna son mari.

« Herb a un appareil numérique, papa. Tu veux qu'il prenne une photo pour toi ?

— Pas pour moi. Pour... » Jack tapota l'épaule de Tracey. « ... Pour ma chère enfant, ici présente.

— Je m'appelle Tracey, réagit aussitôt la petite. Mais vous pouvez m'appeler *ma chère enfant*. J'aime bien.

— Je suis ravi que ça te plaise, Tracey, car, vois-tu, je risque d'oublier à nouveau ton prénom dans quelques minutes. »

Voyant Jack se moquer ainsi de lui-même, tout le monde éclata de rire. Hannah se prit à espérer que leur précédent tête-à-tête aurait également disparu de sa mémoire.

« Maintenant, Herb... » Jack chercha son gendre du regard. « Veux-tu bien prendre une photo de ce... » Tracey lui glissa le mot à l'oreille. « C'est ça. Veux-tu bien prendre une photo de ce pancake ? Comme ça, si par hasard il s'abîmait, elle pourra quand même l'accrocher dans sa chambre.

— C'est comme si c'était fait, Jack, répondit l'intéressé.

— As-tu fini de déjeuner, papy Jack ? demanda Tracey.

— Oui. Et toi ?

— Moi aussi. Finalement, je n'ai plus assez faim pour un autre pancake. Si on allait s'acheter un dessert à l'épicerie ?

— Un *dessert* ? sourit Jack. J'ignorais qu'il y avait un dessert à la fin des petits déjeuners.

— D'habitude il n'y en a pas, mais... hésita Tracey. Mais rien n'empêche de...

— Tu as parfaitement raison, la rassura le vieil homme. Qu'est-ce qui te ferait plaisir ?

— On pourrait prendre un double Popsicle et demander à Mme Schulz de le couper en deux. Je l'ai déjà vu faire ça. Elle ne les casse jamais.

— D'accord, à condition que ce ne soit pas un Popsicle au cola. Je n'aime pas les Popsicle au cola.

— Moi non plus. Elle en aura peut-être au citron. Ceux-là sont délicieux. Ou encore mieux, à la cerise. » Tracey se tourna vers Andrea. « Maman, tu veux bien que j'aille à l'épicerie acheter des sorbets avec papy Jack ?

— Pas de problème, ma chérie.

— Et toi, Marge ? rebondit Jack. Tu veux bien que j'aille à l'épicerie avec Tracey ? »

Marge éclata de rire.

« Je te donne mon accord. De toute façon, j'ai du ménage à faire.

— Nous reviendrons vite, ne vous inquiétez pas. »

Tracey se leva, prit la main de Jack et l'entraîna sur le chemin qui menait à la supérette.

« Des Popsicle au petit déjeuner ! gloussa Patsy. Bon, il faut que je vous quitte, moi aussi. J'ai rendez-vous à 11 heures au bord du lac pour les épreuves de natation. Figurez-vous que je fais partie du jury. Nous suivrons les courses depuis un radeau. J'espère que je ne vais pas tomber à l'eau ! »

Andrea sourit.

« Tout habillée ! Je ne vous le souhaite pas. Surtout que vous êtes très élégante aujourd'hui.

— Merci, dit Patsy en baissant les yeux sur l'ensemble-pantalon vert amande qu'elle portait. Mais ce n'est pas ce qui m'inquiète le plus.

— Patsy ne sait pas nager », intervint Marge.

Hannah n'en revenait pas. Lake Eden possédait une piscine municipale, si bien que tous les écoliers apprenaient à nager dès le cours préparatoire, et ce depuis une cinquantaine d'années.

« Vous avez fait votre scolarité à Lake Eden et vous ne savez pas nager ?

— Ce n'est pas faute d'avoir essayé. Explique-leur, Marge.

— Patsy ne flotte pas, dit Marge. Elle connaît les mouvements mais n'arrive pas à garder la tête hors de l'eau très longtemps.

— J'ai passé des heures dans le petit bain à apprendre les bases du crawl et de la brasse, reprit Patsy. Et je m'en sortais plutôt bien. En fait, je connais la théorie. C'est la pratique qui pèche.

— Je me rappelle que la prof de natation est passée voir nos parents pour leur expliquer le problème, renchérit Marge. C'est une question de densité osseuse, paraît-il, ou de capacité de flottaison... Un truc comme ça.

— Toujours est-il que personne n'a jamais pu m'aider à surmonter mon handicap.

— À l'école primaire, nous portions un uniforme, et à la piscine nous avions toutes un maillot rose, rebondit Marge. Comme Patsy et moi nous ressemblions énormément, la prof avait du mal à nous différencier. »

Patsy partit d'un petit rire.

« Jusqu'à ce qu'elle nous dise de sauter dans le grand bassin. Marge flottait. Moi, je coulais comme une pierre. Du coup, aujourd'hui, rien qu'à l'idée de monter sur ce radeau, j'ai des sueurs froides. J'ai supplié Mac de me remplacer. Mac est un excellent nageur ; il a remporté plusieurs coupes quand il était dans l'équipe du lycée Jordan. Mais hélas, à la même heure, il entraîne l'équipe rouge de softball.

— C'est moi qui vous remplacerai, se dévoua Michelle. J'adore nager. Vous dites que les épreuves démarrent à 11 heures ?

— Oui.

— Et se terminent... ?

— Deux heures plus tard, je crois... Tous les jeunes étaient invités à s'inscrire, quels que soient leur âge ou leur niveau. Nous avons déjà plus de cent participants. »

Michelle gémit.

« Zut ! Ça risque d'empiéter sur la parade des tricycles. J'ai promis de leur donner un coup de main entre midi et 14 heures. À moins que vous n'acceptiez de me remplacer. Je suis censée aider les enfants à décorer leur vélo.

— Pas de souci. Nous n'avons pas d'enfants, Mac et moi, mais je les adore.

— Il n'y a qu'à voir la manière dont tu t'es occupée des miens, dit Marge. Tu aurais fait une excellente mère. » Puis, se tournant vers Hannah et Andrea : « Et vous, quel est votre programme pour aujourd'hui ?

— Nous allons à la pêche, répondit Hannah.

— À la pêche ? Mais... il y a tout ce qu'il faut pour le déjeuner !

— L'expression est à prendre au figuré, la rassura Andrea.

— Elles vont à la pêche aux infos, traduisit Michelle.

— Tout à fait, confirma Hannah. J'aimerais bien savoir ce qui s'est réellement passé la nuit où Mary Jo Kuehn est morte dans cet accident de voiture. Certaines personnes persistent à croire que c'était Gus qui tenait le volant.

Marge esquissa une grimace.

« Il a toujours prétendu le contraire, mais...

— Vous croyez que Bert aurait pu tuer Gus pour venger la mort de sa sœur ? soupira Patsy.

— On ne peut rien exclure, répondit Andrea.

— Voilà pourquoi nous devons vérifier son alibi, ajouta Hannah. J'aimerais savoir ce qu'il faisait lundi entre 1 heure et 3 heures du matin.

— Moi, pendant ce temps, je m'occuperai de Tracey, proposa Michelle. Et si vous n'êtes pas de retour à 11 heures, je l'emmènerai sur le radeau.

— La pauvre petite ! s'écria Patsy. Et si elle tombait à l'eau ?

— N'ayez pas d'inquiétude, la rassura Andrea. Tracey nage comme un poisson. D'ailleurs, elle participe aux compétitions avec les autres enfants de l'école maternelle.

— Qui lui a appris à nager ? s'enquit Marge.

— Son institutrice. L'année dernière, Janice Cox a tenu à ce que toute la classe s'initie à la natation. Depuis, Tracey fréquente régulièrement la piscine.

— Je ne veux pas rater cela. Si j'ai le temps, je vous rejoindrai, promit Marge.

— Serez-vous longtemps parties ? demanda Patsy en empilant les assiettes sales.

— Cela nous prendra une heure, tout au plus, répondit Hannah.

— Donc vous pourrez assister à l'épreuve des maternelles, dit Patsy en hochant la tête. J'ai vu que la course des petits était programmée en dernier. »

Chapitre 26

Le restaurant Bertanelli était ouvert, mais son parking presque désert. À 9 heures du matin, cela n'avait rien d'étonnant. Personne n'aurait eu l'idée de prendre son petit déjeuner dans une pizzeria. Hannah se gara près de l'entrée.

« Tu as un plan ? demanda Andrea en descendant du véhicule.

— Non. On improvise. Une pizza, ça te branche ? »

Andrea mûrit sa réponse tout en franchissant la porte d'entrée puis en cherchant une table à sa convenance.

« Pourquoi pas ? Mais seulement s'ils en ont à la saucisse et aux poivrons... avec beaucoup de fromage.

— Pas d'anchois ? la taquina sa sœur.

— Jamais avant midi. Les anchois le matin, ce n'est pas très recommandé. Tu vois ce que je veux dire ? »

Hannah voyait parfaitement. C'était un peu comme le jus d'orange sur les corn-flakes – un mélange qu'une de ses amies avait testé un matin où elle n'avait plus de lait au frigo. On n'en mourait pas, mais il valait mieux éviter.

« Bonjour, mesdames, lança une serveuse en s'approchant des deux sœurs qui venaient de s'installer dans l'un des boxes du fond. Puis-je vous proposer quelque chose à boire ?

— Je prendrais bien une tasse de café », dit Andrea.

Au même instant, Hannah répondit :

« Un café, s'il vous plaît.

— Deux cafés ! C'est parti. »

Andrea attendit que la jeune femme s'éloigne pour se pencher vers sa sœur.

« Tu disais que Norman était en déplacement. Il est là où je pense ?

— Tout dépend de ce que tu penses...

— Atlantic City ?

— Gagné.

— Il voulait voir le Mood Indigo ?

— Encore gagné. Il m'appellera s'il trouve quelque chose.

— Tu as ton téléphone sur toi ?

— Oui, dit Hannah en tapotant le gros sac sur la banquette à côté d'elle.

— Tu as pensé à le recharger, hier soir ?

— Oui, absolument.

— Il est allumé ?

— Oui. »

La serveuse revint avec deux tasses de café qu'elle posa devant ses clientes.

« Voilà pour vous.

— Merci. » Hannah sauta sur l'occasion. « Bert est ici ?

— Il ne va pas tarder.

— Et Ellie ? rebondit Andrea.

— Pareil. Ils n'ont pas beaucoup dormi dans la nuit de dimanche à lundi. »

Hannah et Andrea échangèrent un regard.

« Pourquoi ? demanda Andrea.

— Une erreur de caisse. Il y avait une grosse différence entre les recettes de la semaine et les commandes en cuisine. Heureusement, nous avons résolu le problème.

— Qui ça, nous ? réagit Hannah.

— Bert, Ellie et moi. En tant que cheffe de rang, je suis responsable du personnel en salle. Nous avons tout recalculé.

— Et ?

— L'une de nos serveuses, une nouvelle, s'était trompée en inscrivant le prix d'un plat sur la carte. Sans le faire exprès, bien sûr.

— Vous êtes restés jusqu'à quelle heure ? demanda Hannah.

— 3 heures moins le quart. Le dimanche, nous fermons à minuit. Donc ça nous a pris deux heures et quarante-cinq minutes.

— Heureusement, tout s'est bien terminé, dit Hannah en ajoutant par-devers elle : *Et Bert l'a échappé belle.*

— Je suis soulagée. Dans la restauration, il arrive que le personnel pique dans la caisse. Mais ça n'a pas été le cas. Je vous apporte la carte des pizzas ? Ou vous avez déjà une idée ?

— Nous voudrions en partager une moyenne à la saucisse, aux poivrons et au fromage. Avec beaucoup de fromage, récita Hannah.

— Et des champignons, ajouta Andrea. Et des olives noires. Qu'avez-vous d'autre, en garniture ? »

La serveuse leva les yeux de son carnet de commandes.

« Je peux demander qu'on ajoute des oignons, des tomates fraîches, des anchois...

— Va pour les oignons et les tomates, mais pas d'anchois, répondit Hannah en désignant sa sœur. Andrea n'en mange jamais avant midi.

— Je la comprends, sourit la jeune femme avant de prendre note. En résumé, vous désirez une pizza moyenne à la saucisse et aux poivrons, avec beaucoup de fromage, des champignons, des oignons, des olives noires et des tomates. Ce sera tout ?

— Oui.

— Puis-je vous donner un petit conseil ?

— Allez-y, dit Hannah en souriant. S'il est bon, vous aurez droit à un pourboire en échange.

— Merci, dit la serveuse. Vous avez commandé une pizza moyenne à la saucisse avec six garnitures supplémentaires, dont chacune vaut cinquante cents. Ce qui vous fera trois dollars de plus. C'est bien cela ? » Andrea et Hannah confirmèrent d'un signe de tête. « Maintenant, écoutez. Une pizza royale de taille moyenne coûte seulement un dollar cinquante de plus qu'une pizza avec une seule garniture supplémentaire. Or une pizza royale comporte toutes les garnitures que vous m'avez commandées, plus des anchois. Vous me suivez ?

— Je commence à comprendre, dit Hannah en souriant. Que nous conseillez-vous ?

— De commander une pizza royale sans anchois. Vous économiserez un dollar cinquante.

— Excellent conseil ! s'exclama Hannah.

— Assurément, confirma Andrea, enchantée. En récompense, vous aurez droit à un dollar cinquante en plus du pourboire que nous avions l'intention de vous laisser. »

« Comment avons-nous fait pour avaler une telle quantité de nourriture ? souffla Hannah en regardant fixement l'assiette qui avait contenu la pizza royale moins les anchois.

— Je n'en sais rien. Mais c'est fou !

— J'ai toujours dit que la pizza avait quelque chose d'addictif, répliqua Hannah en observant les premiers clients qui arrivaient. Oups !

— Que se passe-t-il ? s'inquiéta Andrea.

— J'ai l'impression d'avoir déjà vécu cet instant.

— Rien d'étonnant, tu n'en es pas à ta première pizza royale ! pouffa Andrea avant de s'apercevoir que sa sœur ne plaisantait pas. Il y a un problème, Hannah ?

— Tu te rappelles la fois où nous sommes tombées sur Mike et Shawna Lee ? Ici même. Ils déjeunaient à deux tables de la nôtre.

— Je m'en souviens. D'ailleurs, tu étais très contrariée.

— Eh bien, figure-toi que ça recommence.

— Qu'est-ce que tu racontes ? Mike ne peut pas déjeuner avec Shawna Lee. Shawna Lee est morte !

— Je suis au courant. Mike déjeune avec une autre femme, mais ils sont assis au même endroit, et cette femme porte un corsage jaune hyper moulant. »

Andrea jeta un coup d'œil discret vers le box que lui indiquait sa sœur.

« C'est de la soie. Elle sait s'habiller, en tout cas.

— Tu la reconnais ?

— Non. Je ne vois que l'arrière de sa tête. Elle a de jolis cheveux, soit dit en passant. On devrait arrêter de les dévisager. Ça me gêne.

— Comment pourrions-nous les dévisager ? Ils nous tournent le dos. Ils ne savent même pas qu'on les regarde.

— Je n'en suis pas si sûre.

— Tu crois qu'ils ont des yeux derrière la tête ?

— Non, mais peut-être que l'un des deux sent ce genre de choses.

— Quel genre de choses ?

— Souviens-toi de grand-mère Elsa, expliqua Andrea. Quand elle voulait que je m'assoie à côté d'elle à l'église...

— Et alors ?

— Elle me poussait du coude dès qu'elle sentait les yeux de quelqu'un *plantés sur sa nuque*, comme elle disait. Moi, j'étais chargée de me retourner et de lui dire de qui il s'agissait. Eh bien, je t'assure, elle ne se trompait jamais. Il y avait toujours quelqu'un qui la regardait.

— Donc, d'après toi, Mike et cette personne disposeraient des mêmes facultés extrasensorielles que notre grand-mère Elsa ? »

Andrea haussa les épaules.

« Qui sait ?

— D'accord. Au lieu de les regarder, on se lève et on va vérifier.

— Euh... bredouilla Andrea. Je te le déconseille.

— Pourquoi ? Nous sommes entre gens civilisés, non ?

— Certes, mais ta voix tremble.

— Quel rapport ?

— Je te connais. Si ta voix tremble, ça veut dire que tu es remontée et que tu vas te comporter comme la grenouille mécanique que Delores a offerte à Bethany. Quand on tourne la clé, elle se met à gonfler, puis on la pose et elle bondit dans tous les sens en coassant.

— Tu crains que je fasse la même chose devant cette femme ? »

Andrea répondit en soupirant : « Peut-être que tu ne coasseras pas. »

Hannah se représenta la scène et fut prise d'un fou rire.

« Chut ! Ne fais pas autant de bruit. On va nous remarquer. »

Cette dernière réplique produisit l'effet contraire à celui recherché. Et comme le rire est contagieux, Andrea elle aussi se mit à glousser, et de plus en plus fort.

« C'est Ronni Ward ! parvint-elle à articuler entre deux hoquets.

— Quoi ? fit Hannah en s'essuyant les yeux.

— La femme qui déjeune avec Mike. Elle vient de se retourner. »

Andrea vit sa sœur passer en une seconde du rire à la stupeur. Seule Ronni Ward pouvait provoquer une telle réaction.

« Tu en es sûre ? demanda Hannah, totalement dégrisée.

— Certaine. Ça va, Hannah ? Tu as un drôle d'air, tout à coup.

— C'est que je suis en train de devenir verte comme ta grenouille.

— Verte de jalousie, c'est cela ? Tu es tellement déçue que tu as envie de mourir ?

— Je ne leur ferai pas ce plaisir. Je crois plutôt que je vais la tuer. Et lui aussi, par la même occasion.

— Tu plaisantes, j'espère ? balbutia Andrea.

— Respire. Je te fais marcher.

— Ouf, je préfère ça. Un instant, j'ai cru que... Tiens, j'entends James Bond qui t'appelle !

— Plaît-il ?

— À qui correspond cette sonnerie de téléphone ?

— De quoi parles-tu ?

— Je t'expliquerai plus tard. En gros, on peut associer une sonnerie à chaque numéro inscrit dans son répertoire.

— Je n'ai rien fait de tel. Norman a dû vouloir me jouer un tour. » Hannah fouilla dans son sac, sortit son portable, décrocha, prononça quelques mots et se tourna vers Andrea. « Justement, c'est lui qui m'appelle d'Atlantic City.

— Oups !

— Pourquoi *oups* ?

— Mike est en approche. Lève-toi vite et file aux toilettes. Je vais le distraire. »

« C'est bizarre de savoir que vous me parlez depuis les toilettes de chez Bertanelli, dit Norman.

— Oui, moi aussi ça me fait drôle. »

Bien que d'une propreté irréprochable, les lieux n'avaient rien d'un salon. Hannah avisa toutefois une chaise posée dans un coin et s'y installa.

« Quelle heure est-il, chez vous ?

— Bientôt 13 heures.

— D'où m'appelez-vous ?

— Du Mood Indigo.

— Il ouvre si tôt ?

— Alison accueille ses clients dès 11 heures du matin. Ils font chaque jour le plein à l'heure du déjeuner, paraît-il.

— Qui est Alison ?

— La vedette... du spectacle.

— La tête d'affiche, en somme.

— Exactement... Attendez une seconde, Hannah. Ça va commencer. J'essaie de trouver un coin tranquille. »

Hannah dut éloigner le portable de son oreille, car une musique à base de cuivres retentit soudain, suivie des hurlements d'un public manifestement déchaîné.

« Non, merci, dit Norman.

— Un autre verre ? prononça une voix féminine à côté de lui.

— Ce jus d'orange me suffira. » Une porte se ferma, le vacarme se transforma en bourdonnement. « Désolé, Hannah, reprit Norman. Il y a un monde fou, ici. C'est jour de paie pour les terrassiers qui travaillent dans la rue.

— Des terrassiers qui prennent leur pause déjeuner dans un night-club. Étrange, non ?

— Ce n'est pas vraiment un... »

La suite fut engloutie par une vague de décibels.

« Je n'entends plus rien ! hurla-t-elle.

— Oui, désolé, une minute ! »

Malgré la musique assourdissante, Hannah reconnut le bruit caractéristique d'un bouchon de champagne qui sautait. Norman cria :

« Merci, mais je n'ai rien commandé. » Une femme lui répondit quelque chose d'incompréhensible qui le fit glousser bêtement. « C'est très gentil à vous, mais je préfère m'abstenir. Je me suis isolé pour discuter avec ma petite amie. »

La femme prononça encore deux ou trois mots, Norman gloussa de nouveau, la porte se referma, et le calme revint.

« Que vous a-t-elle dit ? demanda Hannah.

— Rien d'important. Elle apportait du champagne, comme Gus lui a ordonné de le faire chaque fois que quelqu'un entre dans son bureau et referme derrière lui. Le champagne est bon pour les affaires, j'imagine.

— Ils savent qu'il est mort ?

— Pas encore. Au fait, personne ne l'appelle *Gus*, dans ce club.

— Le détective embauché par Marge disait donc vrai. Gus avait changé d'identité.

— En effet. Et s'il n'avait pas parlé du Mood Indigo le soir du bal, je n'aurais jamais retrouvé sa trace.

— Quel nom s'était-il choisi ?

— Grant Kennedy. Ça en jette, pas vrai ?

— Assurément. Vous comptez informer le personnel ?

— Je vais le dire à Alison cet après-midi. Elle m'a donné rendez-vous chez eux.

— Gus vivait avec Alison ?

— Oui, depuis qu'elle a commencé à travailler pour le club.

— C'est-à-dire... ?

— Trois ans. Je dois reconnaître qu'en tant qu'artiste, elle est plutôt douée... Enfin, je dis ça, mais ce n'est pas trop mon genre de...

— Vous n'aimez pas le blues ? »

Un ange passa.

« Alison ne chante pas.

— Alors, que fait-elle ?

— Elle... danse.

— Elle danse », répéta platement Hannah.

Elle avait du mal à faire coïncider l'image du Mood Indigo décrit par Gus et celle qui ressortait des vagues indications fournies par Norman. Selon le premier, c'était un établissement sélect fréquenté par une clientèle raffinée. Le second en parlait comme d'un restaurant bas de gamme proposant en prime des spectacles de danse.

Dans le doute, Hannah décida de privilégier la version de Norman. Ainsi, le Mood Indigo était le genre d'établissement où les ouvriers venaient s'offrir un steak et des bières les jours de paie, tout en regardant des filles danser et...

« Dites-moi, qu'y a-t-il d'inscrit sur cette affiche, précisément ?

— Eh bien... son nom : Alison. Alison Wonderland.

— Oh, mon Dieu ! souffla Hannah, qui commençait à comprendre. Et en dessous ? »

Norman laissa passer deux secondes avant de répondre.

« NU INTÉGRAL. Mais j'aurais préféré vous le dire de vive voix.

— Vous êtes dans un club de strip-tease ?

— Pas exactement. Mood Indigo n'embauche que de vraies artistes. On est loin de ces boîtes de seconde zone qui... » Hannah fut prise d'un fou rire. « Qu'y a-t-il de drôle ? voulut savoir Norman.

— J'imagine la réaction de votre mère si elle savait que vous êtes en train de boire du champagne dans une boîte de strip-tease.

— Je ne bois pas de champagne. »

Hannah était pliée en deux. Sans qu'elle sache pourquoi, l'histoire de la grenouille mécanique lui avait traversé l'esprit.

« Voulez-vous que je vous dise ce qui arriverait si ma mère savait cela ? » fit-il d'un ton sec.

Hannah se calma d'un coup.

« Je vous écoute.

— Je suppose que mes patients continueraient à venir chez moi. En revanche, ma mère serait tellement affectée qu'elle déciderait de déménager. De sorte que la vôtre perdrait d'un seul coup une amie et son associée. Mesurez-vous la gravité du problème ?

— Oui », répondit Hannah tandis qu'un étrange malaise s'emparait d'elle. Norman ne s'était plus exprimé ainsi depuis le jour où il lui avait confié, sans entrer dans les détails, ses anciens démêlés avec la police de Seattle. « J'en déduis que vous avez été arrêté dans un club de strip-tease du temps où vous habitiez Seattle ?

— Exact. Goldie se servait de ce club comme d'une couverture.

— Goldie ?

— Goldie Lox. La propriétaire des lieux. »

Alison Wonderland. Goldie Lox. Qui d'autre encore ? songea Hannah. Puis une question plus sérieuse lui vint à l'esprit.

« Qu'y avait-il sous cette couverture. Trafic de drogue ? Prostitution ?

— Des paris sportifs. Rien d'extraordinaire, apparemment. Mais assez pour lancer une perquisition. La police a débarqué et tout le monde s'est retrouvé en garde à vue.

— Ils vous ont vite relâché, j'imagine ?

— Non, j'ai été accusé d'ivresse dans un lieu public, de trouble à l'ordre public et de refus d'obtempérer.

— Vous ? fit Hannah, sidérée. Je ne vous ai jamais vu boire !

— À l'époque, je ne me gênais pas. Je venais d'être embauché dans une grande clinique dentaire. Le vendredi soir, après le travail, nous avions l'habitude d'aller chez Goldie prendre un pot entre collègues. Ce n'était pas loin du boulot. Goldie se faisait soigner chez nous...

— Vous étiez le dentiste de Goldie Lox ?

— Elle nous envoyait ses danseuses, également. Cette femme avait peut-être une curieuse manière de gagner sa vie, mais c'était quelqu'un de généreux. Elle s'occupait bien de ses filles, elle leur payait le dentiste, le médecin... On ne peut pas en dire autant de tous les patrons de night-clubs. »

Hannah, qui connaissait mal le sujet, laissa passer quelques secondes avant de répondre.

« Si vous le dites...

— Bref, ce soir-là, mes collègues ont été renvoyés chez eux après avoir collaboré avec la police. Moi, j'ai refusé, donc ils m'ont gardé toute la nuit.

— Vous êtes passé devant le tribunal ?

— Oui. J'ai reconnu les faits et j'ai écopé d'une amende avec inscription au casier judiciaire. Voilà pourquoi le double scotch que j'ai bu chez Goldie, ce soir-là, a été le dernier de toute ma vie.

— Waouh ! » fit Hannah, faute de trouver autre chose à dire.

Si cette histoire lui avait été rapportée par un autre que l'intéressé lui-même, elle n'y aurait pas cru une seule seconde. Ivresse, trouble à l'ordre public, refus d'obtempérer. Tout cela lui semblait tellement étranger à la personnalité de Norman. Sans doute ce regrettable incident l'avait-il profondément transformé.

« À présent, vous comprenez pourquoi je refusais de vous en parler plus tôt ?

— Oui, je comprends. Vous disiez redouter que je change d'avis à votre sujet.

— En effet. » Norman respira un bon coup. « Alors ? Vous avez changé d'avis ?

— Oui. Avant, je vous trouvais presque trop parfait. Maintenant, je sais que vous êtes un homme comme les autres, avec ses défauts et ses qualités. Je vous suis reconnaissante de m'avoir dit la vérité. »

Pendant quelques instants, Hannah n'entendit rien sauf les basses qui vibraient dans le fond.

« Quel soulagement ! s'écria Norman tout à coup. Mais vous êtes sûre ? Mes pieds d'argile ne vous gênent pas ?

— J'adore l'argile. D'ailleurs, mes pieds non plus ne sont pas très solides. »

Hannah comprit que la porte du bureau s'était rouverte. Il y eut deux secondes de tintamarre, puis le silence revint.

« Je dois vous laisser, Hannah. Alison vient de passer. Elle propose de me conduire à leur appartement.

— Vous allez lui apprendre la mauvaise nouvelle ?

— Oui. Et ensuite, je lui demanderai pourquoi Gus est retourné à Lake Eden.

— Très bien. J'aimerais aussi savoir s'il avait des ennemis, si des personnes de son entourage avaient des raisons de vouloir sa mort.

— Je lui poserai la question, comptez sur moi. Et je vous appellerai en sortant. Je vous aime, Hannah.

— Je vous aime aussi, Norman. »

Elle avait parlé sans réfléchir et pourtant c'était vrai, elle l'aimait. Mais pouvait-on aimer deux hommes en même temps ? se demanda-t-elle pour la cent millième fois. Elle était bien placée pour savoir que oui.

Hannah pressa la touche rouge de son portable et se leva. En passant devant le miroir, elle redonna un peu de volume à ses cheveux, tira son chemisier de manière à couvrir son postérieur, remonta son pantalon pour masquer un bourrelet disgracieux, puis sortit des toilettes et regagna la table où l'attendait sa sœur Andrea.

Chapitre 27

« Je t'en prie, dépêche-toi, Hannah ! Je ne veux pas rater le vingt-cinq mètres de Tracey ! »

Andrea traversa la plage comme une météorite jusqu'à l'espace réservé au public. En regrettant d'avoir mangé la dernière part de pizza, Hannah la suivit et arriva juste à temps pour assister au départ de l'épreuve.

« Où est Tracey ? demanda-t-elle, la main en visière, car le soleil tapait fort.

— Cherche le bonnet de bain vert à fleurs blanches.

— Pas facile avec cette écume !

— Elle est en deuxième position, se rengorgea Andrea avant de glapir, surexcitée : Elle vient de passer en tête. Tu la vois ?

— Ça y est, je l'aperçois ! piailla Hannah en bondissant de sa chaise. Elle nage drôlement bien. Les autres sont loin derrière. Elle... elle a gagné ! Andrea ! Tracey vient de passer la ligne d'arrivée !

— Fantastique ! Je savais qu'elle en était capable ! »

Les deux sœurs restèrent un long moment dans les bras l'une de l'autre, puis se rassirent, le sourire fendu jusqu'aux oreilles.

« Je parie qu'elle va intégrer l'équipe de natation du lycée Jordan à la rentrée ! dit Hannah.

— Ce serait super, mais ne t'emballe pas. Le club sportif ne recrute pas avant huit ans.

— Eh bien, il a tort ! »

La petite était sortie de l'eau et courait vers sa mère et sa tante.

« Vous m'avez vue ?

— Bien sûr, ma chérie ! »

Andrea la serra contre elle sans craindre de se mouiller.

« Tu as été formidable, renchérit Hannah. Tu les as tous battus à plate couture.

— Oui. Pourtant, d'habitude c'est Calvin Janowski le meilleur. Sa maman dit qu'il a perdu parce qu'il a une otite. Mais c'est faux. Avant la course, il était en pleine forme et il n'arrêtait pas de se vanter. » Elle s'interrompit puis demanda d'un air sérieux : « Tous les garçons sont comme ça ? »

Les deux femmes se regardèrent en souriant.

« La plupart, oui, répondit Hannah. Mais certaines filles aussi.

— Je sais. Karen a dit que si je partais trop confiante, j'arriverais bonne dernière.

— Karen est ta meilleure amie, dit Andrea en prenant une serviette-éponge pour frictionner les épaules de sa fille. Elle a dit cela pour ton bien.

— Oui… peut-être.

— Mais si, insista Hannah. Elle craignait que tu ne vendes la peau de l'ours. Ou comme on dit chez nous, que tu ne comptes tes poulets avant qu'ils n'éclosent.

— Pourquoi, tante Hannah ?

— Pourquoi quoi ?

— Pourquoi on ne doit pas compter ses poulets avant qu'ils n'éclosent ? L'année dernière, en classe de découverte, on a visité une grande ferme, et la dame qui s'occupait des poussins nous a expliqué comment savoir si un œuf a été fécondé ou pas.

— Vraiment ? s'étonna Hannah, laquelle ignorait qu'on enseignât de telles choses aux enfants de maternelle.

— Comment fait-on ? demanda Andrea, pensive.

— Ils passent les œufs dans une machine qui les éclaire. Si un œuf est fécondé, le petit poussin apparaît sur l'écran. Comme ça, on sait combien de poulets on aura ensuite.

— Si tu le dis... marmonna Hannah, qui sentait le terrain devenir glissant.

— Comme grand-mère et grand-père Todd n'ont pas ce genre de machine dans leur ferme, j'ai demandé à la dame s'il existait une autre méthode pour savoir si un œuf est fécondé ou pas.

— Qu'a-t-elle répondu ?

— Que pour éviter qu'un œuf soit fécondé, il suffit de séparer les poules des coqs. »

Visiblement, Andrea avait hâte de changer de sujet mais manquait d'inspiration.

« Très intéressant, ma chérie...

— Qu'aimerais-tu faire, maintenant ? intervint Hannah.

— D'abord, je vais passer des vêtements secs, puis j'irai retrouver papy Jack. Il a promis de m'acheter un Popsicle au raisin si jamais je gagnais.

— Veux-tu te changer dans le bungalow de grand-mère ? lui proposa Andrea.

— Non, j'ai laissé mes affaires dans le vestiaire des filles. Attendez-moi, j'en ai pour cinq minutes. » Tracey partit comme une flèche, mais au bout de trois enjambées s'arrêta et fit volte-face. « J'ai failli oublier. Mme Schultz m'a demandé de te transmettre un message, tante Hannah. Elle souhaite que tu passes la voir après le déjeuner.

— Pourquoi Ava Schultz veut-elle te parler ? demanda Andrea quand sa fille eut disparu dans le vestiaire.

— Je l'ignore, mais c'est peut-être important. J'y vais de ce pas. À plus tard. »

Comme tout le monde était occupé à suivre les compétitions, il n'y avait pas un seul client dans la supérette d'Eden Lake. La clochette au-dessus de la porte annonça l'arrivée de la visiteuse.

« Ava ! C'est moi, Hannah ! »

Un torchon à la main, l'épicière sortit de l'arrière-boutique qui lui servait aussi de logement.

« Désolée, Hannah. Ça fait une heure qu'il n'y a personne. Alors, j'en profite pour laver la vaisselle.

— Tracey m'a dit que vous vouliez me voir ?

— Oui, c'est au sujet du meurtre de Gus. Je n'aurais pas dû garder le silence aussi longtemps. Bref, il est temps que je parle, ne serait-ce que pour éviter à un innocent d'être accusé à tort. » Ava s'interrompit puis reprit sur le ton de la confidence. « Ce n'est pas Jack, Hannah. Il en est incapable. Je le connais bien, on a fait nos études ensemble. C'était le garçon le plus gentil, le plus délicat, le plus prévenant... J'ai l'impression de trahir un ami d'enfance !

— Faites-moi confiance, réagit Hannah. Je ne suis pas de la police. Si nous estimons que votre témoignage n'est pas crucial, rien ne m'oblige à le divulguer.

— Tu es sûre de toi ? Je ne veux pas lui causer de problèmes.

— Rassurez-vous, Ava. Je gère.

— Comme je te l'ai déjà expliqué, dimanche soir, après le passage de Gus, je suis allée me coucher. Mais à peine avais-je enfilé ma chemise de nuit que j'ai entendu la cloche sonner dehors.

— Un client ?

— Oui. C'est mon père qui a installé cette cloche. Il disait qu'elle pourrait servir si jamais quelqu'un avait besoin d'essence en pleine nuit. En vingt ans, elle n'a pas sonné une seule fois. Alors, j'ai mis ma robe de chambre et je suis sortie.

— Qui était-ce ?

— Jack Herman. Il se tenait là, totalement désemparé. Je sais qu'il est malade. Donc, je me suis dépêchée de le faire entrer. Au besoin, je l'aurais raccompagné à son cabanon.

— Et alors ?

— J'ai cru qu'il faisait une crise de somnambulisme. Mais non. Il était bien réveillé. D'abord, il s'est excusé de m'avoir dérangée. Il m'a dit qu'il avait vu de la lumière chez moi et que ça lui avait donné l'idée d'acheter un bocal de pieds de porc au vinaigre pour Marge.

— Qu'avez-vous répondu ?

— Que je pouvais lui en vendre, mais que Marge n'en avait peut-être pas besoin immédiatement...

— Comment a-t-il réagi ?

— Il a ri et il a dit qu'en effet, elle en mangeait rarement au petit déjeuner, mais qu'ils seraient très occupés le lendemain à cause de cette réunion de famille, et qu'il préférait prendre les devants.

— Il vous a payée ?

— Jack a toujours réglé ses achats rubis sur l'ongle. Même à l'époque où Emmy et lui tiraient le diable par la queue.

— Merci de m'avoir informée, Ava. »

Hannah fit demi-tour, la tête basse. Elle avait espéré que Mac s'était trompé. Mais hélas, Jack était effectivement sorti de son bungalow dans la nuit du dimanche au lundi, pile au moment où Gus avait poussé son dernier soupir.

« Ah, vous voilà ! s'écria Patsy en voyant Hannah entrer dans la cuisine des Thompson à la recherche d'Andrea. Où étiez-vous ?

— Pas loin », répondit Hannah, laconique, en allant se verser une tasse de café.

Patsy regarda autour d'elle. La cuisine fourmillait d'activité. Les unes chargeaient les lave-vaisselle, les autres récuraient marmites et casseroles. Mieux valait passer dans le salon. Les deux femmes s'installèrent sur le canapé.

« J'ai appris ce que Mac vous a dit hier soir. Marge m'en a parlé. Vous ne croyez tout de même pas que c'est Jack qui a fait le coup ! »

Hannah hésita. Le témoignage d'Ava corroborait le récit de Mac, mais elle ne se faisait toujours pas à l'idée que Jack fût un assassin.

« Non, enfin, j'espère que non. Quand nous avons discuté, il ne se souvenait de rien.

— A-t-il les moyens de s'en souvenir ? demanda Patsy d'un air navré.

— Je l'ignore. De toute façon, qu'il se souvienne ou pas ne fait guère de différence.

— Malheureusement, répliqua Patsy avec colère. Pourquoi diable Mac a-t-il éprouvé le besoin de vous raconter qu'il l'avait croisé sur le chemin ? Jack et lui s'entendaient comme larrons en foire quand ils étaient au lycée. Je croyais qu'ils étaient restés amis, mais apparemment je me trompais. Un ami n'aurait rien dit...

— Attendez un peu », l'interrompit Hannah. Les rouages de son cerveau tournaient de plus en plus vite. « Vous avez bien dit que Mac l'avait croisé sur le chemin ? Ce qui signifie qu'il était dehors, lui aussi.

— Oui. Il marche toujours un peu avant d'aller se coucher. Son médecin le lui a conseillé. Sinon, il a des crampes dans la nuit. »

Confrontée à deux déclarations contradictoires, Hannah ne savait plus à laquelle ajouter foi.

« Je croyais pourtant que Mac était dans la cuisine, près de l'évier, au moment où il a vu passer Jack.

— C'est lui qui vous a dit cela ? s'écria Patsy, stupéfaite. Où Jack allait-il, selon lui ?

— Vers la salle des fêtes. Il aurait tourné au coin et serait entré, du moins c'est ce que Mac suppose puisqu'on ne voit pas la porte de chez vous.

— Impossible ! s'exclama Patsy.

— Qu'est-ce qui est impossible ?

— Mac n'a pas pu voir Jack se diriger vers la salle des fêtes depuis la fenêtre de la cuisine. Cette fenêtre est quasiment bouchée par un grand mélèze. Non, il a dû le croiser sur le chemin pendant qu'il se promenait. C'est la seule explication.

— Je suis complètement perdue, bredouilla Hannah. Pourquoi Mac m'aurait-il menti ?

— Pour ne pas avoir à se justifier. Mac a toujours eu tendance à fuir les problèmes. S'il avait avoué être sorti se balader, ce soir-là, la police l'aurait classé parmi les suspects. Après tout, il aurait très bien pu suivre Gus dans la salle des fêtes et le tuer à cause de cette ridicule histoire d'argent. »

Hannah avait beau se concentrer, rien de ce qu'elle entendait ne faisait sens.

« Quelle ridicule histoire d'argent ?

— Je vous en ai parlé, rappellez-vous. J'ai prêté de l'argent à Gus. Il y a bien longtemps ! Quand Mac l'a su, il a voulu le récupérer. Avec les intérêts.

— Il est allé voir Gus ?

— Ce n'étaient pas ses affaires. Cet argent m'appartenait. Je l'avais gagné avant notre mariage. J'avais le droit de le dépenser à ma guise. Gus avait des dettes de jeu, j'ai voulu le sortir de ce mauvais pas, voilà tout. Ce jour-là, j'ai même précisé que je lui en ferais cadeau s'il renonçait à son vice.

— Il y a renoncé ?

— Oui, pendant quelque temps. Mais il avait ça dans le sang. Certaines personnes sont ainsi. C'est comme un pacte avec le diable. En tout cas, Mac n'avait pas à se mêler de cette affaire. J'ai été très claire avec lui. D'ailleurs, à supposer qu'il ait remis la main sur cet argent, je n'en aurais pas vu la couleur.

— Pourquoi ?

— Mac joue en Bourse et il perd, le plus souvent. C'est comme ça depuis notre mariage. »

Voyant que Patsy commençait à se disperser, Hannah la remit sur les rails.

« Reprenons. D'après vous, si Mac m'a caché sa petite balade dans la nature, c'est qu'il craignait que la police ne l'accuse du meurtre de Gus ?

— Exactement. Cette balade plus l'argent que j'avais prêté à Gus et qu'il avait tenté de récupérer... Ça faisait beaucoup, non ? Il craignait tellement d'être arrêté qu'il m'a demandé de le couvrir. J'étais censée dire aux enquêteurs que nous avions passé toute la soirée ensemble.

— Mais ce n'est pas le cas ?

— Non, puisqu'il est sorti quelques minutes.

— Qu'avez-vous répondu ?

— Que je ne le dénoncerais pas de mon propre chef, mais que si la police me posait la question, je n'avais pas l'intention de leur mentir. »

Hannah ajouta cette donnée à sa liste déjà longue.

« Comment a-t-il réagi ? Il s'est mis en colère ?

— Il n'a pas bronché, répondit Patsy avec un haussement d'épaules. Il a même dit qu'il me comprenait.

— C'est bizarre, non ? Il aurait pu vous reprocher de ne pas le soutenir.

— Mac ne montre pas ses émotions. Même quand il est contrarié, il est capable de sourire. Je commence à le connaître depuis le temps que je le pratique. »

Chapitre 28

Hannah longeait le chemin allant de la supérette à la grande pelouse où se déroulaient les compétitions autres qu'aquatiques quand le thème musical associé aux films de *James Bond* résonna de nouveau à ses oreilles. Dans un premier temps, elle crut qu'il venait d'un transistor, puis elle comprit et plongea la main dans son sac.

« Vous êtes bien Rhodes, Norman Rhodes ? dit-elle en décrochant.

— Hannah ! Vous avez reconnu ma sonnerie ?

— Évidemment ! C'est la seule qui sorte de l'ordinaire. D'ailleurs, je n'ai toujours pas compris comment vous avez fait.

— Je l'ai installée sur votre portable avant de partir pour Atlantic City. Chaque numéro de votre répertoire téléphonique peut être personnalisé. Je vous montrerai la marche à suivre dès mon retour.

— Vous rentrez demain matin, comme prévu ? demanda Hannah, fébrile.

— Non, ce soir. Je suis à l'aéroport d'Atlantic City. Mon avion décolle dans vingt-cinq minutes et atterrira à 21 heures et des poussières.

— 21 heures pour vous ou pour moi ?

— Pour vous. Je vous retrouve à votre appartement ?

— Avec plaisir ! Si je ne suis pas rentrée, prenez la clé chez les voisins. » Et pour ne pas paraître trop impatiente, elle ajouta : « Enfin... si vous voulez.

— Bien sûr que je le veux. Maintenant, j'ai hâte de vous raconter ce qu'Alison m'a appris. »

Hannah s'engagea sur l'aire de pique-nique désertée, avisa une table à l'ombre et s'y installa.

« Je vous écoute.

— Il n'y avait pas de coffre chez eux. Pas d'argent non plus. Leur appartement est correct, mais on est loin du *penthouse* dont Gus avait parlé.

— Donc cet homme mentait comme il respirait.

— Je le crains. La masseuse, la manucure, les restaurants gastronomiques... Tout cela n'était qu'affabulations. Le Mood Indigo ne rapporte quasiment rien. Les recettes suffisent tout juste à payer les salaires.

— Et la Jaguar ?

— Une location. Quand il est parti, Gus ne possédait plus qu'une seule carte de paiement valide. Celle qui a été annulée hier. Alison a reçu la notification par e-mail. Pire encore, voilà un mois, il a emprunté de l'argent à un individu peu recommandable. Le genre qui n'hésite pas à vous casser bras et jambes pour un simple impayé et vous réclame deux fois plus qu'il n'a prêté. Vous me suivez ?

— Trop bien, hélas, soupira Hannah.

— Il y a trois jours, ce type a débarqué au Mood Indigo avec sa bande. Gus lui a remis ce qu'il avait en caisse, mais ça n'a pas suffi. Il a dit qu'il reviendrait à la fin de la semaine et que s'il n'y avait pas le compte, il lui ferait passer un sale quart d'heure.

— Oups !

— Je ne vous le fais pas dire. Toujours d'après Alison, Gus n'en menait pas large quand ils sont rentrés chez eux, cette nuit-là. Pour lui changer les idées, elle lui a passé une émission qu'elle avait enregistrée la veille, dans laquelle des antiquaires parcourent le pays en proposant leurs services à des particuliers ayant des biens à expertiser.

— *Adjugé, vendu !* Je connais cette émission. Ma mère ne la rate jamais.

— Eh bien, figurez-vous que tout à coup Gus s'est levé et a filé dans leur chambre pour mettre ses plus beaux vêtements dans une valise. Après quoi, il est parti en disant qu'il retournait à Lake Eden parce qu'il avait laissé un objet précieux là-bas.

— Lequel ?

— Il s'est bien gardé de le préciser. Mais Alison est quasiment sûre que c'est cette émission qui l'a fait réagir ainsi.

— Sur quels biens portaient les expertises ce jour-là ?

— Alison a effacé la bande le lendemain mais elle se souvient d'un ours en peluche, d'une photo célèbre et de cartes de base-ball. »

Hannah sortit son calepin et un stylo de son sac.

« Je note : un ours en peluche, une photo célèbre, des cartes de base-ball. Delores et Carrie m'en apprendront peut-être davantage.

— Parfait. Nous touchons au but, Hannah.

— Je le pense aussi, répondit-elle, bien qu'il lui manquât encore l'essentiel. Vous avez fait du beau travail, Norman.

— Merci. Dois-je vous rappeler que vous m'avez promis d'appeler Mike à la moindre... ?

— Je n'ai pas oublié, n'ayez crainte », le coupa-t-elle en se demandant quelle sanction elle encourrait si, comme elle le prévoyait, elle ne tenait pas la promesse qu'elle venait de réitérer.

Hannah repéra sa mère assise à l'écart de la foule sur un fauteuil de jardin en bois vert pomme. Dans sa robe longue en mousseline blanche retenue à la taille par une écharpe carmin, on aurait dit une reine présidant une fête de charité donnée dans le parc de son château. Seule concession à l'ardeur du soleil, elle avait mis une grande capeline façon Scarlett O'Hara, piquée de fleurs rouges et blanches. Sur une autre qu'elle, un tel couvre-chef aurait paru déplacé, voire ridicule, mais l'altière Delores Swensen en faisait un accessoire du plus grand chic.

« Coucou, maman, dit Hannah avant de se laisser tomber sur le fauteuil libre, entre sa mère et l'associée de celle-ci. Bonjour, Carrie. J'ai une question à vous poser à toutes les deux.

— D'accord, mais au préalable, fit Delores en se penchant inutilement, car sa fille était assez proche pour l'entendre, je dois t'informer que ce matin nous sommes allées à l'auberge interroger Sally au sujet de la carte avec laquelle Gus a payé le brunch.

— La somme lui a été créditée, enchaîna Carrie. Sally a coutume d'encaisser immédiatement les clients qui viennent d'un autre État.

— Elle a eu le nez creux. Si elle avait attendu ne serait-ce qu'une demi-journée, la banque de Gus aurait rejeté le paiement.

— Donc cette carte-là non plus n'était plus valide ? conclut Delores.

— En effet. Dites-moi, mesdames, vous regardez toujours *Adjugé, vendu !*, je suppose.

— Toutes les semaines. Puis nous commandons les DVD au fur et à mesure de leur parution. Stan les déduit de notre déclaration d'impôts au titre des frais professionnels.

— Normal, dit Hannah. La semaine dernière, vous l'avez vue ? »

Carrie éclata de rire.

« Bien sûr. Nous n'avons encore jamais raté d'épisode.

— C'était celui avec l'ours Steiff, n'est-ce pas, Carrie ? demanda Delores.

— Oui. Et la boîte à bijoux en forme de cœur, avec un couvercle serti de rubis et de diamants véritables. Il y avait aussi cette magnifique photo d'Ansel Adams et... »

Hannah coupa court. « Je ferais bien de vous dire pourquoi cette émission m'intéresse. » En quelques mots, elle leur raconta ce que Norman avait appris à Atlantic City, sans toutefois préciser que le Mood Indigo n'avait rien du club chic vanté par son propriétaire, mais était un restaurant minable tenu par une certaine Alison, laquelle avait cohabité avec Gus pendant trois ans.

« Alison lui a confié que Gus était parti en toute hâte avant la fin de l'émission en disant qu'il avait laissé à Lake Eden un objet précieux qu'il devait absolument récupérer.

— C'est mon Norman qui a découvert tout cela ? se rengorgea Carrie.

— Oui, en effet, répondit Hannah.

— Quel talent ! Il aurait pu être détective.

— Ne dis pas de bêtises ! la reprit Delores. Détective est un métier dangereux. Tu passerais ton temps à te ronger les sangs.

— Tu as raison, reconnut Carrie. Je n'avais pas envisagé la chose sous cet angle. »

Hannah réorienta vite la conversation, sinon Delores allait se rappeler que sa propre fille avait la fâcheuse habitude d'exercer, quoiqu'en amatrice, le dangereux métier qu'elle venait de déconseiller pour Norman.

« En tout cas, une chose est sûre. Gus est rentré au pays pour récupérer ce fameux objet. Le soir du bal, il a parlé d'un coffre qui se trouve dans le grenier de Lisa. Un coffre dans lequel ses parents avaient rangé une bonne partie de ses affaires, dont un ours en peluche et sa vieille batte de base-ball.

— Cet ours est peut-être un Steiff, suggéra Carrie. Un Steiff noir en alpaga fabriqué dans les années 1970 peut valoir une fortune, même un peu abîmé. »

Delores acquiesça.

« Il y a aussi la batte. Imagine qu'elle porte l'autographe d'une vedette !

— Sauf qu'il n'était pas question de batte dans cette émission, lui rappela Carrie. En revanche, je me souviens d'un petit garçon possédant des cartes de collection. Tu sais, ces cartes à l'effigie des grands joueurs de base-ball ? »

Redoutant qu'elles ne tournent en rond, Hannah proposa : « Allons trouver Marge et Patsy. Vous leur décrirez les objets présentés aux experts, et elles vous diront lesquels auraient pu appartenir à leur frère quand il était jeune. »

Les trois femmes, qui avaient rejoint Patsy et Marge dans le bungalow de cette dernière, exposaient la raison de leur visite tout en sirotant du café. Une assiette de cookies rouge velours trônait au centre de la table où Jack l'avait posée avant de partir avec son fils Tim pour assister au match de softball.

« Un ours Steiff ? » Les deux sœurs se regardèrent puis éclatèrent de rire. « Non, l'ours de Gus n'avait rien de précieux ! répondit Patsy. Nous possédions le même modèle tous les trois. Tante Minnie et oncle Carl, qui tenaient un bazar, en offraient à tous les nouveau-nés de la famille. Ils les achetaient en gros pour les revendre dans leur magasin. »

Hannah écouta sa mère et Carrie décrire en détail les autres objets. Elle n'en revenait pas d'une telle précision. Malheureusement, ce fut peine perdue.

« Vers la fin de l'émission, un jeune garçon a présenté les cartes de base-ball de son arrière-grand-père, tenta finalement Delores.

— L'expert les a estimées à huit cents dollars tous frais payés, compléta Carrie. En précisant toutefois qu'il pourrait peut-être en tirer mille deux cents dans une vente aux enchères. Je doute que Gus ait fait le voyage jusqu'à Lake Eden pour mille deux cents dollars. »

Marge confirma d'un signe de tête.

« Il a dépensé deux fois plus pendant les quelques heures qu'il a passées ici. Un brunch au champagne pour vingt et quelques personnes, ce n'est pas donné.

— Cela dit, quand Gus a été accepté dans l'équipe de base-ball du lycée Jordan, je crois bien que papa lui a donné les cartes de notre grand-père… » dit Patsy.

À ces mots, Delores se mit à bafouiller.

« Mais il ne… Je veux dire… Comment aurait-il… ? Vous croyez qu'il aurait pu… ?

— Temps mort ! cria Hannah. Respire un bon coup, maman. Après, tu nous feras part de ta remarque. »

Une fois n'était pas coutume, Delores lui obéit.

« Honus Wagner, lâcha-t-elle dans un souffle.

— Mais c'est bien sûr ! »

La mâchoire inférieure de Carrie se relâcha puis reprit sa place initiale dans un claquement sonore.

« Après la séquence avec le petit garçon, la caméra a fait un gros plan sur l'expert, reprit Delores, lequel a précisé qu'il existait une carte plus précieuse que toutes les autres. Un Saint Graal, pourrait-on dire. Et que la dernière fois qu'une telle carte avait figuré dans une vente aux enchères, elle était partie pour plus de deux millions de dollars. »

Patsy devint blême et produisit un étrange couinement.

« Qu'est-ce qui vous arrive ? » s'inquiéta Hannah.

Au lieu de répondre, Patsy fixait obstinément le mur devant elle. Allait-elle tomber dans les pommes ? Mais non. Devant les regards médusés de ses compagnes, Patsy cligna des yeux. Une fois, puis deux.

« Désolée ! C'est juste que... Cette carte me dit quelque chose. Honus Wagner. C'est un nom qu'on n'entend pas tous les jours.

— Vous l'avez vue ? Pouvez-vous la décrire ? attaqua Delores.

— Je ne... je ne sais pas. Oui, je l'ai vue, mais ça fait plus de trente ans... » Patsy inspira profondément et ferma les paupières. « Je me souviens d'un portrait. Un homme aux cheveux courts avec un col noir, et devant lui le nom de la ville de Pittsburgh imprimé en gros caractères.

— C'est elle ! » hurla Carrie.

Presque au même moment, Delores s'écria :

« Gus possède la carte Honus Wagner !

— Possédait », lui rappela Hannah.

À son tour, Marge poussa un petit cri.

« Tu penses qu'il a été tué à cause de cette carte ?

— Ce n'est pas impossible, répondit Hannah. Si elle vaut vraiment deux millions, et que l'assassin le savait...

— Donc, si on la trouve, on trouve aussi le coupable ! » déclara Carrie d'une voix tremblante d'excitation.

Son raisonnement souffrait de quelques faiblesses, mais Hannah se garda de la détromper.

« Le tueur ignore que nous sommes au courant. Et ça doit continuer. Je vous demanderai donc la plus grande discrétion.

— Parce que le tueur pourrait être n'importe qui ? hasarda Delores.

— Exactement. Une nouvelle pareille finit toujours par se propager, même si vous n'en parlez qu'à une personne en qui vous avez totalement confiance. Cette personne peut faire une gaffe. On peut surprendre votre conversation... Pour éviter cela, une seule solution : on ferme sa bouche et on ouvre l'œil.

— Tu as parfaitement raison, Hannah, fit Delores en branlant du chef. Ton père disait toujours : "Trois hommes peuvent garder un secret à condition que deux d'entre eux soient morts." »

Cette boutade allégea quelque peu l'atmosphère. Hannah, qui connaissait sa mère, comprit qu'elle allait devoir se montrer un peu plus convaincante. Après tout, Delores n'était-elle pas l'une des fondatrices, avec Carrie, de Radio Cancan ?

« Ce serait vraiment génial si nous pouvions mettre la main sur cette carte, insista-t-elle en se tournant vers Marge et Patsy. Je ne doute pas que nos deux expertes ici présentes vous aideraient à en tirer le meilleur prix.

— Cela va sans dire, s'empressa de confirmer Delores.

— Naturellement, fit Carrie en écho. Et pour ce qui est de nos honoraires, comme vous êtes des amies, nous vous appliquerons un tarif bien inférieur à ceux des autres antiquaires.

— Évidemment, renchérit Hannah, si la chose s'ébruite, vous pourrez dire adieu à ce joli rêve. Ce serait vraiment dommage que le tueur jette la carte Honus Wagner dans le lac pour éviter d'être pris avec ! »

Cette dernière remarque déclencha une vague de soupirs. Patsy et Marge semblaient avoir compris l'enjeu.

Quant à Delores et à Carrie, la crainte de voir l'affaire du siècle leur passer sous le nez suffirait à les faire taire.

« On se retrouve ici même, après le concours des jeunes talents, d'accord ? dit Hannah. Comme Michelle, Andrea et moi n'y allons pas, nous aurons le temps de mettre au point un plan d'attaque. Je vous tiens au courant. »

Chapitre 29

S'étant au préalable enduite de répulsif, Hannah alla s'asseoir sur le ponton du cabanon familial, une tasse de café dans une main, son portable dans l'autre. Appeler Mike ou ne pas l'appeler ? Telle était la question. Pourtant, elle n'aurait pas dû hésiter ; par deux fois elle avait promis à Norman de prévenir Mike en cas de danger. Mais y avait-il vraiment danger ? Hannah tâchait de se persuader que non mais devait tout de même reconnaître qu'un individu ayant tué pour s'emparer d'une carte de base-ball n'hésiterait pas à recommencer pour éviter d'être démasqué.

Elle devait donc prévenir Mike. Hannah composa son numéro puis attendit en espérant vaguement qu'il ne décroche pas. Mais hélas, Mike décrochait toujours.

« Bonjour, Hannah.

— Comment saviez-vous que c'était moi ?

— Vous ne sonnez pas comme tout le monde. »

Hannah balança une seconde entre curiosité et circonspection, puis opta pour la première option.

« Je sonne comment ?

— Oh ! Eh bien... j'ai programmé... un standard des Beatles que j'aime bien. »

Comme Mike semblait un peu gêné, Hannah insista sournoisement.

« Je peux connaître le titre ?

— *Here Comes the Sun.*

— Pourquoi cette chanson en particulier ? demanda-t-elle, soulagée qu'il n'ait pas choisi *Help !*.

— Parce que, dès que vous apparaissez, j'ai l'impression que le soleil se met à briller. Même s'il fait mauvais, je veux dire. »

C'était tellement mignon que Hannah en resta coite. Par chance, un bip retentit sur la ligne, la tirant de son embarras.

« Je vous mets en attente, Hannah. C'est Lonnie qui m'appelle. »

Elle lui dit de prendre son temps, posa l'appareil et se mit à contempler les reflets de la lune sur la surface ridée du lac. L'astre était particulièrement lumineux ce soir-là, perché au-dessus de la rive opposée tel un énorme globe d'argent se déplaçant sur le velours du ciel. Si elle avait eu un magazine, Hannah aurait pu le lire sans problème.

Mike revint en ligne.

« Désolé. Lonnie est passé vérifier l'alibi de Bert, mais il semble qu'il ait pris sa soirée.

— Il assiste au concours des jeunes talents avec Ellie dans la salle des fêtes.

— Merci. Je vais rappeler Lonnie.

— Pas la peine. Andrea et moi étions chez Bertanelli ce midi. Nous avons vérifié l'alibi de Bert tout en mangeant une pizza.

— Mais… j'étais persuadé qu'il ne travaillait pas ce midi. J'avais emmené Ronni déjeuner là-bas pour pouvoir discuter avec lui, justement. » *Tu parles !* pensa très fort Hannah, encore flattée d'avoir été comparée à un soleil. « Je peux savoir comment vous avez fait pour vérifier son alibi ? » insista Mike.

Hannah l'imagina ouvrant son calepin, prêt à noter.

« Sa cheffe de rang nous a raconté que le soir du meurtre, après la fermeture, une erreur de caisse avait été constatée. Ellie, Bert et elle ont passé presque trois heures, de minuit à 2 h 45, à tout recalculer.

— Bert est resté avec elle tout ce temps ?

— Oui, Mike. Vous pouvez le rayer de votre liste. » Hannah décida d'enfoncer le clou. « Si vous m'aviez dit que vous le suspectiez, je vous en aurais parlé avant. »

Mike soupira.

« Au temps pour moi. Qu'avez-vous appris d'autre ?

— Rien que vous ne sachiez déjà.

— Quoi, par exemple ?

— Par exemple que non seulement le Mood Indigo n'a rien de sélect, mais qu'il s'agit d'une boîte de strip-tease. Et que Gus vivait avec l'une de ses danseuses dans un appartement tout ce qu'il y a de modeste.

— Comment avez-vous… ?

— Peu importe, l'interrompit Hannah pour l'empêcher de poser une question à laquelle elle ne voulait pas répondre.

— OK. Quoi d'autre ?

— Il se faisait appeler “Grant Kennedy”.

— Là, vous ne m’apprenez rien. C’est le nom inscrit sur son permis de conduire. »

Hannah fut tentée de lui demander pourquoi il n’avait pas jugé bon de lui transmettre cette information, mais s’en abstint, supposant qu’il botterait en touche, comme d’habitude.

« Gus devait de l’argent à un voyou. Le genre de type qui ne recule devant rien pour récupérer son dû.

— Ça vous ennuierait de m’en dire davantage ?

— Le soir où Gus a quitté Atlantic City, il regardait avec sa petite amie *Adjugé Vendu !*, l’émission dans laquelle une équipe d’antiquaires estime des objets plus ou moins précieux. Alison prétend que Gus s’est levé avant la fin du programme et qu’il est allé faire ses bagages en disant qu’il avait laissé quelque chose à Lake Eden. Une chose qui valait assez cher pour le tirer d’affaire.

— Comment n’y ai-je pas pensé ! s’écria Mike, stupéfait par sa propre étourderie. Il est revenu à Lake Eden chercher sa carte Honus Wagner. D’après notre expert, elle vaut plus de deux millions. »

Hannah déglutit.

« Vous étiez au courant pour cette carte ?

— Bien sûr. Elle est au poste de police, dans le local où nous conservons les pièces à conviction. Nous l’avons trouvée dans sa valise, avec d’autres beaucoup moins rares.

— Pourquoi ne m’avoir rien dit ?

— Mais enfin ! C’est une pièce à conviction ! Seul un officier de police assermenté peut être mis dans la confidence. »

Hannah compta jusqu’à trois puis, comme elle voyait toujours rouge, continua jusqu’à dix. Elle aurait dû savoir que Mike ne violerait pas les règles de procédure pour ses beaux yeux.

« Vous pensez que cette carte a un rapport avec le meurtre de Gus ? reprit-elle, un peu remise de sa colère.

— J'en doute. Si le tueur en avait appris l'existence, il serait allé fouiller son bungalow et l'aurait trouvée dans la valise. Cette carte a peut-être attiré la victime à Lake Eden, mais ce n'est pas à cause d'elle qu'elle est morte.

— À cause de quoi, alors ?

— Je n'en sais rien. Bert Kuehn était mon seul suspect. Mais rassurez-vous, Hannah, nous finirons par attraper le tueur au pic à glace.

— Vous êtes sûr qu'il s'agissait d'un pic à glace ?

— Pas à cent pour cent. Mais le Dr Knight a trouvé de minuscules éclats de peinture verts et rouges dans la plaie. Ce qui correspond à la description que vous m'avez faite des pics à glace que votre grand-père offrait en cadeau à ses clients. J'ai demandé à Rick de se renseigner auprès des fabricants. Comme aucun ne commercialise ce genre de modèle, j'en ai conclu que le tueur s'est servi d'un pic à glace venant de l'ancienne quincaillerie Swensen.

— S'il savait cela, mon défunt grand-père serait catastrophé, soupira Hannah. Pensez-vous le retrouver ?

— Si le tueur possède deux doigts de jugeote, ce pic a sûrement fini au fond du lac.

— Pourquoi ?

— Parce qu'un pic à glace est petit et le lac trop vaste pour qu'on le drague. Ça prendrait des mois, et le résultat n'est pas garanti. Si l'arme s'est plantée dans la vase ou sous une racine immergée... elle y restera jusqu'à la fin des temps.

— Vous l'avez quand même cherchée, j'imagine.

— Oui, dans les poubelles de la salle des fêtes, mais sans trop y croire. Et nous avons passé les buissons environnants au détecteur de métaux. » Mike gloussa. « On a récolté neuf anneaux de canette, des capsules de bière à foison, une plaque d'immatriculation des années 1950, rouillée, et onze dollars quarante-huit de menue monnaie.

— Et les cabanons ? Vous les avez tous fouillés ?

— Non, seulement celui de Gus. En l'absence de motif suffisamment valable, je n'aurais pas obtenu de mandat de perquisition. Sans compter que fouiller tous les cabanons aurait été une perte de temps. Je doute que le tueur soit assez stupide pour avoir planqué son arme dans l'un d'entre eux.

— Vous avez peut-être raison », dit Hannah.

Mais elle n'en était pas si sûre. En fait, tout dépendait de l'état d'esprit de l'individu au moment de passer à l'acte. S'il avait tué de sang-froid, on avait peu de chances de retrouver le pic à glace. En revanche, s'il avait agi sous le coup de la colère, c'était une autre histoire. Voyant que Gus était mort, il aurait pu paniquer et cacher l'arme du crime à proximité, voire chez lui.

Une nouvelle série de bips électroniques interrompit le fil de ses réflexions.

« Excusez-moi, je dois raccrocher, soupira Mike. C'est Rick Murphy qui m'appelle depuis le labo. »

Hannah prit congé et rabattit le clapet de son portable en réfléchissant à la nouvelle donne. Plus besoin de chercher la carte de base-ball. À présent, il s'agissait de mettre la main sur le fameux pic à glace. Contrairement à Mike, elle n'avait pas besoin de mandat. De plus, elle disposait du temps nécessaire, puisque la famille au grand complet serait bientôt rassemblée dans la salle des fêtes.

La nuit avait remplacé le crépuscule. Les ombres des grands conifères formaient une voûte de ténèbres sur le pourtour du lac nimbé de lune. Le regard dans le vague, Hannah passait en revue les faits et les témoignages récoltés au cours des dernières heures, quand soudain le ponton se mit à vibrer sous ses fesses.

« Coucou, nous revoilà ! lança Michelle avant de s'asseoir à côté d'elle. On a vérifié. Les occupants des cabanons que tu prévois de fouiller font tous la queue devant la salle des fêtes.

— Récapitulons, par simple précaution, dit Hannah. Marge et Jack ?

— Ils sont avec Herb et Lisa, déclara Andrea.

— Patsy et Mac ?

— Devant Edna et sa sœur.

— Delores et Carrie ?

— Elles sont... On ne va quand même pas fouiller le bungalow de notre mère ! s'indigna Michelle.

— Je voulais juste savoir si vous suiviez. »

Hannah cita encore six noms, puis, satisfaite du travail de repérage effectué par ses sœurs, demanda à la plus âgée des deux : « As-tu pensé à prendre la lampe de poche dans ta voiture ? »

Andrea tapota le sac marqué “Red Owl” posé sur ses genoux.

« Je l'ai. Entre ma lampe et les deux torches que tu as dans ton break, nous sommes parfaitement équipées. On y va ?

— Oui, mais d'abord, sachez que l'objet de nos recherches a changé, annonça Hannah, qui se sentait comme un général distribuant les dernières instructions aux membres de son état-major. On laisse tomber la carte Honus Wagner. Mike vient de m'apprendre qu'elle était dans la valise de Gus. Maintenant, nous devons trouver un pic à glace doté d'une poignée rouge et vert.

— Comme ceux que vendait grand-père Swensen ? demanda Andrea.

— Exactement. Le Dr Knight a relevé des éclats de peinture sur la victime. Ce qui signifie que l'arme du crime provient sans aucun doute de l'ancienne quincaillerie familiale. »

« Chercher sans trouver, quel ennui ! grommela Michelle en sortant du cabanon rose.

— À qui le dis-tu ! » souffla Hannah.

Sur les deux pics à glace présents dans la cuisine, le premier avait une poignée métallique, le second une poignée en plastique orange.

« Cinq bungalows fouillés de fond en comble, soupira Michelle. Et pour quel résultat ? Nous n'avons rien appris, à part que le frère aîné de Lisa et sa femme font dentifrice à part.

— Cesse de te plaindre, la recadra Andrea. Au moins, nous avons échappé au concours des jeunes talents.

— Tu parles d'or, glousa Hannah en regardant au loin la salle des fêtes dont les scellés avaient été enlevés le matin même pour permettre à Lisa et à Herb de préparer le spectacle du soir. Plus que deux cabanons.

— Allez, courage ! » dit Andrea en entrant chez Mac et Patsy.

Hannah fila droit dans la cuisine. « Souvenez-vous, les lampes de poche pointées vers le sol. Il ne manquerait plus que quelqu'un voie de la lumière et nous surprenne. »

Elle n'eut pas besoin de se retourner pour savoir que Michelle était passée dans la chambre et Andrea dans le salon. Les trois sœurs s'étaient ainsi réparti les rôles depuis le départ. Une méthode qui leur avait fait gagner un temps considérable. Destinés à la location, la plupart des bungalows possédaient tous à peu près les mêmes ustensiles de cuisine : dans un tiroir, des couverts dépareillés, dans un autre, des poêles, des casseroles usagées mais encore utilisables, autant d'objets que les propriétaires estimaient dans un état assez correct pour une location de vacances.

Hannah ouvrit le tiroir près du réfrigérateur, celui où étaient souvent rangés les petits outils indispensables pour rajuster une poignée de porte, accrocher un tableau ou dévisser un couvercle récalcitrant. Comme elle s'y attendait, elle y trouva un marteau, deux tournevis, dont un cruciforme, et une paire de pinces. Tout au fond, derrière une pelote de ficelle, un objet métallique attira son regard. Elle poussa un petit cri de surprise et recula d'un pas.

Ce pic à glace ressemblait à s'y méprendre à ceux de son grand-père. La peinture rouge et verte sur la poignée avait presque disparu, mais sa pointe en acier, encore très effilée, brillait d'un éclat mortel. Était-ce l'arme du crime ? Et si tel était le cas, que faisait-il dans la cuisine de Mac et Patsy ?

La voix de Michelle la fit sursauter.

« Hannah ? Il n'y a rien dans la chambre et rien dans la salle de bains.

— Rien dans le salon non plus, dit Andrea.

— Et toi, où en es-tu ? » insista Michelle.

Hannah n'avait pas entendu sa question tant son esprit était occupé à rassembler les pièces du puzzle. Se pouvait-il que Mac ait poignardé Gus après que celui-ci avait refusé de rembourser l'argent prêté par Patsy trente ans auparavant ? Avait-il vraiment aperçu Jack depuis la fenêtre de la cuisine ou avait-il menti pour que les soupçons se portent sur un homme à la mémoire défaillante, un homme fragile, incapable de se défendre ?

« Hannah ? s'impatienta Michelle.

— Qu'est-ce qu'il t'arrive ? » demanda Andrea.

Hannah se retourna brusquement et vit ses deux sœurs plantées sur le seuil de la cuisine.

« J'ai trouvé le pic à glace, articula-t-elle. Il était dans le tiroir aux outils. Et je crois savoir qui a tué Gus. »

Chapitre 30

Mike décrocha dès la première sonnerie.
« Où êtes-vous, Hannah ?

— Devant la salle des fêtes, avec Andrea et Michelle. J'ai trouvé le pic à glace.

— Où cela ?

— Dans le bungalow de Mac et Patsy. Je pense que c'est Mac qui a tué Gus. »

Après deux secondes d'un silence interloqué, Mike répondit en soupirant :

« Ça n'a aucun sens, Hannah. Si Mac s'était servi de ce pic à glace pour poignarder Gus, pourquoi l'aurait-il remis en place ?

— Je n'en sais rien. Peut-être craignait-il que le propriétaire du cabanon ne remarque son absence et fasse le lien avec le meurtre de Gus.

— C'est un peu tiré par les cheveux, non ? D'abord, il faudrait vérifier qu'il s'agit bien de l'arme du crime. Cela dit, je peux comprendre votre réaction. Mac aurait-il dit ou fait une chose susceptible d'éveiller vos soupçons ?

— Oui ! Mac m'a dit qu'il avait vu Jack Herman près de la salle des fêtes la nuit où Gus a été assassiné. Or, je sais qu'il ment. » Plusieurs anges passèrent. « Mike ? Vous êtes toujours là ?

— Oui, oui, pardon... C'est ce qu'il nous a dit également. Pourquoi pensez-vous qu'il ment ?

— Parce qu'il prétend avoir vu Jack depuis la fenêtre de sa cuisine, et que c'est matériellement impossible, à cause du gros mélèze planté devant. Par ailleurs, Patsy m'a confié que Mac était sorti cette nuit-là. Il fait une petite promenade chaque soir, sur les conseils de son médecin. Donc il a bien vu Jack sur le chemin qui mène à la salle des fêtes, mais pas depuis la fenêtre de sa cuisine. Et dire que j'ai passé des heures à craindre que Jack n'ait commis l'irréparable !

— Je le craignais aussi, même si je m'interdisais d'y croire.

— Vous ne l'avez pourtant pas convoqué pour l'interroger, lui rappela Hannah.

— Non. J'aurais dû le faire, mais... Nous savons tous que la mémoire de Jack n'est pas fiable. Et... à part la déposition de Mac, je n'avais aucune preuve que...

— Vous êtes un type bien, Mike, dit Hannah avec sincérité.

— Merci. Mais je ne suis pas aussi gentil que vous semblez le croire. Peut-être ai-je simplement estimé contre-productif d'interroger une personne atteinte de la maladie d'Alzheimer.

— Il doit y avoir un peu des deux, mais je préfère penser que vous l'avez épargné par bonté d'âme. »

Mike s'éclaircit la gorge.

« Vous dites que vous avez trouvé le pic à glace. Où était-il, exactement ?

— Dans le tiroir aux outils près du frigo.

— Vous n'y avez pas touché, j'espère ?

— Vous me connaissez ! Je l'ai à peine regardé.

— Très bien. Votre hypothèse ne se fonde que sur des présomptions. Du moins jusqu'à ce que nous l'ayons analysé. Cela dit, je n'ai rien de mieux à me mettre sous la dent. Pensez-vous que Patsy acceptera de témoigner contre son mari ?

— J'en suis quasiment sûre. Mac lui a demandé de mentir pour le couvrir. Elle devait déclarer qu'il était resté près d'elle toute la nuit. Elle lui a répondu qu'elle ne le dénoncerait pas, mais que si la police lui posait la question, elle dirait la vérité.

— Ce n'est pas bête ! Je vais le convoquer. Ce que vous venez de m'apprendre le place d'office au rang de suspect numéro un. Où est-il en ce moment ?

— Il assiste au concours des jeunes talents avec Patsy. Andrea et Michelle les ont vus faire la queue devant la salle des fêtes.

— Parfait. Surveillez-le. Mais pas un mot ! Personne ne doit savoir que Mac nous intéresse. Je vous rejoins là-bas d'ici quinze minutes.

— Entendu. Que devons-nous faire si jamais Mac sort de la salle ?

— Ne le suivez surtout pas. Si c'est lui l'assassin et qu'il se sent traqué, il peut devenir agressif. Laissez-le partir. Nous le retrouverons tôt ou tard.

— Bien. Autre chose ?

— Oui. Patsy. Ne la quittez pas des yeux. Mac pourrait tenter de la faire taire. »

Hannah déglutit.

« Vous voulez dire... définitivement ?

— Vous m'avez compris. » Hannah entendit le bruit d'un moteur qui démarrait. « Je file. À tout à l'heure. »

Elle raccrocha, se tourna vers ses sœurs et leur rapporta les paroles de Mike.

« Il sera là dans quinze minutes, conclut-elle.

— Allons-y, dit Andrea en prenant la tête de la procession. Il y a du monde dans la salle. Si on se déploie en éventail, on les repérera plus vite. Lisa m'a parlé de trois allées. Une centrale et deux latérales.

— Je prends celle de gauche, annonça Michelle.

— Moi, celle du milieu, et je regarderai de chaque côté, proposa Andrea. Ce sera plus long, mais ça nous fera une double vérification.

— Il me reste celle de droite, dit Hannah. Je vous conseille de longer votre allée jusqu'au bout puis de la remonter. On se retrouve dehors quand vous aurez fini. »

Lorsqu'elles entrèrent, les sœurs Beeseman, qui n'étaient pas exactement de jeunes talents, égrenaient les dernières notes de « Gary, Indiana », chanson tirée de la comédie musicale *The Music Man*. Une façon comme une autre de rendre hommage à la ville où elles avaient vu le jour.

Le numéro suivant démarra tout de suite après : douze majorettes défilant aux accents d'une marche de Sousa en lançant leurs bâtons lumineux le plus haut possible avant de les rattraper adroitement. Ce spectacle était assez fascinant pour que personne ne remarque le manège des sœurs Swensen.

Hannah donna le signal de départ. Tel le chariot d'une vieille machine à écrire, elles parcoururent chacune sa travée, firent demi-tour et revinrent sur leurs pas, de telle sorte qu'elles purent identifier au retour les personnes dont elles n'avaient vu que l'arrière du crâne à l'aller.

Hannah repéra sa mère, Carrie, Jon Walker et son épouse, Earl Flensburg et les cousins de Marge venus spécialement de Floride. Mais aucune trace de Patsy ou de Mac.

Première à ressortir, Hannah attendit ses sœurs devant la porte. Michelle la rejoignit rapidement. On voyait à son expression qu'elle aussi avait fait chou blanc.

« Tu ne les as pas vus ?

— Non, répondit Michelle. Ils auraient pu s'absenter pour aller aux toilettes ou autre, mais non, puisque tous les sièges étaient occupés.

— Bien observé ! la complimenta Hannah. Espérons qu'Andrea aura eu plus de chance que nous. » Celle-ci apparut au bout d'une minute longue comme un siècle. « Alors ?

— Rien. J'ai bien regardé des deux côtés. Ils ne sont pas là. J'en suis sûre.

— Pourtant vous les avez aperçus dans la queue, tout à l'heure ! » dit Hannah, assaillie par un mauvais pressentiment.

La porte se rouvrit, cette fois sur Marge.

« Je vous ai vues entrer et ressortir presque aussitôt. Il y a un problème ?

— Ce n'est pas impossible, répondit Hannah, volontairement laconique. Nous cherchons Mac et Patsy... et nous pensions les trouver dans la salle.

— Ils ont changé d'avis au dernier moment, dit Marge sur un ton joyeux. Enfin, c'est plutôt Mac qui a changé d'avis. Patsy est venue me dire qu'il lui avait proposé une petite balade en barque. Il l'a suppliée de laisser une chance à leur couple et elle a accepté. Il comptait l'emmener jusqu'au jardin aux nénuphars.

— Le jardin aux nénuphars... Au milieu du lac ? bredouilla Hannah.

— Oui. C'est là qu'il l'a demandée en mariage quand ils étaient jeunes. C'est romantique, non ? »

Chapitre 31

Ensuite, les choses se passèrent très vite. Hannah et Michelle se précipitèrent vers la berge à la recherche d'une embarcation. Andrea courut se poster sur la route pour attendre Mike et lui fournir les indications nécessaires.

Deux minutes plus tard, Hannah et Michelle sautaient dans l'un des canoës mis à la disposition des invités.

« Tu sais où se trouve le jardin aux nénuphars ? demanda Michelle en donnant le premier coup de pagaie.

— Vers Sandy Point. J'y suis allée un jour, avec Norman. »

La nuit était calme. On entendait les moindres bruits. Le clapotis du ressac, le ululement des chouettes, les petits *plouf* des poissons qui perçaient la surface avant de replonger dans les profondeurs.

Hannah posa un doigt sur ses lèvres. Michelle hocha la tête. Les voix portaient loin. Mieux valait se taire.

Une minute et une vingtaine de vigoureux coups de pagaie plus tard, elles commencèrent à entendre des gens parler. Un homme et une femme. D'abord, il leur fut impossible de comprendre ce qu'ils se disaient. D'après leur ton, il s'agissait plus d'une conversation que d'une dispute. Hannah en fut soulagée. À vue de nez, elle estima qu'il leur faudrait encore cinq bonnes minutes pour atteindre le jardin aux nénuphars.

Au fur et à mesure de leur avancée, les paroles échangées devenaient plus audibles, mais aussi plus vives. La femme – Patsy, très certainement – semblait furieuse.

« Je ne comprends pas ! Quelle importance que la police sache ou non que tu es sorti te balader, ce soir-là ? Si tu n'as pas tué Gus, tu n'as rien à craindre ! »

Mac produisit un ricanement grinçant.

« Sauf que c'est moi qui l'ai fait.

— Comment ça ? Tu l'as... tué ? gémit Patsy.

— Je t'ai dit que je voulais récupérer ce fric. Je suis allé le trouver dans la salle des fêtes, il a dit qu'il ne me devait rien, que cet argent c'était toi qui le lui avais donné et que je pouvais aller me faire...

— Il avait raison. Tu n'avais aucun droit sur cet argent.

— Bien sûr que si. Tu es ma femme. Je l'ai mérité, après toutes les années que j'ai passées avec toi. »

Le silence de Patsy laissait présager de sa sidération.

« Il s'est mis à rire, le salaud ! Il se fichait de moi. Alors je l'ai frappé avec ce truc. Pour qu'il la ferme.

— Tu l'as... tué, répéta Patsy, qui tournait en boucle.

— Oui, bon débarras. Mon seul problème maintenant, c'est toi.

— Je ne dirai rien à personne ! Je te le promets ! »

Mac éclata d'un rire sinistre.

« Tu mens très mal, Patsy. Tu ne diras rien à personne jusqu'à ce que je te ramène sur la rive, mais après, tu te mettras à hurler au secours. On ne me la fait pas, à moi !

— Mais je t'aime, Mac ! plaida Patsy d'une voix chevrotante.

— C'est gentil de ta part. Mais moi, je ne t'aime pas. »

Hannah et Michelle poussaient de toutes leurs forces sur leurs pagaies. Mac n'allait pas tarder à faire une nouvelle victime, Hannah en était certaine. Si elles voulaient empêcher cela, il fallait agir vite.

Patsy, on arrive ! Fais-le parler le plus longtemps possible, je t'en supplie !

« Je ne peux pas témoigner contre toi, Mac.

— Hein ?

— Même si je le voulais, je ne pourrais pas.

— Pourquoi ? demanda Mike, méfiant.

— Parce que je suis ta femme, Mac, et qu'une femme ne peut pas témoigner contre son mari. Même si j'en parle à quelqu'un, et que ce quelqu'un va voir la police, ce sera considéré comme un ouï-dire. Les tribunaux ne prennent pas en compte les ouï-dire.

— Tu en es certaine ? » fit Mac, comme s'il se laissait convaincre.

Hannah n'était pas dupe. Elle savait qu'en réalité, il jouait avec Patsy de la même manière que Moshe jouait avec une souris.

« Évidemment, j'en suis sûre, répliqua Patsy d'une voix déformée par la peur. J'ai été secrétaire juridique pendant presque trente ans !

— C'est intéressant. Je dois l'admettre. Tu me le jures ? »

Hannah se retourna vers Michelle pour l'encourager d'un signe de tête. Le jardin aux nénuphars était en vue. Dans moins d'une minute, elles y seraient.

« Je te le jure sur la tête de... » Patsy s'interrompit, le temps d'un sanglot. « C'est vrai, Mac. Je ne peux rien contre toi. »

Quand Mac se mit à ricaner, Hannah sentit ses cheveux se dresser sur sa tête. Il allait passer à l'acte d'une seconde à l'autre.

« Patsy, ma petite Patsy, murmura Mac comme s'il grondait une enfant. Tu me parles de tribunaux, mais il n'y aura ni procès, ni arrestation, ni rien. »

Patsy pleurait à chaudes larmes. Hannah l'entendait clairement.

« Nous sommes seuls au milieu de nulle part et cette barque va bientôt chavirer. » Mac gloussa méchamment. « Quel dommage que tu ne saches pas nager, ma petite Patsy.

— Arrêtez ! hurla Hannah en redoublant d'efforts. Arrêtez ou je tire ! »

Michelle la regarda d'un air stupéfait mais continua de ramer. Encore deux mètres et leur canoë pénétra dans le jardin aux nénuphars.

Sans prendre le temps de mesurer la situation, Mac fit chavirer sa barque, précipitant la pauvre Patsy dans l'élément qu'elle détestait le plus. Celle-ci poussa un grand cri et coula presque immédiatement.

« Je m'occupe d'elle, lança Michelle avant de sauter.

— Ramène-la vers Sandy Point », dit Hannah en désignant la plage qui se découpait sous la lune, quelque sept cents mètres plus loin.

Hannah regarda Michelle passer sous la surface, remonter en tenant la tête de Patsy hors de l'eau et s'éloigner avec elle en direction de la terre ferme. Au lieu de paniquer et de s'agiter dans tous les sens, comme font souvent les gens qui ne savent pas nager, Patsy se laissait porter en battant un peu les pieds pour soulager sa sauveteuse. Quand elle les vit hors de danger, Hannah scruta la surface sombre dans l'espoir de localiser Mac près de la barque renversée. Mais très vite, sa propre embarcation se mit à pencher dangereusement.

Le chapelet de jurons qu'elle poussa s'acheva sous l'eau. L'ancien champion de natation du lycée Jordan était en train de l'attirer vers le fond du lac.

Si tu tombes à l'eau tout habillée, commence par enlever tes chaussures, répétait son moniteur de natation. Un conseil que Hannah n'avait jamais oublié. Elle portait des baskets flambant neuves, mais entre perdre des baskets et perdre la vie, il n'y avait pas photo.

Si une personne qui se noie t'agrippe par le cou, n'hésite pas à mordre, à pincer, à griffer. Fais tout pour qu'elle te lâche.

Avec ce second conseil en tête, Hannah contre-attaqua en balançant un coup de coude dans les côtes de son agresseur. Surpris, ce dernier desserra légèrement sa prise, ce qui permit à Hannah de faire volte-face et de lui planter les doigts de sa main droite dans les yeux tandis qu'elle tordait avec la main gauche une partie sensible de son anatomie. Et pour faire bonne mesure, elle le mordit à l'avant-bras.

Le résultat fut à la hauteur de ses attentes. Mac poussa un cri si déchirant qu'il s'entendit même sous l'eau. En même temps, il recula pour se placer hors d'atteinte.

Ayant retrouvé sa liberté de mouvement, Hannah s'éloigna sans demander son reste. Elle nagea de toutes ses forces en direction de la surface, prit quelques goulées d'air et replongea en changeant de direction afin de mettre le plus de distance possible entre elle et le tueur avant que celui-ci ne reprenne ses esprits.

Quand elle émergea, Mac, qui n'avait pas saisi sa tactique, la cherchait là où elle n'était pas. Hannah s'en réjouit, mais juste un instant, car bien sûr cette partie de cache-cache ne durerait pas éternellement. C'était comme jouer au 421 en espérant gagner à tous les coups. Tôt ou tard, Mac finirait par comprendre son manège et reprendrait l'avantage. Nul n'échappait à la loi des moyennes. Et quand il l'aurait attrapée, sachant à quelle petite maligne il avait affaire, Mac l'entraînerait aussitôt par le fond. Ses poumons se rempliraient d'eau, elle coulerait comme une pierre et finirait ses jours sur la vase d'Eden Lake.

« Je t'ai vue ! » La voix de Mac glissa vers elle. « Quelle belle cible tu fais, ma petite ! »

Hannah faillit gémir de désespoir. La lune était décidément trop brillante. Pour replonger, elle attendit qu'il soit à moins de trois mètres. Puis, une fois sous l'eau, elle partit sur la droite en espérant le surprendre encore.

Ses poumons brûlaient lorsqu'elle refit surface en aspirant goulûment l'air frais de la nuit. Mac était loin ; sans doute avait-il cru qu'elle changerait à nouveau de direction. Mais aurait-elle autant de chance la prochaine fois ?

« Ah ! Te voilà, ma petite ! tonna Mac dès qu'il l'aperçut. Pourquoi t'acharner ? On ne joue pas dans la même catégorie, tu le sais très bien. »

Il essayait de la déconcentrer. Or, pour décider du prochain coup, Hannah avait besoin de tout son sang-froid.

« Je peux nager pendant des heures. Pas toi. Tu commences à fatiguer. Quand tu seras morte, je m'occuperai de Patsy. Et de ta frangine. Mais ce ne sera plus ton problème. »

Droit devant toi, maintenant, lui dicta son cerveau. *Qu'as-tu à perdre ?*

La vie, répondit Hannah. Mais l'idée était loin d'être mauvaise.

Quand elle replongea, un curieux bourdonnement lui vrilla les oreilles. Un moteur ? Venait-on la sauver ? Ou était-ce la peur qui lui jouait des tours ?

Quelque chose lui chatouilla la main. L'espace d'un instant, elle crut que Mac était là, tout près d'elle. Mais non, ce n'était pas lui. Une algue, peut-être, ou bien...

Hannah vit enfin où elle se trouvait. À la lisière du jardin aux nénuphars. Elle en voyait les tiges qui dansaient par centaines sous la surface. Au même instant, une bribe de conversation lui revint en tête. Une conversation qu'elle avait eue avec Norman, plusieurs siècles auparavant. *Si je me jetais à l'eau et que j'émergeais au milieu de ces nénuphars, je suis sûre que vous me prendriez pour un nymphéa.*

En disant cela, elle s'était tournée vers l'épais tapis de verdure posé sur l'eau, lequel mesurait dans les six mètres de diamètre. Lui restait-il assez de souffle à présent pour nager encore trois mètres en apnée et ressurgir au centre du jardin ?

Qu'as-tu à perdre ? songea-t-elle à nouveau. Rien. En revanche, elle avait beaucoup à y gagner.

Hannah avait l'impression que ses poumons allaient exploser, mais elle reprit sa progression, le corps tendu vers le but, ondoyant à travers un labyrinthe de racines mouvantes. Pour réussir son coup, elle allait devoir émerger sans faire aucun bruit.

Après une toute dernière brasse, parvenue à l'extrême limite de sa résistance, Hannah décida qu'il était temps de remonter. En douceur. Son nez émergea le premier. L'air sentait merveilleusement bon. Elle prit deux inspirations puis sortit la tête de l'eau jusqu'à la lèvre supérieure. Pas plus. Après quoi, elle attendit, aussi immobile qu'une fleur de nénuphar sous la lune.

Rien ne bougeait alentour.

Bien évidemment, le tueur était toujours à ses trousses, mais pour l'attraper encore fallait-il qu'il la voie. Or, dans cette demi-pénombre, différencier un vrai nénuphar de son imitation relevait de la gageure, songea Hannah en rendant grâce au génie du peintre français. Les jambes enroulées autour des tiges qui l'aidaient à rester stable, elle projeta son regard à la surface de l'eau. Où Mac était-il donc passé ?

Avait-il renoncé à la traquer ? Avait-il bifurqué en direction de Sandy Point ? Si tel était le cas, elle savait ce qu'il lui resterait à faire. Elle regagnerait son canoë, le remettrait d'aplomb, comme son moniteur lui avait appris à le faire, et se lancerait à sa poursuite. Sur un crâne humain, un coup de pagaie bien ajusté pouvait faire de gros dégâts. Hannah était tellement furieuse qu'elle n'hésiterait pas à l'assommer si le besoin s'en faisait sentir.

C'est alors qu'elle l'aperçut, à vingt mètres sur la droite. Une tête brune se découpant sous le clair de lune. Il n'avait pas renoncé. Deux secondes plus tard, une forme apparut au loin, du côté de Sandy Point. C'était une vedette rapide dont le vrombissement gagnait en volume au fur et à mesure de son avancée. Un projecteur s'alluma. À force de balayer systématiquement la surface du lac, son faisceau finit par éclairer la zone où surnageait Mac. Quelqu'un plongea, s'empara de lui et le ramena vers le bateau.

Elle était sauvée ! Et selon toute probabilité, Michelle et Patsy également. Si la vedette avait fait un détour par Sandy Point, c'était certainement pour leur porter secours.

« Hannah ! hurla Mike dans un mégaphone. Hannah ! »

On aurait dit Marlon Brando criant « Stella ! » dans *Un tramway nommé désir*.

« Je suis dans le jardin aux nénuphars ! hurla-t-elle en retour.

— Hannah ! » répondit Mike, l'angoisse dans sa voix ayant laissé place à une joie sans mélange.

Hannah se glissa de nouveau entre les fleurs qui lui avaient sauvé la vie et, d'un coup de reins, descendit assez profondément pour s'extraire du labyrinthe végétal. Une dizaine de brasses plus tard, elle ressortait au centre du halo lumineux, un grand sourire sur le visage.

Chapitre 32

On était dimanche soir, les familles Beeseman et Herman avaient regagné leurs pénates et, dans le hall de l'auberge, Andrea, Hannah et Tracey, assises en rang d'oignons sur le grand canapé près de la gigantesque cheminée en pierre, attendaient l'arrivée du reste de la troupe. Michelle débarqua la première.

« Waouh ! s'écria-t-elle en apercevant Andrea. Tu es absolument fantastique !

— Merci, sourit l'intéressée.

— J'adore ta nouvelle coiffure. Ces mèches quatre couleurs ! Une vraie réussite. Et cette robe te va à ravir ! »

Hannah se sentit bête, tout à coup. Elle savait pertinemment qu'Andrea avait pris rendez-vous pour un relooking complet, mais l'avait oublié, tout simplement.

« Je suis désolée, Andrea, bredouilla-t-elle. Vraiment, tu es magnifique. J'aurais dû te le dire avant, mais je n'avais pas remarqué...

— Bill non plus n'a pas remarqué, la coupa Andrea, bougonne.

— Parce que tu es toujours si bien apprêtée, improvisa Michelle. Chaque fois que je te vois, j'ai l'impression que tu vas poser pour des photos de mode.

— Oui... tu as peut-être raison, répondit Andrea, un peu rassérénée. Ma robe vous plaît ? Vraiment ?

— Et comment ! Elle est superbe ! » lança Hannah.

Mais n'en faisait-elle pas un peu trop, pour le coup ?

« Bonsoir, mes chéries ! claironna Delores, qui venait d'entrer encadrée par Carrie et Norman. Bill et Lonnie sont en train de se garer. Lisa et Herb les suivent. » Son regard passa sur les quatre occupantes du canapé et s'arrêta sur sa fille cadette. « Tu es très jolie, ma chérie. Est-ce une nouvelle robe ?

— Oui, murmura Andrea.

— Elle te va comme un gant. Et j'adore ta nouvelle coiffure. » Delores se tourna vers Tracey. « Ta mère est fantastique, tu ne trouves pas ?

— Maman est toujours belle », répondit la petite, ce qui lui valut un bisou de remerciement.

Quand Bill, Lonnie, Lisa et Herb les eurent rejoints, Sally, la patronne de l'auberge, les escorta jusqu'à leur table. Comme à son habitude, Delores avait fait disposer un petit carton près de chaque assiette. Hannah trouva celui qui portait son nom entre ceux de Norman et de Mike, ses deux soupirants. Elle allait encore se retrouver prise en sandwich ! Renonçant à lutter contre les obsessions de sa mère, Hannah poussa un discret soupir et tira sa chaise. Mais à peine fut-elle assise que Tracey l'interpella.

« Tante Hannah ? Tu veux bien m'accompagner aux toilettes ? »

Intriguée par cette demande prononcée d'une voix légèrement anxieuse, Hannah se releva et suivit l'enfant. Cela faisait bien longtemps que Tracey se rendait aux toilettes toute seule. Et pourquoi recourir à sa tante alors que sa mère était là ?

Pour l'interroger, Hannah attendit d'être dans le couloir avec elle.

« Bon, dis-moi la vérité. Il y a un problème ?

— C'est à cause des jeannettes. La remise des prix va bientôt avoir lieu et je voudrais gagner trois médailles supplémentaires. Pour les deux premières, je me débrouillerai. C'est la troisième qui m'embête. Je dois préparer un déjeuner sans l'aide de personne. Et j'aimerais faire des cookies pour le dessert...

— Tu veux que je t'apprenne à faire des cookies ?

— Oui, tante Hannah. Tu es d'accord ? Je ne peux pas demander à maman. Tu sais pourquoi. Grand-mère Delores ne fait jamais de gâteaux, et si je vais voir mamie McCann, maman risque de se vexer...

— Tandis que si c'est moi, elle ne trouvera rien à redire ? Tu en es vraiment sûre ?

— Si c'est toi, pourquoi se vexerait-elle ? répliqua Tracey avec une mimique calquée sur celle qu'aurait esquissée Andrea dans les mêmes circonstances. Tu es une professionnelle, tante Hannah. Tout le monde sait cela. »

Que de compliments ! Tu iras loin, ma petite, songea Hannah. *Tu es aussi douée que ta mère.* Mais elle se contenta de répondre :

« Je serai heureuse de t'enseigner la pâtisserie, Tracey. On va bien s'amuser.

— On commencera par des croquants aux pépites de chocolat, tu veux bien ? Maman en raffole. Comme ça, après, je pourrai lui en faire.

— Bonne idée. Tu veux vraiment aller aux toilettes ? Ou c'était juste un truc pour pouvoir me parler seule à seule ?

— C'était juste un truc. Retournons à table, tante Hannah. J'ai promis à Bethany de l'appeler pour lui souhaiter bonne nuit. Tu comprends, elle est trop jeune pour participer aux dîners de grand-mère. »

Le repas se révéla particulièrement savoureux. Delores avait demandé qu'on leur serve une curiosité inscrite au menu sous le nom de « Souvenirs de Lake Eden ». Plus prosaïquement, il s'agissait d'un plateau dégustation rassemblant les dix spécialités les plus prisées des clients de l'auberge.

« C'était délicieux ! » dit Bill en terminant son gâteau au chocolat sans farine. Puis, se tournant vers sa femme : « Ce gâteau est presque aussi bon que tu es belle, ce soir, ma chérie. J'ai tellement de chance d'avoir épousé la plus jolie femme du monde. »

Prise de court, Andrea mit une demi-seconde à réagir. « Merci, mon cœur. »

Merci, Bill, pensa très fort Hannah, ravie de constater que son beau-frère avait suivi ses conseils. « Merci, maman. C'était divin ! »

S'ensuivit un concert de louanges. Chacun à son tour remercia Delores et la félicita pour le choix du menu.

Quand le silence revint, elle se leva et, prenant Carrie à témoin, déclara : « Nous avons une excellente nouvelle à vous apprendre. Je laisse Carrie s'en charger. Ensuite, je vous ferai part d'une chose qui me tient à cœur. »

Delores se rassit en même temps que Carrie se mettait debout. Un enchaînement trop parfait pour être improvisé.

« J'ignore si vous êtes au courant, mais Marge et Patsy nous ont demandé de mettre en vente la carte de base-ball Honus Wagner ayant appartenu à leur frère Gus. Nous avons opté pour des enchères silencieuses. L'annonce est parue hier matin. Vers 14 heures, nous avions déjà cinq offres sérieuses. Venant de courtiers, essentiellement.

— Parle-leur du prix minimum de départ, lui souffla Delores.

— Ah oui, le prix minimum de départ est d'un million cinq cent mille dollars. Étant donné l'engouement que nous avons constaté sur notre site Web, je ne serais pas étonnée que cette carte atteigne rapidement les deux millions.

— Les enchères se terminent quand ? demanda Andrea.

— Samedi prochain à 10 heures. Ça leur laisse une semaine pour réfléchir, en parler avec leurs clients et faire une offre définitive.

— Génial ! » applaudit Hannah. Puis elle posa la question que tout le monde avait sur le bout de la langue. « Qui empochera l'argent ?

— Il sera divisé à parts égales entre Marge et Patsy, répondit Delores. Gus n'avait ni femme ni enfants. Ses deux sœurs sont donc ses plus proches parentes. »

Herb déglutit si fort que tout le monde l'entendit.

« Vous voulez dire que maman et tante Patsy pourraient hériter d'un million de dollars chacune ?

— Absolument, dit Carrie. Un peu moins, une fois retranchée notre commission, bien sûr. Je repasse la parole à Delores.

— À présent, je vais vous exposer la raison pour laquelle je vous ai rassemblés ce soir, enchaîna cette dernière en distribuant de grands sourires à la ronde. Même Carrie n'est pas au courant. »

Celle-ci confirma d'un signe de tête. « C'est vrai. Elle n'a rien voulu me dire. Tout le monde doit l'apprendre en même temps, paraît-il. »

Delores était aux anges, elle qui adorait être au centre de l'attention.

« Que célébrons-nous, maman ? demanda Hannah.

— Tu te rappelles notre dernier dîner tous ensemble, ici même ?

— Oui, parfaitement.

— J'ai dit que je travaillais sur un projet dont je vous parlerais si par chance il aboutissait. Tu te rappelles ?

— Oui, parfaitement, répéta Hannah.

— Eh bien, c'est fait.

— Qu'est-ce qui est fait ? demandèrent plusieurs personnes d'une seule et même voix.

— Ce projet était un livre. Un livre qu'un grand éditeur new-yorkais vient de m'acheter. »

Pendant quelques secondes, on aurait pu entendre une mouche voler. Hannah fut la première à retrouver l'usage de la parole.

« Félicitations, maman ! C'est un ouvrage sur le métier d'antiquaire ?

— Non, un roman. »

Carrie ouvrit la bouche puis demanda :

« Un roman “Régence” ?

— Exactement ! se rengorgea Delores. Un roman “Régence” dont vous êtes les personnages. N’est-ce pas formidable ? »

Oups ! murmura Hannah avant de poser la question à mille dollars.

« Tu veux dire que tu t’es servie de nous pour l’écrire ?

— Évidemment, ma chérie. Les romanciers s’inspirent toujours de leur vécu, tu devrais le savoir. Tu y figures, de même que tes sœurs. Et je dois dire que je suis assez fière de moi, car je pense vous avoir dépeintes avec la plus grande précision, tant sur le plan physique que moral. » Elle se tourna vers Carrie. « Je ne t’ai pas oubliée, ma chère. Ni vous, Norman. Mike, Lisa, Herb, Bill, vous avez chacun votre rôle dans mon histoire. J’ai même intégré quelques dames du club Regency Romance.

— Et moi, grand-mère ? voulut savoir Tracey.

— Bien sûr, mon cœur. Comment aurais-je pu t’oublier ? Dans mon livre tu n’as pas six ans, mais ne t’inquiète pas, un jour tu te reconnaîtras.

— J’ai hâte.

— Vous savez ce qu’on dit des gens dont les écrivains s’inspirent ? lança Delores à la cantonade.

— Non, qu’est-ce qu’on dit ? demanda Hannah, puisque personne ne voulait se dévouer.

— Qu’ils peinent à se reconnaître parce qu’ils ne se voient pas tels qu’ils sont. » Hannah se prépara au pire. « J’ai fait l’effort d’être totalement sincère et de retirer les lunettes teintes en rose à travers lesquelles je considère mes proches, en règle générale. Je vous ai décrits tels que vous êtes réellement, avec vos qualités, vos défauts, vos forces, vos faiblesses, comme l'aurait fait un écrivain n'ayant aucun lien affectif avec vous.

— Oh, Seigneur ! » marmonna Hannah, plus fort qu'elle n'aurait souhaité.

Une intervention qui lui valut un sourire de Norman et un discret geste de soutien de la part de Mike.

« Qu'as-tu dit, ma chérie ? Je ne t'ai pas bien entendue. »

Hannah réfléchit à toute vitesse.

« J'ai dit que tu étais la meilleure. Au fait, ton livre sort bientôt ?

— L'année prochaine. »

Parfait, songea Hannah. *Ça me laisse le temps de vendre mon fonds de commerce et de déménager à l'autre bout du pays.*

« Quand tu sauras la date, tu me préviendras ?

— D'accord. Tu comptes organiser quelque chose pour le lancement, je suppose ?

— Tout juste ! » répondit Hannah en se demandant combien elle allait devoir économiser pour pouvoir organiser le lancement de sa mère vers la lune.

Pendant qu'elle regagnait son break, toujours coincée entre ses deux chevaliers servants, Hannah sentit que l'été touchait à sa fin. Pour subtils qu'ils soient, les signes ne trompaient pas. Le premier d'entre eux, ce petit air frais qui évoquait indiciblement le roussissement des feuilles, la récolte des citrouilles et la cueillette des chrysanthèmes, juste avant que l'hiver n'ouvre ses doigts glacés et répande sur la terre un semis de cristaux aussi parfaits qu'immaculés.

« J'ai oublié ma montre. Quelle heure est-il ?

— Presque 20 heures, répondit Norman.

— Si nous allions regarder un film chez moi ! Qu'en dites-vous ? J'ai loué deux DVD au vidéoclub. Et Sally m'a donné les brownies Forêt-Noire qu'il lui restait.

— J'aimerais beaucoup mais c'est impossible, dit Mike avec regret. Avant de vous rejoindre ici, j'ai déposé Ronni au centre commercial. Et j'ai promis de la raccompagner chez elle après le dîner. Sa voiture fait encore des siennes. »

Tu m'en diras tant, songea Hannah. La combine n'avait rien de nouveau. Shawna Lee en avait largement usé, à l'époque où elle habitait dans le même immeuble que Mike.

« Ronni avait des courses à faire ? demanda-t-elle avec un sourire qu'elle espérait naturel.

— Non, elle cherche du travail. Comme elle ne gagne pas assez chez nous, elle a besoin d'un job d'appoint.

— Eh bien, dites-lui que je lui souhaite bonne chance.

— C'est très aimable à vous, Hannah. Je transmettrai. »

Si Mike avait lu dans les pensées, il aurait su que Hannah souhaitait avant tout que ce nouveau job lui prenne assez de temps pour qu'elle ne soit plus du tout disponible. Certaines choses n'étant pas bonnes à dire, Hannah se tourna vers le rival de Mike.

« Et vous, Norman ? Ça vous plairait de regarder un film avec moi ?

— Oui, beaucoup, mais hélas, c'est impossible. J'ai promis à nos mères de les retrouver au Grenier de Mamie pour vérifier leur connexion Internet. Delores dit qu'elle reçoit des messages d'erreur depuis le début de l'après-midi. Je suppose qu'il suffit de relancer la machine, mais comme elles craignent de rater la vente de la carte Honus Wagner...

— Je les comprends ! sourit Mike. Quand je pense qu'un bout de carton avec la photo d'un type imprimée dessus peut valoir des millions... »

Quand ils arrivèrent devant le break rouge cerise, Norman posa sa main sur l'épaule droite de Hannah.

« À demain ! Vous m'offrirez une tasse de café ?

— À demain, Hannah, dit Mike en posant la main sur son épaule gauche. Vous me garderez quelques brownies Forêt-Noire ? Ils sont tellement bons ! »

Sur ces belles paroles, les deux hommes firent volte-face et regagnèrent leurs véhicules respectifs. Pas de baiser. Pas d'étreinte. Juste quelques petites tapes amicales.

« Séduite et abandonnée ! » soupira Hannah comme l'héroïne d'un roman « Régence ».

Elle préférait prendre la chose avec humour, mais au fond, la désinvolture de ses soi-disant soupirants la froissait plus qu'elle ne voulait se l'avouer.

Hannah s'installa au volant, démarra, leur fit un petit signe en sortant du parking et s'engagea sur l'étroit sentier donnant sur la voie d'accès à la grand-route.

Comme il n'y avait pas beaucoup de circulation, Hannah appuya sur le champignon. Old Lake Road s'avéra tout aussi calme. Elle venait de bifurquer dans l'allée menant à l'entrée de son lotissement quand le portable au fond de son sac se mit à sonner. D'abord, elle fit la sourde oreille. Mais au bout de trois appels consécutifs, elle se dit que c'était peut-être une urgence. Après tout, peu de gens connaissaient son numéro. Ayant atteint le portail automatique, elle s'arrêta, sortit l'appareil et décrocha.

« Allô ? marmonna-t-elle, craignant de tomber sur un vendeur d'assurances.

— Hannah ? Je suis bien content de t'avoir. J'ai essayé d'appeler chez toi, mais je suis tombé sur ton répondeur. »

Hannah resta interdite le temps d'un battement de cœur. Puis quand elle reconnut la voix, un grand sourire éclaira son visage.

« Bonsoir, Ross. Tu es en Californie ?

— Non, à Minneapolis.

— C'est génial ! Tu comptes faire un saut à Lake Eden ?

— J'aimerais bien mais je ne peux pas. Je n'ai que huit heures et trente minutes devant moi. En fait, mon avion a dû atterrir à Minneapolis à cause d'un problème technique. Et le prochain vol pour New York ne part qu'à 4 h 30.

— Tu es donc consigné à l'aéroport jusqu'au petit matin ?

— Pas à l'aéroport. Comme le retard prévu dépasse les huit heures, la compagnie nous a offert des chambres à l'hôtel Hilton. Tu vois où il se trouve ?

— Très bien, répondit Hannah, dont le sourire s'épanouit encore plus.

— Que dirais-tu de me rejoindre ? Ça fait si longtemps. Tu me manques, Hannah.

— Toi aussi, tu me manques.

— Combien de temps pour faire la route, à ton avis ? »

Hannah effectua un rapide calcul en tenant compte de la circulation fluide – comme toujours, le dimanche soir – et du fait que son réservoir était plein.

« Quarante-cinq minutes.

— Formidable ! J'ai repéré un restaurant ouvert toute la nuit, en face de l'hôtel. Je réserve une table pour deux. Je n'ai rien avalé dans l'avion. Du coup, je meurs de faim.

— Je te retrouve sur place, promit Hannah. À tout à l'heure, Ross. »

Hannah raccrocha et remit son portable là où elle l'avait trouvé. Puis elle fit une chose qu'elle n'avait jamais faite auparavant. Elle ouvrit le portail avec son passe magnétique, pénétra dans le lotissement, effectua un demi-tour sur place en roulant allégrement sur les bégonias du terre-plein central et ressortit avant que la barrière se referme.

« Séduite, mais pas abandonnée », lança-t-elle sur un ton vengeur avant de filer vers la grand-route.

Brownies Forêt-Noire

Préchauffer le four à 175 °C,
la grille en position médiane.

120 g de chocolat noir en tablette (ou ¾ tasse de pépites de chocolat noir)
¾ tasse de beurre (1 ½ plaquette)
1 ½ tasse de sucre blanc (semoule)
3 œufs battus (à la fourchette dans un verre)
1 cuillerée à thé d'extrait de vanille (ou d'extrait de cerises)
1 tasse de farine
½ tasse de noix de pécan
½ tasse de cerises séchées dénoyautées et tranchées (ou ½ tasse de cerises au sirop, bien égouttées et finement hachées)*
½ tasse de pépites de chocolat noir

Prendre un moule à gâteau de 22 cm sur 33. Étaler au fond une feuille de papier aluminium assez grande pour dépasser sur les bords. La graisser légèrement.

*** J'ai testé les deux et les réactions sont unanimes : les cerises séchées sont plus appréciées, car plus charnues.**

Mettre le chocolat et le beurre dans un bol allant au micro-ondes. Laisser fondre une minute, vérifier et si besoin laisser encore une vingtaine de secondes. Attention, les pépites de chocolat ont tendance à garder leur forme, même fondues.

Sortir le bol, verser le sucre, incorporer les œufs si le mélange n'est pas trop chaud, puis l'extrait de vanille ou de cerises.

Ajouter la farine sans cesser de mélanger.

Mettre les noix de pécan et les cerises séchées dans un mixeur muni d'une lame en acier. Si jamais les cerises séchées collent à la lame, saupoudrer avec une cuillerée à soupe de farine et réessayer. (Faute de mixeur, on peut prendre un couteau parfaitement aiguisé.)

Ajouter les fruits hachés à la pâte avec la ½ tasse de pépites de chocolat. Mélanger à la cuillère puis verser dans le moule.

Cuire à 175 °C pendant 30 minutes.

Sortir le gâteau et le poser sur une grille métallique. Quand il a refroidi, le démouler en tirant sur les bords du papier aluminium et le déposer à l'envers sur une planche. Couper les brownies et les présenter sur un joli plat en les saupoudrant de sucre glace (en option).

Index des recettes

Conversion des volumes

États-Unis	**France**
½ cuillerée à thé	2 millilitres
1 cuillerée à thé	5 millilitres
1 cuillerée à soupe	15 millilitres
¼ tasse	50 millilitres
⅓ tasse	75 millilitres
½ tasse	125 millilitres
¾ tasse	175 millilitres
1 tasse	250 millilitres

(NB : les quantités prévues dans les différentes recettes sont généreuses !)

#lisez! engagé

Pour plus d'information :

www.lisez.com

Imprimé sur du papier issu de forêts gérées durablement.

Achevé d'imprimer en septembre 2023
par Normandie Roto Impression s.a.s. à Lonrai
N° d'impression : 2303646

Imprimé en France